乔伊斯
精选集

James Joyce

Dubliners
都柏林人

[爱尔兰] 詹姆斯 · 乔伊斯 著
徐晓雯 译

译林出版社

图书在版编目（CIP）数据

都柏林人 /（爱尔兰）詹姆斯·乔伊斯（James Joyce）著 ；徐晓雯译. -- 南京 ：译林出版社，2025. 8. --（乔伊斯精选集）. -- ISBN 978-7-5753-0859-5

Ⅰ. I562.45

中国国家版本馆CIP数据核字第20256C8N66号

都柏林人 ［爱尔兰］詹姆斯·乔伊斯／著 徐晓雯／译

责任编辑 唐洋洋
装帧设计 山川制本 workshop
校 对 施雨嘉
责任印制 颜 亮

出版发行 译林出版社
地 址 南京市湖南路 1 号 A 楼
邮 箱 yilin@yilin.com
网 址 www.yilin.com
市场热线 025-86633278
排 版 南京展望文化发展有限公司
印 刷 南京爱德印刷有限公司
开 本 850 毫米 ×1168 毫米 1/32
印 张 7.75
插 页 4
版 次 2025 年 8 月第 1 版
印 次 2025 年 8 月第 1 次印刷
书 号 ISBN 978-7-5753-0859-5
定 价 45.00 元

目录

姐妹 001
遭遇 012
阿拉比 023
伊夫琳 031
车赛后 037
两个街痞 045
旅店 059
一小片云 068
对手 087
泥土 100
悲惨事件 108
委员会办公室里的常春藤日 120
母亲 143
恩典 158
逝者 188

姐妹

这一次他没有希望了：是第三次中风。（时值假期，）夜复一夜，我路过那房子，端详那亮灯的方窗；夜复一夜，我觉得那里亮着一样的灯光，又微弱又均匀。我想，倘若他死了，我就会看到昏暗的百叶窗上有蜡烛的光影，因为我知道在尸体的头边儿上必定要摆上两根蜡烛。他曾常常对我讲：“我在今世待不久了。”我还以为他不过是说闲话。如今我知道，这些话都是当真的。每天夜里我抬头凝视那扇窗的时候，就轻轻自言自语一个词——“瘫痪”。在我听来这个词总有点古怪，像欧几里得几何中的“磬折形”，又像《教义问答手册》里的“买卖圣职罪”。可如今在我听来，它却像是某种心怀叵测的邪恶事物的名字。它令我充满恐惧，我却又渴盼靠它更近一些，观察它如何置人于死地。

我下楼来吃晚饭，老科特正坐在炉火边抽烟。姨妈舀出我那份麦片粥的时候，他说话了，仿佛旧话重提一般：

“不，我不想说他一定就是……但这中间有古怪……他有点儿怪模怪样的。我跟你们说说我的看法吧……”

他一口口猛抽起烟斗来，无疑正在心里整理他那套看法。

这讨人嫌的老傻瓜！我们刚认识他的时候，他头头是道说起初酿的浊酒和弯曲的酿酒管，那时还挺有趣；可很快我就厌烦了他，厌烦了他那些没完没了的酿酒厂故事。

“我自有一番道理，”他说，“我认为这是那类……特殊的情况……但是难说……”

他又开始一口口猛抽烟斗，并没有给我们讲他那番道理。姨父看到我瞪着眼睛，就对我说：

“哎，这么说你的老朋友过世了，你听了一定很难过吧。”

“谁啊？”我说。

“弗林神父。”

“他死了？”

“科特先生才告诉我们的。他刚刚路过那房子。”

我知道这是在众目睽睽之下，所以就接着吃饭，仿佛对这消息并没有兴趣。姨父跟老科特解释说：

“这孩子和他很要好。知道吧，那老伙计教了他很多东西；据说他指望这孩子有大出息呢。”

“上帝怜悯他的灵魂吧。”姨妈虔诚地说。

老科特看了我好一会儿。我感觉得到他那双又小又亮的黑眼珠子在审视我，可是我偏不要从盘子上抬起头来满足他。他回头去抽他那烟斗，最后粗鲁地朝火炉里吐了口唾沫。

“我可不想让我的孩子们，”他说，“跟那么个人聊太多。”

“你想说什么呀，科特先生？”姨妈问。

“我想说的是，”老科特说，“这对孩子们不好。我的意见是：要让小孩子四处跑跑，和年龄相仿的小孩子一块儿玩，不要……我说得对吧，杰克？”

“我也是这个原则，”姨父说，“让他学会自己闯天下嘛。我一直就是这么对那边那位玫瑰十字会会员说：锻炼身体。哎，当年我是小娃娃的时候，天天早上都洗冷水澡，冬天夏天都洗。到如今我还坚持着。教育嘛，总归很好，很广泛……”“科特先生该尝尝那块羊腿肉啊。”他又对姨妈说。

“不用，不用，我就免了吧。”老科特说。

姨妈从菜橱里取出那盘菜摆到桌上。

“可是科特先生，你为什么觉得那对孩子们没好处呢？”她问。

“那对孩子们不好，”老科特说，“孩子们的心灵这么容易受人影响啊。他们见到那样的事情，后果就是……”

我往嘴里填满麦片粥，唯恐自己会把愤怒吐露出来。红鼻头老蠢货，讨人嫌！

我入睡时，已经很晚了。尽管老科特说我是小孩子，我很生他的气，可我却绞尽脑汁要从他没说完的话里提炼出意义来。在黑暗的房间中，我想象自己又看到了那瘫痪病人忧郁灰暗的脸庞。我把毯子拉上来蒙住头，使劲儿去想圣诞节。可那张灰暗的脸庞仍然追随着我。它嘟嘟囔囔；我明白它想要忏悔。我觉得我的灵魂退缩到某个又舒服又堕落的区域；我发现它又在那里等着我了。它开始用嘟嘟囔囔的声音向我忏悔什么，而我却想知道它为什么不停地微笑，为什么唾液湿润了那双唇。但随后我想起来它已经死于瘫痪，然后我感觉我也无力地微笑起来，似乎是要赦免他买卖圣职的罪。

第二天早晨，吃过早饭，我去看大不列颠街上的那幢小房子。这是间不起眼的铺面，店名笼统模糊，就叫“布匹服装”。布匹服装主要包括小孩子的毛线鞋还有雨伞；平日常有份招贴挂在窗口，上面写着“更换伞面”。现在窗板紧闭，看不到招贴了。门环上用丝带系着一把黑绉纱花束。两个穷女人和一个送电报的邮童正在看别在黑纱上的卡片。我也凑上去，读道：

1895 年 7 月 1 日

詹姆斯·弗林牧师（生前供职于米思街的圣凯瑟琳教堂）逝世，

享年六十五岁。

愿他安息。

读到这卡片，我才相信他的确死去了，我不安地发觉自己有所顾忌起来。倘若他没死，我就会走进店铺后面那间小黑屋子，就会看到他坐在炉边那把扶手椅里，大衣包裹得他都快要透不过气来。或许姨妈就会交给我一包送给他的海伊·托特牌鼻烟，而这份礼物就会把他从木然的瞌睡里唤醒。总是我替他把包里的海伊·托特倒进他那个黑鼻烟盒里，因为他的双手抖得太厉害，他做不到既把鼻烟倒进去又不撒出一半到地板上。甚至当他抬起颤抖的大手把鼻烟送到鼻子前面时，小片小片的烟云也会从指缝中滴落到大衣前襟上。可能就是这些阵雨般不断飘落的鼻烟使他古旧的牧师服呈现出绿油油的旧颜色，所以那条红色手帕很是不管用，其实总是这样，手帕上因为撒落了一个星期的鼻烟粉而颜色灰暗，而他却还试图用它来掸掉那些撒下来的粉粒。

我很想进去看看他，可是我没有勇气去敲门。我沿着街道有阳光的那一边慢慢走开，一边走一边看商店橱窗里所有的剧院海报。我和这天色似乎都没有哀悼的情绪，我觉得这很古怪，我甚至觉得烦恼，因为我发觉自己有种自由的振奋，仿佛他的死亡把我从某种东西中释放出来了。我对此很诧异，因为正如姨父头天晚上说的那样，他曾经教了我很多东西。他曾在罗马的爱尔兰学院学习过，而且他曾经教会我正确的拉丁文发音。他曾经对我讲述过陵寝和拿破仑·波拿巴的事情，他曾经给我讲解过弥撒的各种仪式和教士所穿不同法衣的意义。有时候他为了给自己取乐就拿问题来为难我，问我一个人在某些情况下该做些什么，或者这样和那样的罪是那种要入地狱且不可饶恕的大罪，还是那种可以通过祈祷而赎罪的小罪，或者只是缺陷而已。他这些问题向我表明教会的某些制度是多么复杂和神秘，而我曾一直认为它们是最简单不过的条例。神父对圣餐所负的责任以及对忏悔室的秘密所负的责任在我看来是如此重大，以至于我很想知道一个人要怎样才能在自己内心找到勇气来承担这些责任；他告诉我，为了阐明所有这些错综复杂的问题，教会的神父们写下的书厚得像《邮局指南》，字紧密得像报纸上的法律公告，这时候我也就不吃惊了。我每想到此，往往就说不出答案，不然便吞吞吐吐做出个很愚蠢的回答，他则往往对此微微一笑或颔首两三回。有时候他就让我练习他叫我用心学过的轮流应答祈祷文；我背诵经文的时候，他就沉思微笑点头，时不时又撮一大把鼻烟轮流推进两个鼻孔里。他微笑的时候，就露出变了色的大牙，舌头就贴在下嘴唇上——我初识他，尚不了解他时，这个习惯曾让我感到很不自在。

我沿街走在阳光下，想起老科特的话，就努力想要记起梦里后来发生的事情。我记得看到了长长的丝绒窗帘，还有一盏老式的灯在摇曳。我觉得自己去了很远很远的地方，是一片风俗奇异的土地——是波斯吧，我想……但是我想不起梦的结尾了。

傍晚时姨妈带我去探访这户居丧的人家。太阳已经下山了，可是房子朝西的窗玻璃上映照着大大的一长排茶金色的云彩。南尼在前厅里招待我们；冲她大声喊叫会很不合适，于是姨妈与她握握手就罢了。老妇人探询地向上指指，见姨妈点头，便迈步费力地在我们前面朝窄窄的楼梯爬上去，她低着头，从楼梯扶手的平面上几乎看不到她。到了头一个楼梯平台，她停下来，鼓励地招呼我们继续朝前走进停尸间。姨妈进去了，老妇人见我犹豫着进不进，就再次反复用手招呼我。

我蹑手蹑脚地走了进去。昏沉沉的暮色从百叶窗系绳的窗底缝隙透进来，充溢着整个房间，蜡烛的火苗在金色的光线中显得苍白而单薄。他已经入棺。南尼带头，我们三个在床边跪下。我装出祈祷的样子，但无法集中注意力，那老妇人的嘟囔声叫我分心。我注意到，她的裙子在身后扣系得多么笨拙，她的布靴子又是怎样被踩得都朝一边儿倒。我突发奇想，觉得那老神父正躺在棺材里微笑。

可他没有。我们站起来，走到床头，我看到他并没有在微笑。他魁梧的身躯庄严地躺在那里，一身盛装仿佛要去祭坛，一双大手松松地揽着一只圣杯。他的面容严厉、面色灰暗、五官粗大，鼻孔黑洞洞的，脸上长着一圈稀疏的白须。房间里有股浓重的味道——是鲜花。

我们各自画过十字走开。在楼下小房间里，我们看到他的扶手椅里，正端坐着伊莱扎。我摸索到角落处我往常的位子上坐下，南尼走到餐柜边，拿出一个细颈酒瓶和几个葡萄酒杯，酒瓶里是雪利酒。她把这些东西摆到桌上，请我们都来上一小杯葡萄酒。然后，照她姐姐的吩咐，她往酒杯里倒了雪利酒，再把酒杯递给我们。她还再三要我吃点奶油酥脆饼干，但我婉拒了，因为我觉得吃饼干的时候我会弄出太大动静。她好像对我的拒绝感到有点失望，静静地走到沙发那里，坐到她姐姐的身后。没有人开口说话：我们都凝视着空荡荡的壁炉。

姨妈一直等到伊莱扎叹气才说：

“唉，我说呀，他是往更好的世界去了。”

伊莱扎又叹了口气，赞同地点点头。姨妈的手指摸了摸酒杯的高脚，然后才啜了一小口酒。

“他……安详吗？”她问。

“哦，太太，很安详，”伊莱扎说，“你都说不出他是什么时候没了气儿。他死得好美，赞美上帝。”

“那么万事都……”

“奥罗克神父整个星期二都陪着他，给他涂了圣油，让他做好了所有的准备。”

“他那时还省人事吗？”

“他非常顺从。”

“他看上去很顺从。”姨妈说。

“我们请来为他洗身的那个女人就是那么说的。她说他看上去就好像是睡着了，他看上去就是那么安详又顺从。谁也没想到他的尸身能这样美。”

“是啊，就是。”姨妈说。

她又从自己杯子里啜了一小口，然后说：

“那么，弗林小姐，不管怎么讲，你们已经尽力为他做了一切能做的事，知道这一点，对你们一定是个很大的安慰吧。我得说，他生前你们两位对他可真好。”

伊莱扎抚平了膝盖上的裙服。

“唉，可怜的詹姆斯！”她说，“上帝知道我们是尽力了，虽说我们穷成这样——却不愿见他到那边还会缺这少那的呀。”

南尼的头斜倚在沙发枕上，好像就要睡过去了。

“还有可怜的南尼，”伊莱扎看着她说，“她累垮啦。我们做的这些事啊，她和我，请来女人给他洗身子，把他的尸体收拾妥当，准备殡葬，还有棺材，又要安排教堂里做弥撒的事情。要没有奥罗克神父帮忙，我不知道我们究竟能做成些什么。就是他给我们拿来那些鲜花，还从教堂拿来那两个烛台，又给《市民早报》写了那份公告，一手包揽了墓地那边所有的文件，还有可怜的詹姆斯的保险事宜。”

“他这样可不就是个大善人吗？”姨妈说。

伊莱扎闭上眼睛缓缓地摇摇头。

“唉，说到头做到头，一具尸首还能指望什么朋友啊，”她说，“什么朋友也比不上老朋友啊。”

“是啊，可不是嘛，”姨妈说，“我敢说，现如今他已经去领受他的永恒赏报，他不会忘记你们，也不会忘记你们对他的好。”

“唉，可怜的詹姆斯！”伊莱扎说，“他生前并没给我们添什么麻烦。他在房里总是很安静，你听不到比现在更大的动静。可是，我还是知道他已经去了而且彻底……”

“事儿办完了，你们就会想念他了。”姨妈说。

“我知道啊，”伊莱扎说，“我再也不会端着他那杯牛肉汁给他送进去，您也是，太太，再也不会送鼻烟给他啦。唉，可怜的詹姆斯！”

她打住话头，仿佛是在跟往事打商量，而后又很犀利地说：

“我说，我可是留心到了，他到快不行的时候有些个古怪呢。我回回把汤水端给他的时候，总见他向后仰躺在椅子上，张着嘴，祷告书却掉到地上了。”

她一只手指抵住鼻子，皱皱眉，又接着说：

“可就这样，他还老是说要在夏天过去之前，选个好天出门乘车，就为再去瞧一眼城里边儿爱尔兰小区[1]那所老房子，我们都是在那里出生的，他要带上我和南尼一起去。但凡我们能弄到一辆那种不吵的新式车子，奥罗克神父跟他说起过那种车子，有呼隆隆的轮子，按便宜价用上一天——他就是这么说的，从路那头的约翰尼·拉什那里弄来，挑个礼拜天，黄昏时候把我们三个一块儿送过去。他一心都在这上头了……可怜的

[1] 都柏林城里的贫民区。（本书注释均为译者注。）

詹姆斯！”

“愿主怜悯他的灵魂！”姨妈说。

伊莱扎拿出手绢擦擦眼睛。然后她把手绢放回口袋，凝视着空荡荡的炉子，好一阵子没有出声。

“他总是事事太小心。”她说，“做神父这担子对他来说可太重了。结果呢，不妨说，他这辈子就是遭罪啊。”

“是啊，”姨妈说，“他不曾得圆满。看得出来啊。”

静默占据了小小的房间，在静默的掩护下，我凑到桌前尝了尝我的雪利酒，又悄悄退回到角落处我的座位上。伊莱扎好像深深地陷入了沉思。我们充满敬意地等待她打破静默，长长的停顿之后她缓缓说道：

“就是他打碎的那只圣杯……就从那儿起的头。当然啦，他们说那没什么，我的意思是说，那里面什么也没盛。可还是……他们说是小男孩的错。但可怜的詹姆斯却那么紧张，愿主怜悯他吧！”

“当真是这回事吗？”姨妈问道。“我听说……”

伊莱扎点点头。

“那事儿坏了他的脑子，”她说，“打那以后他就闷闷不乐，不爱跟人说话了，还自个儿瞎逛荡。于是有天晚上他们想让他出门探访，却哪里都找不到他了。他们上也找下也找；可找遍了，连个他的影儿都没有。执事提议去礼拜堂看看。他们就拿来钥匙开了教堂的门，执事、奥罗克神父，还有另一位教士也在那儿，为了找他，端来一盏灯……他就在那里，在他的忏悔室里，一个人在黑暗中直直地坐着，非常清醒，自个儿轻声呵呵发笑，您想这可怎么着？”

她突然停下来，好似要侧耳去听什么。我也侧耳倾听，可房子里什么声音也没有。而我知道那老教士正静静地躺在棺材里，跟我们先前看到的一样，死相又庄严又凶狠，胸前搁着一只无用的圣杯。

伊莱扎接着说：

“非常清醒，还自个儿轻声呵呵发笑……于是，当然啦，他们看到他那个样子，就认为他不对劲儿了……”

遭遇

把西大荒[1]介绍给我们的，正是乔·狄龙。他略有些藏书，尽是些过期杂志，《联合杰克》、《勇气》和《半便士传奇》[2]。每天黄昏放了学，我们就在他家后园子里碰面，排演印第安人的打仗游戏。他和他那胖子弟弟懒汉利奥占据着马厩的厩楼，我们就尽力猛攻要夺取它；不然我们就在草地上玩对阵战。可是，不管我们怎样苦战，我们的包围战或对阵战从没打赢过，所有的较量都以乔·狄龙庆祝胜利的战舞告终。他的父母每天早晨都去加德纳街上参加八点钟的弥撒，房子前厅里还满是狄龙太太身上那安详的味道。可对我们这些年龄小胆子也小的人来说，他实在玩得太凶野。他看上去有那么一点儿印第安人的样子，满园子蹦来蹦去，头上戴着茶壶保暖套似的针织羊毛帽，一只拳头敲打着锡铁罐，大呼小叫：

“呀！呀哈，呀哈，呀哈！”

后来有消息说，他有志做一名教士，大家都不太相信。不

[1] 美国开拓时期的西部。

[2] 这些都是当时的通俗漫画杂志。

过这却是真的。

无法无天的精神在我们中间蔓延，在它的影响下，教养和天性的差异被搁置一边。我们各自聚结成伙，有些人是为了显示胆量，有些人是为了玩闹，还有些人几乎是心怀恐惧：最后这类人为数众多，他们怕自己显得勤学刻苦或者不够壮实，就不情不愿地充当了印第安人，我便是他们中的一个。西大荒文学中讲述的历险故事跟我的天性相去甚远，但至少它们打开了逃避之门。我更喜欢美国的侦探故事，里面时时会有野性淘气又漂亮的女郎出场。虽然这些故事没什么大逆不道的，有时其创作初衷也是出于文学追求，可在学校里传看起来还是很私密的。有一天，巴特勒神父听我们背诵罗马历史的四页书的时候，当场抓住了笨手笨脚带着一本《半便士传奇》的利奥·狄龙。

“这一页还是这一页？这一页？行了，狄龙，起来！‘那天几乎还没有……’接下去！哪一天？‘那天几乎还没有破晓……’你温习了吗？你那衣兜里是什么？”

利奥把纸书交出去的时候，大家个个都心惊肉跳，但是个个都扮出一副无辜的脸色。巴特勒神父翻动着纸页，眉头皱了起来。

“这是什么垃圾啊？他说。《阿帕切族[1]的酋长》！你不念你的罗马历史，却要看这种东西吗？不要让我在这所学校再发现这种蹩脚货。写这东西的人，我看，是个不入流的蹩脚文人，他写这东西就为换杯酒喝。像你们这样的孩子，受过教育，却

[1] 美国西南部一印第安族名。

看这类货色，我很吃惊啊。倘若你们是……普通公立小学的孩子，我倒可以理解。听着，狄龙，我严正地劝告你，用心做你的功课，不然……”

清醒的求学时刻听来如此一番训诫，西大荒的辉煌因之在我眼里暗淡了许多，而利奥·狄龙那张不知所措的胖脸更是唤醒了我的一片良知。可是当我远离了学校的约束影响时，就又开始渴望狂野的刺激，渴望那些好像只有乱世纪事才能给我的逃避。但黄昏的模拟战事终于变得像清晨的校园常规一样，让我觉得枯燥乏味了，我想要亲身经历真正的冒险。可是，我转念又想到，待在家中的人不会有什么真正的冒险：要冒险，就必须外出寻找。

暑假快要到来的时候，我下定决心要冲破学校生活的枯燥乏味，至少要冲破一天。我、利奥·狄龙，还有一个名叫马奥尼的男孩，我们三人一起制定了为期一天的逃学计划。我们每人攒足了六便士。上午十点我们要在运河大桥上碰面。马奥尼的大姐会替他写条子找借口，利奥·狄龙会叫他哥哥说他病了。照我们的安排，要沿码头路一直走到船那边，然后乘渡船过海湾，再走远些去看鸽棚堡。利奥·狄龙唯恐我们会碰上巴特勒神父或者学校里的什么人；但是马奥尼却很明智地问他，巴特勒神父跑到外面鸽棚堡那儿能做些什么。我们放下心来：我收了他们俩人的六便士，同时把我自己的六便士也亮给他们看，于是这计划的第一阶段顺利完成。头天晚上，我们做最后安排的时候，大家都隐隐感到很激动。我们互相握手，还哈哈大笑，马奥尼说：

“就等明天啦，伙计们。”

那一晚我睡得很不好。早晨我是头一个到大桥上的，因为我住得最近。我把书本藏到花园尽头灰窖子附近的高草丛里，那里从没有人去，然后我匆匆沿着运河岸走去。正是六月第一周，晨光温煦，阳光灿烂。我直直地坐在大桥拱顶上，欣赏着我的灯芯绒鞋子，头天晚上我辛辛苦苦用陶土把它们涂得白白的，我看着驯服的马儿拉着街车爬上山去，车上满满的都是生意人。林荫道两边高高的树木上，所有枝条都伸展着淡绿色的小叶子，生机勃勃，阳光透过树叶斜斜地照在水面上。大桥的花岗岩石块变得热乎乎的，我用手轻拍着它们，应和着脑子里回响的一首小调。我非常快乐。

我在那里坐了有五分钟，不然就是十分钟，后来就看见马奥尼的灰套装渐渐走近了。他笑眯眯地爬上小山丘，攀上桥拱坐到我身边。我们一边等，他一边拿出衬里口袋中向外鼓囊着的那支弹弓，对我解说他所做的种种改进。我问他干吗要带弹弓，他告诉我他带弹弓是为了寻寻鸟儿的开心。马奥尼讲起俚语来很随意，他还管巴特勒神父叫本生灯[1]。我们又等了一刻钟，可还不见利奥·狄龙来。最后马奥尼跳下来说：

“走吧。我就知道胖子会临阵脱逃。”

“那他的六便士……？”我说。

“没收了呗，”马奥尼说，“这样我们更好——不是只有一先令，而是一先令六便士。”

[1] 一种实验室用的煤气灯。

我们沿着斯特兰德北大街一直走到矾油厂，然后向右一转，沿着码头路走下去。我们一走出众人的视线，马奥尼就扮起印第安人来。他撵着一群衣衫褴褛的姑娘们到处跑，挥舞着没装子弹的弹弓吓唬她们，两个衣衫褴褛的男孩打抱不平朝我们扔石头，他又建议我们应向他们发起冲锋。我表示反对，说那俩男孩太小了，于是我们往前走去，衣衫褴褛的那一伙在我们身后尖叫：新教佬！新教佬！他们以为我们是新教徒，因为马奥尼肤色比较黑，他的鸭舌帽上还戴了个板球俱乐部的银色徽章。走到熨铁角，我们组织了一次围攻；可是玩得不好，因为围攻至少得三个人才成。于是我们就在利奥·狄龙身上泄愤，说他是个胆小鬼，还猜想三点钟时他会从瑞安先生那里挨多少下。

后来我们走到河边。我们在两边夹着高高石墙的闹市上走了很长时间，看起重机和机车转动，大车轰轰作响，车夫常常冲我们大吼，怪我们站在那里一动不动。我们到驳岸时已是中午，所有的工人好像都在吃午饭，于是我们便买了两个大大的葡萄干圆面包，坐到河边一根金属管道上吃起来。货船远远地喷着卷羊毛似的烟打信号，褐色的捕鱼船停靠在林森德那边，还有白色的大帆船在对面的驳岸上卸货——看着都柏林这一片壮观的商业气象，我们怡然自得。马奥尼说，要是能乘着一艘那样的大船，跑到海上去，那才真叫棒；就算是我，看着那些高高的桅杆，也都见到了，或者说想象到了，学校里按部就班学到的那一点点地理知识，渐渐在我眼前有了实在的形体。学校和家都好像渐渐远离了我们，它们对我们的影响力好像也减弱了。

我们付了路钱，乘渡轮到利菲河[1]对面，跟我们一块儿过河的还有两个工人和一个随身带了个包的小犹太人。我们十分严肃，几近郑重，可在这短短的旅途中，彼此目光相遇了一次，就都大笑起来。上了岸，我们去看那艘气宇不凡的三桅帆船卸货，在对面驳岸时我们就曾经观察过它。旁边有个人说那是艘挪威船。我跑到船尾，想从船尾的徽像上看出点儿门道，可却无功而返，于是又去仔细打量那些外国水手，想看看他们中间是否有人长着绿眼睛，因为我有些乱七八糟的念头……水手们的眼睛有蓝色的、灰色的，甚至还有黑色的。只有一位水手的眼睛颜色可以称得上是绿色，他个子很高，总是逗得驳岸上的人群开心，因为每次木板落下的时候他都乐呵呵地大喊：

“行啦！行啦！”

我们看够了这情景，慢慢往林森德逛过去。天变得闷热起来，杂货铺橱窗里摆着发霉的饼干，颜色已淡。我们买了些饼干和巧克力，一路很刻苦认真地吃着，在渔民家庭居住的肮脏街道里闲逛。找不到乳品店，我们就进了一家小店，各自买了一瓶覆盆子柠檬汽水。马奥尼喝了汽水，提了精神，就沿着小巷去追赶一只猫，可那猫却跑进了一片开阔地。我们俩都觉得很累，到了那片开阔地，便马上朝一道斜坡岸走去，登上岸脊，就看得见多德河[2]。

天色已晚，我们都累了，实行不了我们那拜访鸽棚堡的计

[1] 利菲河是流经都柏林的主要河流。

[2] 多德河是利菲河的支流。

划了。我们必须在四点之前赶回家，以免我们的冒险被人发现。马奥尼很遗憾地看着他的弹弓，我来不及等他恢复好心情，就不得已提出建议坐火车回家。太阳跑进了云层后面，将我们抛闪在那里，头脑昏沉沉，给养也只剩些渣子了。

野地里除了我们并无旁人。我们在岸上躺了一阵子没说话，后来我看到有个人远远地从野地那头走过来。我一边懒洋洋地看着他，一边嚼着一根绿草杆儿，女孩子们总拿这种绿草杆儿来算命。他贴着坡岸慢慢走过来。他走路的时候，一只手搁在胯部，另一只手拿着一根手杖，轻轻地敲着草皮。他穿着旧衣裳，是一套墨绿色的西服，戴的帽子帽顶很高，我们过去管那叫马桶帽。他好像年纪很大，唇髭都灰白了。走过我们脚头时，他抬头迅速瞥了我们一眼，又继续走他的路。我们的视线追随着他，只见他往前走了大约五十步，又转身开始沿原路往回走。他朝我们慢慢走来，一路不断用手杖敲打地面，他走得很慢，我还以为他是在草里寻找什么东西哩。

他走到我们跟前，就停下来跟我们道了声日安。我们回礼之后，他便慢慢地、十分小心地挨着我们在坡上坐下来。他开始谈论天气，说这个夏天会很热，又说跟他小时候比起来，季节变化很大——他小时候可是很久以前了。他说人一生中最幸福的时光，毫无疑问就是做小男生的时候，还说要是能重新变成少年，他愿意付出任何代价。他表述这些情感的时候我们俩都觉得很无聊，于是就沉默不语。他随后谈起学校和书籍。他问我们是否读过托马斯·莫尔的诗，是否读过沃尔特·司各特爵士和利顿勋爵的作品。我装作他提到的每一本书我都读过的样子，结果最后他说：

“啊，我看出来了，你和我一样，是个书呆子啊。”不过，他又指着正睁大眼睛瞅着我们的马奥尼说，“他可不一样，他嗜好游戏。”

他说他家里有沃尔特·司各特爵士的全部作品，还有利顿勋爵的全部作品，而且他从来就没有读够的时候。自然啦，他又说，利顿勋爵的有些作品小男生是不能读的。马奥尼问为什么小男生不能读——这问题弄得我又急躁又难受，担心那人会认为我像马奥尼一样愚蠢。然而那人只是微微一笑。我看到他嘴里牙齿很黄，齿缝很大。然后他问我们俩谁的小情人最多。马奥尼轻描淡写地说自己有三个娘们儿。那人又问我有多少。我回答说我一个也没有。他不肯信我，还说他拿得准我必然是有一个的。我默然不语。

“跟我们说说，”马奥尼直截了当地问那人，“你自己有几个呢？”

那人像先前那样又微微一笑，说他跟我们这么大的时候有好多好多小情人。

“每个小男生，”他说，“都有一个小小情人啊。”

他在这一点上的态度给我印象很深，我觉得以他的年纪，他这态度真是出奇地开通。我心里觉得他关于小男生和小情人的说法很有道理。可我不喜欢他嘴里的词儿，而且我还想知道，他为什么哆嗦了一两回，那样子好像他在害怕着什么，或是突然感到一阵发冷。他接着往下说的时候，我注意到他的口音很纯正。他开始跟我们讲关于姑娘的事情，说她们的头发怎样又柔又细，她们的双手又是多么柔软，而但凡一个人能够了解，就会知道所有的姑娘其实都不如看上去那么好。端详一个姑娘，他说，端详她那细嫩洁白的双手和她那美丽柔软的秀发，他最喜欢的就是做这个了。他给我的印象是，他在反复说他曾用心体会的事情，他的心灵迷惑于自己话语中的某些词句，慢慢地在同一个轨道上一圈又一圈地转着。他说话的样子，有时候仿佛只是在谈论一些众所周知的事实而已，有时候却是压低了嗓音很神秘地讲述，仿佛是跟我们说很机密的事，不愿意被别人偷听到。他一而再、再而三地重复话语，换了各种不同的方式表述，用他那单调的嗓音绕着圈子。我一边听着他说话，一边依旧凝视着山脚处。

过了好久，他的独白停了下来。他慢慢站起身，说他得离开我们一会儿工夫，只一小会儿，我没有改变目光凝视的方向，但还是看到他迈步慢慢离开我们，朝离我们较近的地头走去。他离开之后，我们都沉默不语。几分钟的静默之后，我听见马奥尼叫道：

“我说！看看他这是在做什么呀！”

我既没回应，也没抬眼去看，于是马奥尼又叫：

“我说……他可是个古怪的老傻瓜！”

“万一他问起我们的姓名，”我说，“你就叫墨菲，我就叫史密斯。”

我们彼此再没有说什么。我正考虑我是否该走了，那人却回来了，他又在我们旁边坐了下来。他刚一坐下，马奥尼一眼瞅见先前逃走了的那只猫，跳起身来穿过田野就去追那猫：我和那人看着他追。猫儿又一次逃掉了，马奥尼就朝着猫儿攀爬而去的那堵墙扔石块。不扔石块了，他便远远地在田野那头漫无目的地走来走去。

过了一会儿，那人便对我说起话来。他说我的朋友是个很粗野的孩子，还问他是不是在学校里常常挨鞭子。我很想愤怒地回答说我们可不是普通公立小学的学生，我们不会像他说的那样挨鞭子，但我最终还是沉默下去。他开始谈论惩罚男生的话题。他的心灵仿佛又迷惑于自己的话语，慢慢地围着新的中心又绕起了圈子。他说要是那种男孩，就该抽他们的鞭子，好好儿地抽他们一顿鞭子。要是男孩子又粗野又不服管，那除了好好儿地抽他一顿鞭子，对他就没有别的好法子。打手板扇耳光都是没有用的：他想要的就是好好儿来一顿叫他浑身发热的鞭子。他这番情绪叫我大吃一惊，不由自主地抬头瞥了一眼他的脸色。我抬眼去瞧他，他那蹙起的眉头下露出一双墨绿的眼睛，正凝视着我。我把目光又转开了。

那人接着自说自话。他似乎忘了刚才他开通的态度。他说要是他发现有男孩子跟姑娘们说话，或者拿个姑娘来当自己的小情人，他就会抽他的鞭子，使劲儿抽他的鞭子；那样就能教训他不要去跟姑娘们耍嘴皮子。要是有男孩把一个姑娘当作自己的小情人，还编出些谎话来，那他就会抽他一顿这世上从没有别的男孩子挨过的那种鞭子。他说这世上他最喜欢做的就是这事情了。他对我描述他会怎样抽这样一个男孩子的鞭子，仿佛是在向我展示某种精巧复杂的机密。他说，他很爱去做这件事，超过世上任何其他事情；他枯燥乏味地带领我穿透这个机密，声音中几乎是饱含深情，像是在恳求我要理解他。

我一直等到他的自说自话再次停顿下来。然后我突然站起身。为了不暴露出自己慌乱不安，我又故作延迟，装作整理我的鞋子，我说自己得告辞了，向他道了日安。我镇静地爬上山坡，可心却跳得很快，怕他会来抓住我的脚脖子。到了坡顶，我转过身，却不去看他，大声朝田野那头喊：

“墨菲！”

我的嗓音中有种强装出来的勇敢腔调，我为自己策略拙劣而感到羞愧。我不得不又喊了一遍那名字，马奥尼这才看见我，就吆喝着回了我一声。他跑过田野向我奔来，我的心跳得多么剧烈啊！他像是给我提供救援似的跑过来。而我很是懊悔，因为在我心里，曾经一直有点儿瞧不起他。

阿拉比[1]

里士满北街是条死胡同，很安静，只有基督教兄弟学校的男生们放学的时候除外。一幢无人居住的两层楼房矗立在胡同尽头，远离邻近房子，独占一方。同街比邻的房子很在意各自房中人们的体面生活，个个都是冷静沉着的褐色面孔，彼此凝视。

我们家原先的房客是个司铎，他死在后屋的起居室里。封闭得太久，空气变得又闷又潮，滞留在所有的房间里，厨房后面的废弃屋里满地狼藉，都是些无用的旧纸。我在里面发现了几本平装书，书页已经卷了边，潮乎乎的：沃尔特·司各特的《修道院院长》、《虔诚的教友》，还有《维多契回忆录》。我最喜欢最后这一本，因为它的纸是黄色的。房子后面有荒园子，中间栽了棵苹果树，还有些胡乱蔓生的灌木，在一丛灌木下，我找到了已故司铎留下的自行车气筒，锈迹斑斑。他是个很有善心的司铎；他在遗嘱里把钱全留给了教会，把房里的家具全留给了他妹妹。

[1] 阿拉比是都柏林的一个市场名字，也是诗歌中对阿拉伯的称呼。

冬季白日变短，我们还没吃完晚饭，黄昏就已降临。我们在街头碰面，房子显得越发肃穆。我们头上那块天空是不断变幻的紫罗兰色，街灯朝那片天空举起微弱的灯火。凛冽的空气刺痛了我们，我们就一直玩闹到全身热乎乎。寂静的街道上回荡着我们的喊叫。沿着游戏路线，我们在房子那儿惨遭破烂屋棚野孩子的攻击，于是穿过房后黑暗泥泞的胡同，跑到黑乎乎湿漉漉的园子后门，园子里的灰坑冒出刺鼻的异味，我们最后抵达臭烘烘的阴暗马厩，马夫或抚弄梳理着马毛，或摇得紧扣的马具叮咚作响。等我们回到街上，厨房窗里透出的灯光已经洒满街区。倘若瞧见我叔叔从街角走过来，我们就躲在阴影里，看他走进屋才算平安无事。要是曼根的姐姐出来，站在门阶上叫她弟弟进屋吃晚茶，我们就在阴暗地儿，看她沿街东瞅西瞅。我们会等一会儿，看她留在那儿还是进屋去，如果她留在那儿，我们就离开藏身的阴暗地儿，垂头丧气地走上曼根家的门阶。她在等我们，门半开着，透出灯光，勾勒出她的身姿。她弟弟总要逗弄逗弄她才肯听话，我就站在门栏边瞧她。她身子动起来的时候，裙子摆来摆去，柔软的发梢甩到这边又甩到那边。

我每天早晨躺在前厅地板上看她的房门。百叶窗拉下来，离窗格只有不到一英寸的空隙，所以别人看不见我。当她出来走到门阶上，我的心就欢跳起来。我跑到客厅，抓过自己的书本，跟随到她身后。我的眼中总有她棕褐色的身影，快到我们分道扬镳的地方了，我便加快步伐超过她。一个又一个早晨，都是这样度过。我除了几句寒暄，再没对她说过什么，可她的名字却像一声召唤，调动我全身血液喷发毫无理性的激情。

就算在最不适合浪漫绮念的地方，她的影像也伴随着我。每逢礼拜六傍晚我的婶婶去市场时，我得去帮着提提包裹。我们在热闹花哨的街上穿来走去，被醉汉和讨价还价的女人们挤撞着，四周是工人们的咒骂声，店铺伙计守在成桶的猪颊肉旁边尖声吆喝，街头卖唱的用鼻音哼唱《大家都来吧》，唱的是奥多诺万·罗萨的事儿[1]，不然就唱一首歌谣，诉说我们的祖国是如何多灾多难。这些喧闹之声汇集出我对生活的唯一感受：想象中，我自己正捧着圣杯在一大群仇敌中安然走过。我做着自己也不明白的古怪祈祷和赞美，她的名字时常就会冲口而出。我的双眼常常满含热泪（我却不知为何如此），有时好像心底一阵狂潮喷涌而出，充溢了我的胸膛。我几乎不去想将来怎样。我不知道究竟会不会跟她讲话，也不知道当真讲话了，又能怎样告诉她我这茫然的迷恋。但我这躯体就像一架竖琴，她的一言一笑、一举手一投足就如手指划过琴弦。

有天晚上我走进屋后司铎去世的那间起居室。那一晚夜色很黑，下着雨，房子里寂然无声。透过一扇破窗户，我听见雨水砸到地面上，针尖一样的雨水又细又密，连绵不断，在浸润透了的土床上玩耍。我下面有盏遥远的灯或亮着灯火的窗户在闪动。我几乎什么都看不到，因此心存感激。我所有的感觉好

[1]《大家都来吧》是一首在街头或其他公共场演唱的针砭时局的歌曲，开头一句就是“大家都来吧，勇敢的爱尔兰人，来听我唱一曲”；奥多诺万·罗萨是杰里迈亚·奥多诺万（1831—1915）的绰号，他是爱尔兰凤凰社的领导人，宣扬以暴力手段争取爱尔兰的独立。

像都渴望把自己遮掩起来，我感到我的感觉就要流失不见了，于是紧紧合起双掌，两手颤抖着，喃喃地说：“哦，爱！哦，爱！”我说了好多次。

她终于对我开口说话。她向我讲最初的几个字时，我茫然得都不知该怎样回答她才好。她问我可是要去阿拉比。我现在已经忘记当时说去还是不去。她说，那可是个很繁华的集市；她真想去啊。

“那你为什么不能去呢？”我问。

她一边说，一边一圈又一圈地转动手腕上的银手链。她说，她那个星期要在修道院静修，去不成。彼时她弟弟和另外两个男孩子正在抢帽子，我独自倚在门栏边。她抓住一根栏杆的尖头，朝我低下头。我们房门对面的路灯映照出她白皙脖颈的曲线，照亮了垂落在脖子上的秀发，又落下来，照亮了她搁在栏杆上的手。灯光洒落在她裙子的一边，照在衬裙的白色镶边上，她叉腿随意站在那里，刚好被人瞧见。

“你倒不错啊。”她说。

“我要去的话，”我说，“就给你带回点儿好东西。”

那个黄昏之后，数不清的蠢念头就占据了我的思维，糟蹋了我的日思夜想！我情愿能抹掉中间那些单调无聊的日子。我焦躁地应付着学校的功课。深夜在卧室里，白日在教室中，她的影像总会来到我和我拼命想要读下去的书页之间。我的灵魂在静默中感受到巨大的快感，“阿拉比”这个词的每个音节都通过静默在我周围回荡，将一种东方的魔力施加于我全身上下。我请求能在礼拜六晚上得空去集市走一走。婶婶吃了一惊，说希望那不是什么共济会的把戏。我在课堂上几乎回答不了问题。我眼睁睁见老师的脸色由温和转严厉；他希望我不要荒废时光。我无法集中散乱的思绪。我几乎没有耐心去严肃地生活，这正儿八经的生活横亘在我和我的愿望之间，那么在我看来它就好像是儿戏，又丑陋又单调的儿戏。

到了礼拜六早上，我提醒叔叔说自己很盼着能在傍晚到集市去。他正翻弄着衣帽架找帽子，就简短地回答我说：

“行啦，孩子，我知道啦。”

他既然在厅里，我就不能躺到前厅窗下了。我情绪败坏，离了宅子，慢吞吞地朝学校走去。空气凛冽得无情，我心中已然不安起来。

我回家吃晚饭的时候，叔叔还没有回来。时候还早。我呆坐在那里瞪眼看着钟表，看了好一会儿，钟表嘀嗒的声音开始令我烦躁，我就离开了房间。我爬上楼梯，走到房子上层。那里房间又高又冷，空荡荡阴惨惨，却放松了我的心情，我唱着歌从一间屋走向另一间屋。从前窗望去，我看到伙伴们正在楼下街面上玩耍。他们的叫喊声传到我这里时变得又微弱又模糊；额头抵在凉丝丝的玻璃上，我遥望着她住的那所昏暗宅院。我可能在那儿站了一个小时，什么都看不到，满眼全是自己在想象中刻画出的那个穿着褐色衣衫的身影，灯光小心翼翼地触摸着她弯弯的脖颈，触摸着她搁在栏杆上的手，触摸着她裙服下的镶边。

再下楼时，我看见默瑟太太坐在炉火边。她是个唠唠叨叨的老太太，是当铺老板的寡妇，出于很虔诚的目的收集用过的邮票。[1]我不得不强忍着听她们在茶桌边聊东家长西家短。饭拖拖拉拉吃了一个多小时，叔叔却还没回来。默瑟太太起身要走：她很遗憾不能再等了，已经过了八点钟，她不喜欢在外面待得很晚，因为夜晚的空气对她可不好。她走了以后，我开始在屋里走来走去，紧握着拳头。婶婶说：

“恐怕这个礼拜六晚上你去不了集市了。”

九点钟，我听见叔叔在用弹簧锁钥匙开厅门。我听见他自言自语，听见他把外套搭到衣帽架上时衣帽架摇晃的声音。这些迹象是什么意思，我都明白。他晚饭吃到一半，我就求他给我钱，我好去集市。他先前全忘了。

“都这个时辰了，人们都上床睡醒了头一觉啦。”他说。

我没笑。婶婶扬声对他说：

“你就不能给他钱让他去吗？你真是耽误他够多的啦。”

叔叔说很抱歉他先前完全忘了这回事儿。他说他很信那句老话：“只工作不玩耍，聪明孩子也变傻。”他问我想去哪儿，我又跟他说了一回，他便问我是否知道那首《阿拉伯人告别坐骑》[2]。我走出厨房的时候，他正要给婶婶背诵那首诗开篇的几行。

我手里紧紧攥着一个弗罗林[3]，大步沿着白金汉大街朝车站走去。条条大街上都是熙熙攘攘的购物者和耀眼闪亮的汽灯，

---

[1] 她把用过的邮票托人转手卖掉，然后将钱捐给海外的天主教传教士，用来为异教徒施洗。

[2] 这是卡罗琳·诺顿（1808—1877）的一首长达十一小节的诗歌。

[3] 一种价值两个先令的硬币。对当时的孩子来说，这是很阔绰的零用钱。

看见这些，我想起了这次旅途的目的。列车上乘客稀少，我在三等车厢的座位上坐下。列车好一会儿都没有开动，真叫人受不了，后来缓缓地驶出车站。它向前爬行，穿过废墟般的宅区，又跨越了波光粼粼的大河。在韦斯特兰·罗那一站，人群拥向车厢门口；可是乘务员却让他们退后，说这是去集市的专列。空荡荡的车厢里，我始终独自一人。几分钟后，在临时搭建的木制月台前，列车缓缓停下。我走出车厢来到路上，看到亮着灯的大钟盘已经显示差十分十点了。我的面前是一幢巨大的建筑物，那个具有魔力的名字就在上面。

我找不到六便士价位的入口，又担心集市快要散了，就快步从一个旋转栅门进去了，把一先令递给一个满面倦色的人。我发觉自己进了一间大厅，厅内半高处有一圈楼廊。几乎所有的摊位都收摊了，厅里大部分地方都处在昏暗中。我见识到了一种静默，如礼拜结束后教堂里充溢的那种静默。我怯生生地走到集市中间。有几个人聚在仍在营业的那些摊位前。有幅挂帘上用彩灯勾出了 Cafe Chantant[1] 的字样，两个男人正在帘前数着托盘上的钱。[2] 我听着硬币掉落的声音。

我勉强想起自己为什么到这儿来，便朝一间摊位走过去，细细地去瞧陶瓷花瓶和雕花茶具。摊位门口有位年轻女士在跟两位年轻绅士说笑。我听出他们带英格兰口音，就含含混混地

[1] 法语，意为“音乐咖啡厅”。

[2] 不妨对照一下《圣经·马太福音》第 21 章第 12—13 节：耶稣进了神的殿，赶出殿里一切做买卖的人，推倒兑换银钱之人的桌子和卖鸽子之人的凳子，对他们说：“经上记着说：‘我的殿必称为祷告的殿，你们倒使它成为贼窝了。’”

听他们谈话。

“哦，我从没说过那样的话！”

“哦，可你说过的啊！”

“哦，可我就是没说过！”

“她难道不是说过的吗？”

“说过的。我听她说过。”

“哦，这是……瞎说！”

年轻女士看到我，便走过来问我可想要买点儿东西。她的语调并不很殷勤，仿佛为了尽义务才对我说话。我谦卑地看着摊位的昏暗入口两边如东方卫士一般挺立的大罐子，期期艾艾地小声说：

“不是，谢谢。”

年轻女士挪动了一个花瓶的位置，又回到两个年轻男人那里。他们又谈起了同一个话题。年轻女士回头斜眼瞧了我一两回。

尽管我明白自己滞留不去也无济于事，却流连在她的摊位前面，想让我对她那些瓶瓶罐罐的兴趣看上去更像回事。然后我慢慢转身离去，往里走到集市正中。我让两个便士掉落到口袋里的六便士硬币上。我听到楼廊一头有个声音在喊要灭灯了。大厅的上层现在全黑了。

我抬头凝视着黑暗，只觉自己是个可怜虫，受虚荣驱动又受虚荣愚弄；我的双目中，燃烧着痛苦和愤怒。

伊夫琳

她坐在窗前，看夜色侵入街上。她的头靠在窗帘上，鼻孔里满是灰尘覆盖的豪华大花窗帘布的气味。她很疲倦。

几乎无人走过。有个男人从最后那幢房子里出来，踏上了回家的路；她听到他在水泥人行道上嗒嗒的脚步声，后来又听到那脚步声从红色新屋前的渣土路上咯吱咯吱地传过来。从前那里有一片空地，每天傍晚他们都在那儿跟别人家的孩子一起玩耍。后来从贝尔法斯特来了个人，买下了这块地，在上面盖起新屋——并不是他们那种灰褐色的小屋子，而是敞亮的砖瓦房，屋顶亮闪闪的。这条街上的孩子们过去常在那片地上一块儿玩——迪瓦恩家的孩子们，沃尔特家的孩子们，邓恩家的孩子们，瘸子小基奥，还有她和她的兄弟姐妹们。不过欧内斯特从来不玩：他已经太大了。她父亲曾常到那片地里，用黑刺李手杖把他们赶出来；可小基奥那时常常负责把风，看见她父亲过来，小基奥就会大声吆喝。不过他们那时好像相当快乐。她的父亲那时还没有这么糟糕；而且，母亲也还在世。那是很久以前了；她和兄弟姐妹们全都长大了，母亲也去世了。蒂齐·邓恩也死了，沃尔特一家回英格兰去了。一切都在改变。

如今她也要像别人一样，远走高飞，离家而去。

家啊！她环视着房间，再次审视着熟悉的东西，这么多年来，她每礼拜都要掸这些东西上的灰尘，总想知道这所有的灰尘到底打哪儿来的。她可能永远看不到这些熟悉的东西了，她做梦都没想过会跟这些东西分开。那架破风琴上方的墙上挂着一张发黄的照片，照片上那位教士究竟姓甚名谁，这么多年来她却从未搞清楚，照片旁就是一幅真福圣女玛格丽特·玛丽·阿拉柯克荣受应许的彩图。教士是她父亲从前的校友。她的父亲每回给客人看那照片时，都常常随口加上一句：

“如今他在墨尔本呢。”

她已经答应了要远走高飞，离家而去。这明智吗？她尽力权衡着这个问题的利害。留在家中，不管怎么说她都是有吃有住；身边还都是她知根知底的人。当然，在家里、在店里，她都得拼命干活儿。要是店里的人发现她竟跟个男人私奔了，会怎么说她呢？说她是个傻丫头，或许吧；然后打个广告，找人顶上她的位置。加万小姐该高兴了。加万小姐总是挑剔她，尤其旁边有人听着的时候。

“希尔小姐，这些太太们在等着呢，你就瞧不见吗？”

“请打起精神来吧，希尔小姐。”

离开店铺，她没多少眼泪可掉。

但在她新家里，在一个遥远陌生的国度，就不会是这个样子了。到那时她就结婚了——就是她，伊夫琳。到那时人们就会对她尊敬有加。她不会遭受母亲曾遭受的那些待遇。而就算是现在，尽管已经过了十九岁，她偶尔还会觉得自己有被父亲打的危险。她明白，她的心脏常常乱跳一通，就是这个缘故。从小到大，他从没有像曾经针对哈里和欧内斯特那样针对过她，因为她是个丫头；可最近他却开始威胁她，说就只冲着她过世的母亲，他也要对她做点儿什么。现今却没什么人能庇护她了。欧内斯特死了，哈里做的是教堂装修生意，几乎总是远在乡下某个地方。此外，每逢礼拜六晚上，必要为钱有一场争闹，这已经开始让她感到说不出的厌倦。她从来都是把全部工钱交出来——七个先令，哈里也总是尽其所能送钱回来，可麻烦的是如何从她父亲那里拿钱。他说她过去总是大手大脚糟蹋钱，说她没头脑，说他才不会把辛苦钱给她让她满街乱花，更糟的是，星期六晚上他往往是心绪分外恶劣。到最后他会把钱给她，然后问她有没有打算买回星期天的晚餐。然后她就得赶紧飞快地冲出去买东西，手里紧紧攥着黑皮钱包，在人群中挤来挤去，很晚了才扛着成包的必需品回家。她的活儿不容易，要维持家计，还要保证让那两个留给她照看的年幼孩子按时上学，按时吃饭。活儿真不容易——日子艰难——可眼下要舍弃了，她却不觉得这是全然没有好处的生活。

她就要和弗兰克一起去探索另一种生活了。弗兰克很和善，有男子气概，而且心胸坦荡。她要和他一起乘晚班渡轮离开，去做他的妻子，跟他共同生活在布宜诺斯艾利斯，在那里他为她备好了一个家。与他初见的情景，她记得多么清楚啊；她过去常去主街边上的一所房子，他就一直寄住在那儿。好像就发生在几个星期以前。他站在大门边，鸭舌帽推在脑后，头发散落向前，遮在古铜色的脸上。后来他们就认识了。他曾经天天黄昏在店铺外跟她见面，又送她回家。他带她去看《波西米亚女郎》，她跟他一起坐在剧院里陌生的一角，心花怒放。他喜欢音乐喜欢得要命，还能唱上几段。人们都知道他们在恋爱，他唱起那段关于姑娘爱上水手的故事时，她心头总是又愉悦又茫然。他曾戏称她为“小人儿”。开头她是因为有了个男人而兴奋，过后她就真喜欢上他了。他知道遥远异乡的故事。刚开始的时候，他在阿伦航线上一艘开往加拿大的船上打杂，一个月拿一英镑。他跟她讲他坐过的那些船的名字，还有他干过的各种活儿的名称。他曾乘船过麦哲伦海峡，他还给她讲吓人的巴塔哥尼人的故事。他说他已经落脚在布宜诺斯艾利斯，只为度假才回故国。当然，她父亲发现了这桩风流事，便不许她再跟他说话。

“我可知道这些水手伙计们的底细。”他说。

有一天他和弗兰克吵了起来，从那以后她就只好偷偷跟情人会面。

大街上的夜色愈发深了。她膝上搁着两封白色的信，已经看不清了。一封是给哈里的，一封是给父亲的。她最喜欢欧内斯特，不过她也喜欢哈里。她注意到了，父亲最近渐渐有了老态；他会想念她的。他有时候会很慈祥。就在不久前，她一整天都病卧在床，他就给她念鬼故事，还在炉子上烤吐司给她吃。母亲在世的时候，有一天他们全家还去霍斯山上野餐过一回。她还记得父亲戴上母亲的女帽，逗得孩子们哈哈笑。

她的时间不多了，可她还是坐在窗前，头抵在窗帘上，嗅着灰尘覆盖的豪华大花窗帘布的气味。她听见，远远的大街那头，有人在街头演奏风琴。她熟悉那小曲。好奇怪，风琴会在那个夜晚响起来，让她想起自己答应过母亲的事，她答应过母亲，要尽自己所能来维持这个家。她回忆起母亲病重的最后一晚；她又回到了当年，在客厅另外一侧那间密不透风的黑屋子里，她听到外面那忧伤的意大利小曲。演奏风琴的人得了六便士，被呵斥着走开。她记得父亲大踏步地走回到病室里来，说：

"该死的意大利人！居然转到这边来了！"

她沉思着，回忆起母亲悲惨的一生，这回忆攫住了她的命脉——那一生充满种种普通寻常的牺牲，以最后的错乱告终。她浑身发抖，仿佛又听到母亲用狂躁而固执的声音不断地说：

"Derevaun Seraun! Derevaun Seraun!" [1]

她突然感到一阵恐怖的冲动，站起身来。逃吧！她一定要逃！弗兰克会拯救她。他会给她生活，也许还会给她爱。可是她想活。她凭什么就活该不幸？她有权获得幸福。弗兰克会将她拢入怀中，拥抱住她。他会拯救她。

她站在北墙码头的车站里，随着人流忽东忽西。他握着她的手，她明白他是在跟她讲话，一而再再而三地讲着有关旅程的什么要紧事。车站上挤满背着褐色行李的士兵。透过宽宽的棚门，她一眼瞥见那巨大的黑色船体，贴着码头墙停靠着，舷窗都亮着灯。她答不出话来。她觉得自己两颊苍白冰凉，在迷乱的痛苦中，她祈祷上帝来指引她，将她的责任展示给她。大

[1] 不是很标准的爱尔兰语，意为"歌唱到最后就是疯话"，或者"乐极生悲"。

船朝薄雾喷出一声长长的哀鸣。如果她去了，明天她就会与弗兰克一起在大海上，朝着布宜诺斯艾利斯航行。行程已经预定。他为她做了那么多，她还能退出吗？她感到万分沮丧，体内起了一阵恶心，她的嘴唇不停地翕动，默默地做着诚心的祷告。

一阵铃声敲响在她的心上。她感觉到他一把揪住她的手：

“快来！”

世界上所有的海水都汹涌在她的心头。他这就要把她拽进这些海水里了：他会淹死她的。她的两只手紧抓在铁栏杆上。

“快来！”

不！不！不！这可不成。她的双手疯狂地抠住铁栏杆。在海水中她发出一声惨叫。

“伊夫琳！伊薇[1]！”

他冲过栅栏，喊她跟上去。人家冲他吆喝，要他快上船，可他却还朝她喊着。她苍白的面孔定定地对着他，满是无奈，像一只无助的动物。她看着他，目光中没有爱的迹象，没有告别的迹象，也没有相识的迹象。

[1] 伊夫琳的昵称。

车赛后[1]

汽车朝都柏林疾驰而来，如滚动的弹珠一般，平稳地行驶在纳斯路的车道上。因什科雷镇的小山头上，看热闹的人们团团簇簇，看着返途中的汽车，欧洲大陆就这样穿过这条贫穷和惰性的通道，提速奔向财富和工业。这群感激涕零接受压迫的人发出阵阵欢呼。不过，他们情感上偏向那些蓝色汽车——那是法国人的车子，法国人是朋友。

何况，法国人是货真价实的赢家。他们的车队实在是战绩辉煌；他们占了第二和第三的名次，德国汽车赢得了第一，而根据报道，德国汽车的司机却是一个比利时人。因此，每一辆蓝色汽车驶到小山顶，都受到两轮欢呼迎接，车子里的人则微笑点头，领受每一声欢呼。那些车子制造精美，其中一辆坐了四个年轻人，他们此刻情绪高昂，其喜悦似乎远远不只因为法国的成功：实际上，这四个年轻人几乎要乐疯了。他们是车主夏尔·塞古安，出生于加拿大的年轻电工安德列·吕维埃尔，

[1] 1903 年 7 月 2 日，著名的高登-贝纳特汽车大奖年赛在爱尔兰举办，全世界广为报导。本文背景即此次大赛。爱尔兰当时是欧洲经济比较落后的国家。

一个名叫维朗纳的大个子匈牙利人，还有个衣冠楚楚的年轻人叫多伊尔。塞古安心情很好，因为他意外地提前收到了一些订单（他正要在巴黎开设一家汽车行）；吕维埃尔心情很好，因为他即将被任命为那家车行的经理；这两个年轻人（还是表兄弟），也因为法国汽车的获胜而心情好。维朗纳心情很好，因为他午饭吃得很满意；此外他天生就是个乐天派。可是，这个小团体中的第四个成员激动得过了头，却没办法感到由衷的快乐了。

他二十六岁左右，唇边浅棕色的小胡子很柔软，一双灰眼睛看上去很是天真。他的父亲早年是很激进的民族主义分子，然而不久就改变了观点。他先在金斯敦做屠夫发了财，然后到都柏林及郊区开了些铺子，又挣了好多好多钱。他还走运地得到一些替警察部门供货的合同，到后来他已经相当富裕，都柏林的报纸提到他，都称他是商业大王。他先送儿子到英格兰一所很大的天主教大学里受教育，之后又送他去都柏林大学读法律。吉米学习并不很用功，有一阵子还走了邪道。他有钱，又有人缘；叫人好奇的是，他的时间分别花在了音乐圈子和汽车圈子里。后来他被送到剑桥待了一个学期，稍微增长了些阅历。他的父亲替他付清了账单，带他回了家，一边对他的大手大脚抱怨不休，一边却又暗地里为这种奢侈感到骄傲。他就是在剑桥遇到了塞古安。迄今他们也仅是相识，并无多少深交，可吉米却觉得与他为伍异常愉快，须知这样一个人真可谓见多识广，而且人人都知道他拥有法国最大的几家饭店。（吉米的父亲也很赞同）这样一个人很值得去结交，即便作为同伴而言，过去他并不如现在这般惹人喜爱。维朗纳也很风趣——他是位技艺高超的钢琴家——但，不幸的是，他很穷。

汽车载着乐疯了的年轻人，喜气洋洋地往前开去。前排坐着两个表兄弟，后排坐着吉米和他的匈牙利朋友。维朗纳情绪着实太好了，沿途好几英里他都在用低沉的嗓音哼着曲子。两个法国人回头抛过来笑声和含混的话语，吉米经常得向前抻着身子，好捕捉那些语速太快的短语。对此他可一点儿也不感到愉快，他几乎总是得机智地去猜测他们的意思，然后迎着狂风的咬噬大声做一番合适的回答。而且，维朗纳哼曲儿的声音搅得人心烦意乱，汽车的噪音也搅得人心烦意乱。

飞速穿越空间让人情绪亢奋，引得众人侧目亦如是，手头阔绰亦如是。吉米之所以备感兴奋，恰恰是这三个缘故。那一天，他与这些大陆佬结伴而行，很多朋友都看见了。在中途停车计时检修站，塞古安把他介绍给一位法国参赛者，他语无伦次地咕哝着奉承话，那个车手用黝黑的脸上绽开的一道闪亮白牙回应了他。受此殊荣之后，再返回观众的粗俗世界，置身于推搡和很有意味的目光中，如此是很惬意的。至于钱——他真有一大笔钱可以支配。或许，塞古安并不以为那是一大笔钱，可吉米尽管有时会不学好，实际上却仍承袭了实在的天性，这些钱是怎样艰难积攒下来的，他一清二楚。正因为清楚，他的账单才没有超过放纵合理的限度，而且，若说当年的情况下，他尚且能意识到这些钱里隐藏的血汗和辛苦，并保持了些许清醒理智，那么如今，他将要把他财产的一大半拿去赌风险的时候，他更是清楚地意识到这一点！这可是他的正经事。

当然啦，这笔投资很划得来，塞古安还设法让他有了这样一个印象：全亏得他们交情好，那一丁点儿爱尔兰的钱才会被吸收到公司的资本中。吉米一向很佩服父亲在生意上的精明，而这件事正是他父亲最先建议投资的；汽车这一行一定会赚钱，大把大把的钱。再说，塞古安有一股子不容置疑的阔气。吉米沉下心来，把乘坐这辆气派的汽车变成多日的正事。它行驶得多么平稳啊。他们沿着乡村道路行进，真有排场啊！这旅行如有魔力的手指搭在了生活的脉搏上，而人类的神经机制就殷勤而努力地去应和这风驰电掣的蓝色活物颠簸的路线。

他们沿着戴姆街开下去。街上的交通异常繁忙，汽车司机在鸣笛，焦躁的有轨电车司机在按喇叭，一片嘈杂。塞古安在银行旁边停下车，吉米和他的朋友跳下了车。人行道上聚集了一小撮人，向还在咆哮的汽车致意。那天晚上大家伙儿要在塞古安的饭店共进晚餐，吉米和与他同住的朋友现在要先回家穿上礼服。汽车慢慢转向驶往格拉夫顿街，两个年轻人则推搡着穿过围观的人群。他们朝北走去，举手投足之间有了一种古怪的失落感，夏日黄昏的薄暮中，这座城市在他们的头上悬起了一盏盏苍白的球形路灯。

吉米的家中已经宣称，这一顿晚餐是件大事。他的双亲慌乱当中混杂着得意，还有某种迫切的渴望，想要任性为之，国外大城市的名号至少就有这种力量。吉米打扮齐整之后，看上去也很神气，他站在大厅里，最后一次摆正晚礼服蝴蝶领结，他的父亲甚或觉得，为儿子谋划来这些往往买都买不到的品质，从生意角度也是很叫人满意的呢。故此他的父亲对维朗纳格外友好，举止间就表现出对外国成就的由衷敬佩；可那匈牙利人已经开始急切切地盼着晚餐了，很可能并没有领会到主人家的这点儿婉转微妙的友情。

晚餐棒极了，十分精致。吉米认为，塞古安的品位很是高雅。伙伴中又添了一位年轻的英国人，名叫劳思，吉米在剑桥的时候见过他和塞古安在一起。年轻人在点着电烛灯的舒适单间里吃晚饭。他们扯着嗓门，说起话来几乎没什么保留。吉米的想象力活跃起来，他设想要在英国人刻板规矩的框架上，优雅地缠绕上法国人的青春活泼。他想，这才是他的形象，雍容有度，恰到好处。东道主机灵而游刃有余地引导着谈话，令他钦佩不已。五个年轻人品味各异，又都口无遮拦。维朗纳怀着巨大的敬意，开始向略感诧异的英国人揭示英国牧歌的种种美妙，又连连哀叹古老乐器的流失。吕维埃尔勉力向吉米解说法国机械师们胜在何处，不过他的解说也不够淋漓透彻。那匈牙利人嗡嗡的嗓音渐渐响亮起来，他正要讥笑浪漫画家笔下诗琴画得不伦不类，塞古安却照拂着大伙儿，谈起了政治。政治这个领域，大伙儿说起来都很自在。受到宽松气氛的影响，吉米觉着父亲那久已埋葬的热情又在自己心中苏醒过来，到最后他惹得木讷的劳思也激动起来。屋子里热度倍增，每一刻塞古安的任务都变得更加艰难，甚至出现了恶意进行个人攻击的危险。机警的东道主觑了个时机，举起酒杯要为博爱干一杯，大家一饮而尽的时候，他别有意味地推开了一扇窗。

那一夜这城市戴上了国都面具。五个年轻人信步走过斯蒂芬绿地，一缕淡淡的芳香雾气包围着他们。他们谈笑风生，大衣在肩头摇曳。人们纷纷闪开为他们让路。在格拉夫顿街角，有个又矮又胖的男人正扶着两位模样周正的女士坐进汽车，负责开车的是另一个胖男人。车子开动了，那矮胖的男人一眼瞧见了这伙人。

“安德列。”

“是法利啊！”

随后就是滔滔不绝的交谈。法利是个美国人。到底在谈些什么，无人搞得很清楚。维朗纳和吕维埃尔吵吵得最起劲儿，不过大家伙儿也都很兴奋。他们上了一辆汽车，挤作一团，嘻嘻哈哈笑成一片。他们贴着人群向前开去，融合进柔和的色彩中，应和出快乐铃声的节拍。他们在韦斯特兰·罗车站上了火车，吉米觉得，好像不过几秒钟，他们就又迈步走出金斯敦车站。检票员是个老头，他跟吉米打招呼：

“夜色不错啊，先生！”

夏夜宁静；港湾躺在他们脚下，像一面遮暗了的镜子。他们手挽手向港湾行进，合声唱着《士官生鲁塞尔》，每次都跺着脚来一句：

“Ho! Ho! Hohe, vraiment!”[1]

他们登上一艘划艇，奋力朝美国人的游艇划去。那儿会有夜宵、音乐、纸牌。维朗纳诚心诚意地说：

“真美啊！”

船舱里有架游艇钢琴。维朗纳为法利和吕维埃尔演奏了一

[1] 法语，意为“嗬！嗬！嗬嘿，真是好样的！”这是《士官生鲁塞尔》每节的开头一句。

曲华尔兹，法利做男伴，吕维埃尔做女伴。接下来是一首即兴方形舞曲，小伙子们设计出很有创意的舞步。多尽兴啊！吉米投入地扮演着自己的角色；最起码这也是生活阅历。后来法利气喘吁吁，大叫停下！有人端进来清淡的夜宵，于是小伙子们坐下来，做出吃饭的样子。可他们喝得却不少：真真是放浪不羁。他们为了爱尔兰，为了英格兰，为了法国，为了匈牙利，为了美利坚合众国，喝了一杯又一杯。吉米发表了一番长篇大论的演讲，而维朗纳每逢他停顿，就大喊听啊！听啊！他坐下的时候，大家全都热烈鼓掌。那演讲一定很精彩吧。法利拍着他的后背放声大笑。多么快活的伙计们啊！他们是多么棒的朋友啊！

打牌啦！打牌啦！桌子收拾干净了。维朗纳静静地回到钢琴前，为他们演奏小曲。其他人一局接一局地玩起来，孤注一掷，放胆冒险。他们为红桃皇后和方块皇后的健康干杯。吉米灵感迸发，却隐隐地感到听众缺失。游戏赌额涨得很高，钱票开始传来传去。吉米并不明确谁是赢家，但他清楚自己是个输家。不过这都是他咎由自取，因为他常常看错自己的牌，别人还得替他计算他的欠账。他们这伙人精力正旺，可他却盼着他们罢手了：夜深了。有人为游艇“新港美人”干了一杯，又有人建议再来一局大的好收尾。

钢琴停下来了；维朗纳一定是去甲板了。那是一场糟透了的赌博。快结束时，他们停下来，为好运道又喝了一杯。吉米明白，这牌局就是劳思和塞古安两人在玩儿。那兴奋劲儿啊！吉米也很兴奋；当然啦，他会输。他写下了多少欠单来着？大家站起身来，连说带比画地去玩最后几招。劳思赢了。小伙子们欢呼的声音摇撼着船舱，纸牌堆到了一起。他们开始统计各自的输赢。法利和吉米输得最惨。

他知道，到了早晨自己就会懊悔，可现在他却很高兴能休憩片刻，很高兴昏天黑地的迟钝状态掩盖了自己的蠢行。他双肘靠在桌上，两手捧住头，数着太阳穴的每一下跳动。舱门开了，他看见那匈牙利人站在一束灰白的光线中：

“破晓啦，先生们！”

两个街痞

八月的黄昏，灰蒙蒙而又暖洋洋地，降临到城区，街道上充溢着温煦的空气，是夏日的回忆。星期日要休息，街道上店铺都关了门，街上拥挤着服饰鲜丽的人群。高高的灯架顶端，明珠般的路灯洒下光芒，照耀着人间图景，人间的图景不断变换形状和色彩，但传向黄昏暖洋洋而又灰蒙蒙的天空中的喃喃低语，却无休无止从无变换。

两个年轻人从拉特兰广场的小山上走下来。其中一个独自讲了好半天，终于说到了结尾。另一个走在路边，好几次因为同伴礼貌欠缺，不得已踏上马路，从他的脸色看得出，他听得很有兴致。他身材矮墩墩的，脸色红润。他的游艇帽从前额推得很靠后，他听着同伴的絮叨，鼻翼、眼角和嘴角绽出一波一波的笑纹。他震颤着身子，迸发出一阵接一阵微微的嗤笑。他的双眼闪动着狡黠的快乐，时不时瞥一下同伴的脸。他整理了一两回学斗牛士的样子甩在肩头的浅色风雨衣。他身着马裤，脚穿一双白色胶鞋，风雨衣又很帅气地甩在肩头，这些都散发着青春的气息。但他的身材在腰部开始变得滚圆，他的头发稀疏灰暗，而他的面庞在有笑纹掠过时，显出了沧桑之色。

确定同伴的话已经讲完了，他就无声无息地笑了整整半分钟。然后他说：

“不错嘛！……真盖了帽儿啦！”

他的嗓音听上去少了点儿力度，于是为了让自己的话更铿锵一些，他又戏谑地说：

“照我说呀，这真是独一无二，举世无双，recherché[1]，盖了帽儿啦！”

说完这话，他变得肃然沉默起来。一下午他都在多塞特街上一家酒馆里大讲特讲，讲得口干舌燥。人们大多认为勒内汉是个寄生虫，尽管有这个坏名声，他却左右逢源，花言巧语，总是哄得朋友们不会对他群起而攻之。在酒吧里，他行事很无畏，他会朝一伙朋友走过去，但在他们没把他算作轮回请客的一分子之前，却又能一直进退有度地在大伙儿的边缘逡巡。他是个没正经的小无赖，他的本事就是满肚子货色齐全的故事、打油诗和谜语。无论别人待他怎样无礼，他都满不在乎。没人知道他是怎样勉强度日的，不过他的名字隐约跟赌马彩票有些关联。

“科利，你是在哪儿泡上她的？”他问。

科利的舌头迅速地舔了一下上唇。

“伙计，”他说，“有天晚上，我正走在戴姆街上，一眼就瞅见水屋公司的大钟下面站着个靓妞，你知道吧，我就上前说了声晚上好。于是我们就到运河边儿转悠，她跟我讲，她在巴戈

[1] 法语，意为“奇货可居”。

特街的一个宅子里做杂役女仆。那天晚上我拿胳膊揽着她，使劲儿地搂了她一把。伙计，第二个礼拜天我就约她见面啦。我们一块儿去了唐尼布鲁克，我带她进了那边的牧场，她跟我说，她从前常跟一个送牛奶的去那儿呢……好极了，伙计。她天天晚上都捎香烟给我，还替我付出城和回来的车票钱。有天晚上她还给我捎来了两支顶呱呱的雪茄——哦，要知道，真材实料呐，老头子过去常抽的那种……伙计，我还担心过她会不会怀上了哩。不过她总有办法脱身。”

“说不定她还以为你会娶她呢。”勒内汉说。

“我跟她讲我丢了差事，”科利说，“我跟她讲我先前在皮姆公司做事。她并不知道我的名字。我机灵得紧，才不会跟她讲。可是，你知道吗，她觉得我可有派头呢。”

勒内汉又无声无息地笑了。

“我听过那么多好事儿，”他说，“可这一个才算是盖帽儿的啦。”

科利昂首阔步，坦然接受了这奉承话。他魁梧的身子晃来晃去，他的朋友因此而又得在小路和马路之间轻巧地跳来跳去了好几回。科利是个巡警的儿子，他继承了父亲的块头和步态。他走路的时候，两手贴着两胁，身体挺得很直，头晃来晃去。他的头又圆又大，泛着油光；不管春夏秋冬总是汗津津的；他那硕大的圆帽总是斜扣在头上，看上去就好像是从一个球茎里又长出了另一个球茎。他永远目视正前方，好像在游行一样，他要想盯着街上的某个人时，就得从臀部往上来个转身。眼下他没什么正事，就在城里瞎转。但凡有了个空职位，就总有朋友来跟他说要务正业。常有人看到他和便衣警察们走在一起，窃窃地跟他们说着话。他了解所有事件的内幕，并且爱说点儿盖棺定论的高见。他只顾自己说话，并不听跟他在一起的人在说什么。他的话题多是围绕着他自己：他跟某某人说了什么啦，某某人又跟他说了什么啦，最后他又说了什么才摆平啦。他转述这些对话的时候，就会学佛罗伦萨人的样子，吞掉自己名字的第一个字母，把“科利”说成“荷利”。

勒内汉给朋友让了支香烟。两个年轻人穿过人群向前走着，科利不时回头朝擦肩而过的某个姑娘微微一笑，勒内汉则始终凝视着又大又朦胧的月亮，月亮周围带了双层的光晕。他全神贯注地看着暮色如灰网一样掠过了月亮的表面。半晌他才说：

“那么……跟我说说，科利，我想你能顺顺当当弄上手，对吧？”

科利的回答就是意味深长地闭上一只眼。

“那事儿，她心甘情愿吗？”勒内汉狐疑地问，“女人心总难猜啊。”

“她没的说，”科利说，“我知道怎么哄得她百依百顺，伙计。她可是迷上我啦。”

“我说你这人，就是我说的无忧无虑的罗萨里奥啊[1]。”勒内汉说，“还是个不差分寸的罗萨里奥呢！”

一丝讥讽冲淡了他举止中的逢迎。为了给自己留后路，他

[1] 罗萨里奥是英国剧作家尼古拉斯·罗（1674—1718）创作的剧中人物，他是来自热那亚的年轻贵族，典型的浪荡子。在塞万提斯的名作《堂吉诃德》中也有一个同名人物，他受朋友蛊惑去勾引贞洁妇人，结果大受捉弄。

总习惯把奉承话说到半截，好有余地化奉承为戏谑。但科利的心思并不细腻。

“叫一个干杂役的女仆动心，这没啥了不起的，”他承认道，“听我的准没错儿。”

“叫她们动心的那人，可把她们个个都招惹遍了啊。”勒内汉说。

“你要知道，”科利推心置腹地说，“头前我是常和姑娘们出去的，就是南环路上那些姑娘。那时候我常带她们出门，伙计，坐着有轨电车到处逛，我付车钱，不然就是带她们去剧院听音乐看戏，再不然就给她们买巧克力买糖果什么的。”他仿佛意识到别人不肯信他的话，又用令人信服的语调加了一句：“那时候我在她们身上可是花够了钱啊。”

但勒内汉很可能是信他的，他点头点得很郑重呢。

“我可知道那套把戏，”他说，“傻瓜才玩儿那套把戏。”

“该死的，我好歹脱身啦。”科利说。

“就是啊。”勒内汉说。

“只勾搭上了其中一个啊。”科利说。

他用舌头舔了一遍上唇，把它弄得湿润了。回忆令他双眼熠熠生辉。他也凝视着月亮那苍白的圆盘，它几乎全被遮住了。他好像在冥想。

“她倒是……很正点的。”他懊悔地说。

他又默不作声了。后来他说：

“现下她可做了皮肉生意了。有天晚上，我看见她和两个汉子坐在一辆车里，从公爵街开过去。”

“我看是你干的好事吧。”勒内汉说。

“在我之前就有别人跟她好过了。”科利泰然自若地说。

这一回勒内汉倒有些不肯相信了。他微笑着摇了摇头。

“放明白点儿，科利，你蒙不了我。”他说。

“可不敢欺骗上帝啊！”科利说，“她自己可不就是那么跟我说的吗？”

勒内汉闻言做了个悲剧手势。

“卑鄙的负心汉啊！”他说。

他们路过三一学院的围栏时，勒内汉跳到马路上，往大钟看了一眼。

“过了二十分钟啦。[1]”他说。

“来得及，”科利说，“她一准儿会守在那儿。我总让她等那么一会儿。”

勒内汉静静地笑了。

“好家伙！科利，你真是知道如何应对啊。”他说。

“她们的小花招我都能应付自如。”科利坦承说。

“可是跟我说实话，”勒内汉又说，“你拿得准你能顺顺当当地上手吗？要小心阴沟里翻船啊。到要紧关头她们可就矫情上了。我说……什么？”

他那双闪亮的小眼睛打量着同伴的脸，想再要个保证。科利来回晃着脑袋，好像要甩掉一只老来捣乱的飞虫一样，他拧起眉头。

---

[1] 七点过二十。在都柏林，八月下旬太阳总是在七点钟左右落山。

“我会摆平的，”他说，“全交给我，不成吗？”

勒内汉不说话了。他不想惹得朋友发脾气，不想找骂，不想听人说没人稀罕他的建议。还是要讲点儿技巧的。不过科利很快又舒展了眉头。他的思绪跑到另一条道上去了。

“她可是个俊俏娘们儿。”他很欣赏地说，真是好样的。

他们先沿着纳索街走，后来转向基尔戴尔街。离俱乐部入口不远的地方，有个弹竖琴的人站在路面上，为一小圈听众弹奏着。他心不在焉地拨弄着琴弦，时不时迅速而厌倦地看一眼每个新来的人的脸，也时不时迅速而厌倦地看一眼天空。他的竖琴也同样一副心不在焉的模样，角撑表面的涂料已经剥落，似乎同样厌倦了陌生人的目光和主人的双手。一只手在低音部弹奏着《哦，静一静，莫伊尔》，每弹完一小节，另一只手就到最高声部划上一下。小曲的音符上下跳跃，深沉而饱满。

两个小伙子默默无语地沿街走去，身后盘旋着忧伤的音乐。到了斯蒂芬绿地，他们穿过马路。有轨电车轰轰作响，灯火通明，人群熙熙攘攘，两人至此总算从沉默中得到解放。

“她就在那儿！”科利说。

休姆街的拐角处，站着一位年轻姑娘。她身穿蓝色衣裙，头戴白色水手帽，站在马路牙子上，一只手拿着遮阳伞晃来晃去。勒内汉变得活跃起来。

“科利，咱们瞧瞧她去。”他说。

科利咧嘴斜瞅了朋友一眼，但脸上的笑意却显得并不那么愉快。

“你是不是想要插我一脚啊？”他问道。

“去你的！”勒内汉大胆地说，“我不用你做介绍。我只要看她一眼嘛，又不会吃了她。”

“哦……看她一眼？”科利口气和缓了许多，“好吧……我告诉你啊，这样，我过去跟她说话，你打边儿上经过就行。”

“成啊！”勒内汉说。

科利一条腿已经跨过拦路的铁链，勒内汉又喊道：

“然后呢？我们在哪儿碰头？”

“十点半吧。”科利一边回答，一边把另一条腿也扯过铁链。

“在哪儿啊？”

“梅里安街拐角。那时候我们正好赶回来。”

“那就好好干吧。”勒内汉最后说。

科利没有回话。他悠闲地踱过马路，左右晃着脑袋。魁梧的身材，轻松的步伐，靴子踩在地上敦实的声音，这一切都很有点儿征服者的派头。他走近那年轻姑娘，也不寒暄，直接跟她聊起来。她手里的阳伞甩得越发频繁，脚跟转动，半扭着身子。有一两回，他靠近跟她讲话，她笑着低下头去。

勒内汉观察了他们几分钟。然后他快步沿着铁链走开了些，又鬼鬼祟祟穿过马路。他走近休姆街拐角的时候，闻到空气中有浓浓的香气，他的目光又迅疾又迫切地打量了一下那年轻女子的外貌。那女子身着礼拜日的盛装。蓝色哔叽布的裙衫，腰部系着一根黑色的皮带。腰带上大大的银绊扣似乎正压在她身体的中心，像夹子一样按住了她白色上衣的轻薄料子。一件黑色短外衣罩在外面，外衣上有螺钿扣子，还配着一条破旧的黑色毛围巾。她花了一番心思，把针织网眼领边的两端弄得散乱，还在胸前插了一大束直立的红花。看着她那健壮、矮小、肌肉发达的身材，勒内汉的目光里流露出赞赏。她的脸庞上，她那胖胖的红脸蛋上，她那双无所顾忌的蓝眼睛里，无处不闪耀着坦荡而质朴的健康品质。她五官粗犷。鼻孔很宽，嘴巴有点儿歪，心满意足暗送秋波的时候嘴巴会张开，露出两颗突出的门牙。勒内汉经过的时候摘帽行礼，大约过了十秒钟，科利才冲着空气回了个礼。而他所谓的回礼，不过就是含含混混地举起手，若有所思地调一下帽子的角度。

勒内汉一直走到谢尔本饭店才停下来等着。等了一小会儿，他看见他们朝他这个方向走来，他们朝右一拐，他就跟了上去，脚穿白鞋的他步伐轻盈，靠梅里安广场一边走着。他走得很慢，依他们的步伐而调整自己的步伐，只见科利的脑袋每每朝那年轻女子的脸转去时，就像是绕着中轴转动的大球。他的视线始终跟随着这一对儿，见他们登上了去唐尼布鲁克的有轨电车，他才折回去，沿原路返回。

他现在是独自一人了，面容看上去有些苍老。活泼劲儿好像离他而去了，他沿着公爵草坪的围栏走去，一路随手抚弄着栏杆。弹竖琴的人刚才弹奏的小曲儿开始左右他的步调。他的双足轻柔地踏着那支乐曲，每一小节音符之后，他的手指都懒懒地扫过栏杆，仿佛是在弹奏变调音阶。

他无情无绪地绕过斯蒂芬绿地，走到格拉夫顿街上。他穿过人群，目光观察到了各色人等，但神色阴郁。那些想要他着迷的，他只觉得微不足道，面对那些鼓励他放纵一些的秋波，他也没任何回应。他明白自己得要口若悬河，得要编故事，得要逗别人开心；可是他脑中空空，喉头焦干，做不得这些事。还要过几个小时才能跟科利碰头，他怎样熬过去这段时间，倒有点儿让他挠头了。除了继续走路，他想不出有别的法子来打发这空当。他左拐来到拉特兰广场的一角，站在黑暗僻静的小街上，觉得自在了些，街上看去很肃穆，跟他的情绪很相称。在一家灰头灰脸的铺子前，他终于停下了脚步，铺子橱窗上印着几个白字“小吃酒吧”。窗玻璃上还有两组龙飞凤舞的文字“姜汁啤酒”和“姜汁麦芽酒”。一个蓝色大盘子上摆放着一根切开的火腿，旁边的平盘上还有一块很清淡的葡萄干布丁。他热切地盯着这些食品看了半晌，机警地朝街头左右瞥了一眼，快步走进铺子。

他饥肠辘辘，从早餐到现在，他只吃过几块饼干，还是他求两个很不情愿的酒吧招待给他的。他在一张没有铺台布的木桌前坐下来，对面是两个年轻女工和一个技工。一个外表邋遢的女招待过来招呼他。

“一盘豌豆要多少钱？”他问。

“三个半便士，先生。”女招待答道。

“那就给我来一盘豌豆，”他说，“再要一瓶姜汁啤酒。”

他刚进门的时候，大家都停下了谈话，于是为了遮掩自己的斯文气，他故意粗声粗气地说话。他的脸有些发烫。他把帽子往脑后一推，双肘支在桌子上，想显得自然点。那技工和两个年轻女工仔仔细细地把他打量了一番，这才又压低声音继续交谈。女招待给他端来一盘热腾腾的廉价豌豆，上面撒了胡椒和醋，还给他拿来了姜汁啤酒和一把叉子。他贪婪地吃着，觉得好吃极了，于是赶紧在心里记下了这家铺子。他把豌豆吃得干干净净，一口口啜着啤酒，坐了良久，脑子里尽是科利的艳遇。他在想象中看到，这一对情人正漫步在一条阴暗的路上；他听到科利用深沉而富有活力的嗓音说着殷勤的话语，又看到年轻姑娘嘴角那一缕娇俏的神色。这幻象叫他愈发痛切地感到自己囊中羞涩，心无依托。四处飘零奔命，整日捉襟见肘，用尽心机跟人家耍心眼儿，他已经厌倦了这一切。到十一月他就三十一岁了。他就永远找不到一份好差事吗？他就永远不能有个自己的家吗？他想，能坐在温暖的壁炉旁，能坐下来享用一份像样的晚餐，该是多么惬意啊。他跟哥们儿在街头逛，跟姑娘们在街头逛，已经逛够了。他知道那些哥们儿是些什么货色，他也知道那些姑娘是怎样的。过去的经历让他对这个世界满怀怨愤。但并非所有的希望都离他而去了。填饱肚子之后，他感觉比刚才好些了，对生活也不是那么厌烦了，还多了点儿精气神儿，不再那么垂头丧气。只要他能碰上个心地单纯的好姑娘，她的手头再有点儿现钱，说不准他还能在某个舒适自在的角落里安个家呢。

他给了那个外表邋遢的女招待两个半便士，走出铺子，又开始了漫无目的的闲逛。他拐进卡佩尔街，朝市政厅走去。后来他又折向戴姆街。在乔治街的拐角，他遇上了两个哥们儿，就停下跟他们聊天。走了这么多，能稍作停歇，他觉得很高兴。哥们儿问他见过科利没有，最近又有什么进展。他回答说自己一整天都和科利待在一块儿。他的哥们儿几乎没说什么。他们的目光茫然地追寻着人群中的身影，偶尔评头论足。一个哥们儿说，一小时前他在威斯特摩兰街上见过麦克。一听这话，勒内汉就说自己头天晚上一直和麦克一起在伊根开的酒馆。见过麦克的那个小伙子就问，麦克打台球赢了点儿钱，是不是真的。勒内汉不知道，他说在伊根的酒馆里，请他们喝酒的是霍洛汉。

差一刻钟十点的时候，他离开哥们儿，走上乔治街。在市场那儿他朝左一转，进了格拉夫顿街。姑娘们和小伙子组成的人群渐渐稀疏，他沿街往前走的时候，听到一伙伙、一对对在彼此道晚安。他一直走到外科医师学院的大钟那边：大钟正在敲响十点整。他快步匆匆沿着绿地的北边走着，只担心科利也许会回来得太早。到了梅里安街拐角，他在一盏路灯下的阴影处站好位置，取出攒着的一根香烟点着了。他斜倚着灯柱，目不转睛地凝视着一个方向，他预料自己能看到科利和那年轻女子从那个方向走回来。

他的心思又活起来。他很想知道科利应付得好不好。他很想知道，科利是不是已经跟她提过了，或者科利是不是打算到最后才说这事。他体验到了他那位朋友的处境中的所有痛苦和狂喜，他也体验到了自己处境中的所有痛苦和狂喜。不过，回想到科利缓缓转头的样子，不知怎的他就有些安心了：他敢说科利这事儿会办得顺顺当当。他突然想，说不定科利走另一条路送她回了家，却把他放了鸽子。他的目光在街上扫来扫去：没见到他们的影子。可是，离他刚才看外科医师学院的大钟那会儿，肯定已经过了半个小时。科利会干那种事儿吗？他点上最后一根香烟，紧张地抽起来。每当有轨电车在广场那头远远地停下来，他都瞪大眼睛使劲儿盯着。他们肯定是从另一条路回家了。香烟已经燃到烟纸尽头，他咒骂着把它弹到路上。

忽然他就看见他们朝他走来。他欢喜地精神为之一振，紧紧靠着灯柱，想要从他们走路的样子中看出个究竟。他们走得很快，年轻女人的步子又快又小，科利跨着大步跟在她身边。他们看上去并不是在交谈。就像被某种锐器的尖头刺了一下，他隐约感觉到了结果。他就知道科利会搞砸的，他就知道那样是行不通的。

他们拐到巴戈特街上，而他则立刻走上另一边的人行道跟了上去。他们停下脚步，他也停下脚步。他们说了一会儿话，年轻女子走下台阶进了宅区。科利仍然站在路边上，离屋前台阶有一段距离。几分钟过去了。厅门被轻手轻脚地慢慢打开了。有个妇人咳嗽着跑下屋前台阶。科利转过身朝她走去。有那么几秒钟，他那宽宽的身影遮住了她的身影，然后她又露出身影，朝台阶上跑去。门在她身后关上了，科利快步朝斯蒂芬绿地走去。

勒内汉也急忙朝同一个方向走去。几滴小雨落下来了。他觉得这是个警告，就向后朝那年轻女子进的宅子瞥了一眼，发现并没有人看见自己，这才急切地跑过来。他很急，跑得又快，有点上气不接下气。他大声喊道：

“喂，科利！”

科利回头看了看是谁在叫自己，随即又继续一如既往地向前走去。勒内汉跟在他后面，一边跑，一边用手把披在肩上的风雨衣整理了一下。

“喂，科利！”他又喊。

他追上朋友，关切地想从朋友的脸上看出什么。可他什么也没看出来。

“怎么样？”他说，“事情办妥了？”

他们走到伊利广场一角。科利还是没有搭理他，向左一转弯，走进了旁边的小街。他的面容安详，透着一股严厉的镇定。勒内汉跟着自己的朋友，气都喘不匀了。他很受挫伤，话音中就透出一种威胁的口气。

“你就不能跟咱说说吗？”他说，“你把她弄上手了吗？”

科利走到第一盏路灯前，停下脚步郁郁不乐地盯着前方。他郑重其事地朝着亮处伸出一只手，迎着他那跟随者的目光，带着满面的笑容缓缓展开了那只手。他的掌心里，一枚小小的金币闪闪发光。

旅店

穆尼太太是个肉铺老板的女儿。她这个女人很能藏心事，是个有决断的女人。她嫁给了父亲的跑堂，还在喷泉花园附近开了一家肉铺。可老丈人一死，穆尼先生就开始学坏了。他酗酒，偷用收款柜里的钱，很快就债台高筑。叫他赌咒发誓也是白搭：过不了几天他准会破戒。他当着顾客的面跟老婆打架，还购进烂肉，很快就毁了生意。有天晚上他拿着切肉刀就朝老婆冲了过去，结果她只好跑到一个邻居家去睡。

打那以后他们就分开过了。她跑去找牧师，得到许可与丈夫分居，孩子们归她照料。她不肯给他钱，不肯供他吃喝，也不肯留他在宅子里住；于是他不得已应征做了个司法官的跟班。他是个小个子，整日醉醺醺，一副潦倒相，弯腰驼背，白面孔上有白色的小胡子，小眼睛上面那一对白眉毛倒是描黑了，眼睛红肿，充满血丝；他一天到晚坐在司法副官的房间里，等人家给他派活儿。穆尼太太从肉铺里取出自己仅剩的那点儿钱，在哈德威克街上开了一家供膳食的旅店，她是个大块头，样子很威严。她那里住的人有些是漂泊不定的客户，多是从利物浦和马恩岛来的游客，偶尔还有杂耍场的 artistes[1]。而长住的人则由在城里工作的职员组成。她管理旅店又精明又果断，知道何时允许赊账，何时寸步不让，何时得过且过。那些长住的小伙子都叫她太太。

穆尼太太的小伙子们每周为住宿和伙食（正餐里喝的啤酒和黑啤酒除外）付十五个先令。他们的趣味和职业都很一致，因为这个彼此就很合得来。他们互相商讨受宠和遭贬的时机。太太的儿子约翰·穆尼是舰队街上一位委托代理人的职员，素有强悍之名。他喜欢讲大兵们的粗话黄段子，常常到凌晨才回家。跟朋友碰面的时候，他总有绝妙的段子抖给他们，而且总是对好东西了如指掌——就是说，他总知道这匹马会赢，而那个卖艺人会走红。他拳击也很拿手，还会唱滑稽歌曲。逢星期天晚上，穆尼太太的前厅里常会有一场聚会。杂耍场里的卖艺人会盛情难却地应邀赶来，谢里登演奏华尔兹舞曲、波尔卡舞曲，还有一些即兴的伴奏曲。太太的女儿波利·穆尼也会唱上一曲。她唱道：

我是个……淘气丫头，
你不必装腔作势：
你明知我多淘气。

波利这姑娘十九岁，身材苗条，有一头柔软的浅色秀发和

[1] 法语，意为“卖艺人”。

一张肉嘟嘟的小嘴。她那双灰眼睛里透出一丝绿色阴影，跟人说话的时候，总习惯向上瞥，这使她看上去像个透着邪气的小圣母。穆尼太太先前曾经送女儿到一个谷物商的办事处做过打字员，可是，有个司法官跟班，衣衫褴褛，隔三岔五老到办事处去，要求人家让他跟自己的女儿说说话，于是穆尼太太就又把女儿带回家，打发她做些家务了事。波利很活泼，这样一来也好让她尽情地与小伙子们交往。再说，有个离他们并不太远的年轻女子，小伙子们也喜欢。波利自然跟小伙子们眉来眼去，不过穆尼太太看事可很精明，她很明白，小伙子们不过是在打发时光罢了，他们中没有一个是把她正经当回事儿的。就这样过了很长时间，穆尼太太都开始考虑把波利送回去继续干打字了，这时她却注意到，波利和其中一个小伙子之间有情况发生了。她监视着这一对儿，却不曾跟谁说什么。

波利知道自己时时刻刻都受到监视，可是母亲自始至终都沉默，这就再明白不过了。母女之间没有公开合谋，也没有公开达成共识，但是，尽管宿舍里的人都开始对这桩风流事议论纷纷，穆尼太太却还是没有插手。波利举止变得有点儿古怪，那小伙子也不打自招地心慌意乱了。终于，穆尼太太认为时候到了，于是她插手了。她处理道德问题，就像刀切肉块那么痛快：这桩事，她可是早就拿定了主意。

那是个星期天，时值初夏，天色晴朗，有了暑热的预兆，却也吹着一缕清新的微风。旅店里所有的窗都打开了，窗格推上去，网眼花边窗帘被吹得鼓鼓地飘向大街。乔治教堂的钟楼里不断传来响亮的钟声，教徒们或茕茕独行，或三五成群，走过教堂前的小广场，他们戴着手套的手里握着小型读本，因此可以看出他们来这里的目的，从他们那郑重其事的外表中也能一样看出那目的。旅店里大家已经用过早餐，早餐室的桌子上堆满盘子，盘子上残留着一道道黄色的鸡蛋痕迹，还有些熏肉的肥肉沫和肉皮渣。穆尼太太坐在扶手藤椅里，看着女仆玛丽收拾干净早餐餐具。她吩咐玛丽把掰碎了的面包片和面包渣收起来，好留着做星期二吃的面包布丁。桌子收拾利落了，碎面包收起来了，糖和奶油都踏踏实实地上好了锁钥，她这才开始回味头天晚上跟波利的谈话。事情正如她所料：她问得坦白，波利答得也坦白。自然，两人多少都有些尴尬。她尴尬，是因为在得到消息的时候，她不想显得对女儿疏于管教，也不想显得听之任之，纵容包庇；而波利觉得尴尬，则不仅因为一提那种事总会让她尴尬，还因为她不想让人觉得，自己明智又单纯，早就勘破了母亲宽容背后的意愿。

沉思中，穆尼太太意识到乔治教堂的钟声已经停下来，就本能地朝壁炉架上那座小小的镀金钟瞥了一眼。十一点十七分了：她时间很充裕，足够跟多兰先生把事儿摆平，还能赶上到马尔伯勒街上参加正午的短弥撒。她胜券在握。首先，她有社会舆论相助：她现在就是一位惊怒交加的母亲。她容他住在她家屋檐下，以为他是个君子，他却二话不说滥用了她这份好客之情。他已经三十四五岁了，可不能再拿年轻冲动来作借口；幼稚无知也不是他的理由，须知他也算是见过些世面的男人。他就是欺负波利年轻、不懂事，这是明摆着的嘛。问题是，他打算怎样将功补过？

这种事必然要将功补过。男人总是不吃亏：寻欢作乐之后，他可以好像没事人似的，自管自地走开，可是姑娘家就得吞苦果。有些做母亲的，能弄到一笔钱来遮掩这种事，就会知足。她听说过那样的情况，可她不会那么做。对她而言，想补救女儿的名声，只有一个将功补过的办法：结婚。

她又数数自己手里的牌，这才打发玛丽上楼去多兰先生的房间，跟他说她希望跟他谈一谈。她觉得自己肯定赢。他是个一本正经的年轻人，不像别的小伙子那样一副放荡样或咋咋呼呼的。倘若换成谢里登先生或者米德先生或者班塔姆·莱昂斯，她要做的事就会棘手多了。她觉得他并不愿搞得沸沸扬扬。旅店里的所有住户都一星半点地知道了这件事，有些人还杜撰出种种细节。再说，他替一个信天主教的大酒商做事，在办事处已经做了十三年的雇员，这事要是传开了，对他而言可能就意味着失去自己的职位。相反，如果他肯认栽，那就万事大吉。她知道他薪水丰厚，而且她怀疑他还有点积蓄。

都快十一点半了！她站起身在窗户之间的大穿衣镜里审视自己。看到自己那张胖胖的红润脸庞上一副坚毅的神情，她感到很满意，她想到了她认识的一些母亲，她们就是没办法嫁掉自己的女儿。

这个星期天的早上，多兰先生真是非常焦虑。他两次试图刮脸，可是手抖得厉害，只好停下来。泛红的胡子已经绕着下巴长了三天，而且每两三分钟眼镜片上就会聚起一片雾气，叫他不得不摘下眼镜，拿手绢去擦干净。一回想起头天晚上自己做的忏悔，他就感到了深切的痛苦；牧师把这桩风流韵事的每一处可笑的细节都扯了出来，到最后还把他的罪恶放大给他看，结果他现在几乎快要因为能瞅个空子将功补过而感激涕零了。大错已铸成。如今要么娶她，要么逃之夭夭，不然他还能怎样？他没办法若无其事。肯定会有人议论这件风流事，他的老板一准会听到些风声。都柏林这城市这样小啊：大家都知道彼此的那点儿事。他的想象分外活跃，他仿佛听到伦纳德老先生用刺耳的尖嗓子在喊：请叫多兰先生到这里来。他觉得心跳得好猛，都到嗓子眼了。

多年来的尽职尽责算是白费了！所有的勤勤恳恳，所有的兢兢业业，都付诸东流了！当然啦，血气方刚的年纪里他也曾放荡不羁；在酒馆里他也曾夸口过自己的自由思想，否认过上帝的存在。但那都已经过去，跟他扯不上了……几乎扯不上了。他每个星期仍旧买一份《雷诺兹报》[1]，可是他也去尽自己的宗教义务，而且，一年中有十分之九的时间他都在过规矩日子。他倒是有足够的钱成家安顿下来，并不是因为这个。但家里人不会瞧得上她。一来她那邋遢父亲声名狼藉，再者她母亲办的这间旅店也渐渐有了某种名声。他有些察觉自己是被人捉弄了。他想象得出，朋友们哈哈大笑地议论着这件风流事。她的确有点粗俗；有时候她会张口就是“我瞅见”和“要是我头先明白”。可要是他当真爱她，合不合语法规则又有什么关系？她干了那事儿，他该为此喜欢她呢还是该鄙视她呢，他拿不定主意。当然，他也干了那事儿。但他的本能却要他保持自由之身，不

[1] 一份逢星期日出版的观点激进的伦敦报纸。

要结婚。本能说，一旦结婚你就完蛋了。

他穿着衬衫和裤子，无助地坐在床边，这时她轻轻地敲了他的房门，走进来。她一五一十地告诉了他，说自己已经对母亲和盘托出，说早上母亲会跟他谈一谈。她哭泣着，双臂搂住他的脖颈，说：

“哦，鲍勃！鲍勃！我该怎么办？我到底该怎么办啊？”

她说，她真想了结了自己。

他底气不足地安慰她，叫她别哭，说一切都会好的，不要害怕。他感觉到她的胸脯抵在他的衬衫上，一起一伏。

发生这种事儿，并不全怪他。他有着单身汉那种古怪而细致的记忆力，他记得很清楚，她的衣服，她的呼吸，她的手指第一次是怎样无意地触摸到他。后来有天晚上，他正要脱衣上床，她怯怯地敲响了他的房门。她想借他的烛火重新点燃自己的蜡烛，因为一阵风把它吹灭了。那晚上正轮到她洗澡。她穿着一件印花法兰绒的精梳短罩衣，领口松散地敞开着。她那白白的脚背在毛拖鞋的鞋口处闪动着，芬芳的皮肤下血色红润而温暖。她的双手和双腕，在她点燃摆正蜡烛的时候，也飘起一阵淡淡的芳香。

他深夜迟归的时候，就是她为他热好了饭菜。房子里夜深人静，他觉察到她独自一人陪在他左右，便几乎不知道自己在吃些什么。而且她想得多周到啊！倘若晚上多少有些寒冷潮湿或狂风呼啸，那肯定就会有一小杯潘趣酒[1]等着他去喝。或许他

[1] 一种用酒、果汁、牛奶等调制的饮料。

们在一起生活会幸福的吧……

他们常常一块蹑手蹑脚上楼去，各自手擎一根蜡烛，到三楼平台处才依依不舍地互道晚安。他们还常常亲吻。她那双眼睛，她的手触摸着他，他欲仙欲死的感觉，这一切他都记忆犹新……

可是欲仙欲死的时候过去了。他重复着她的话，想的却是自己的处境："我该怎么办？"单身汉的本能警告他要悬崖勒马。可是罪孽已经摆在那里；就连他自己的荣誉感也在对他讲，对这样的罪孽必须做出补偿。

他正跟她并排坐在床边，玛丽来到门口，说太太想在客厅跟他见面。他站起身穿上背心和外套，觉得自己比以往任何时候都无助。他穿好衣服，走过去安慰她。一切都会好的，不要害怕。他留她在床上哭泣着，她轻轻地哀叹："哦我的上帝啊！"

他走下楼梯，眼镜片被湿气弄得雾蒙蒙的，他只好摘下眼镜擦拭。他真想向上升腾冲破屋顶，飞到另一个国家，再不必听这些麻烦事，可是有股力量推着他，一步一步朝楼下走去。太太和他的老板板着面孔瞪眼瞧着他那手足无措的样儿呢。在最后一截楼梯，他与杰克·穆尼擦肩而过，杰克正从冷菜厨房出来，怀抱着两瓶巴斯牌麦芽酒。他们彼此打了个冷冷的招呼；那恋爱中的人将目光落在那张典型的牧羊犬式的脸庞上停留了一两秒，又看了看那短而粗的胳膊。他走到楼梯底端，向上一瞥，却正看见杰克正从小回房[1]的门口审视他。

[1] 接墙而建并稍稍突出的小房间。

他突然想起，有天晚上，杂耍场来了一个手艺人，是个面色苍白的金发小个子伦敦佬，他说起波利的时候口气太随便了。杰克暴跳如雷，那次聚会差点儿因此半途而散。大家都使足力气让他平静下来。那个杂耍场来的手艺人，面色比平日更苍白了一点，一个劲儿赔笑，说自己并无恶意：可杰克却一个劲儿冲他大吼大叫，说管谁再想那样耍着他的妹妹玩，那他死活要让那家伙吞下自个儿的牙，他说到做到。

波利哭哭啼啼，在床边坐了一会儿。后来她擦干眼泪，走到梳妆镜前。她把毛巾的一头在水罐里蘸湿，用清凉的水敷了敷眼睛，好舒服一点。她侧身顾盼，整了整耳朵上面的一根发针。后来她回到床边，在床脚坐下。她久久地注视着枕头，看见枕头，她心头那些秘密而又甜美的回忆被唤醒了。她后脖颈靠在凉丝丝的铁床栏杆上，陷入了冥思苦想。她的脸上再也不见任何不安的神情。

她耐心地等待，并无半分惊慌失措，却几乎有点儿兴高采烈，她的回忆渐渐让位给了希望和对未来的憧憬。她那些希望和憧憬十分细致，结果她虽然目不转睛凝视着白色的枕头，眼中却再看不到枕头，也不记得自己正有所等待。

终于，她听见母亲的喊声。她跳起来，跑到楼梯扶手前。

“波利！波利！”

“什么事，妈妈？”

“下来吧，亲爱的。多兰先生想跟你说点儿事。”

于是她想起了自己正在等的是什么。

一小片云[1]

八年前，他在北墙火车站送别了朋友，并祝他万事顺利。加拉赫果然功成名就。从他那见多识广的气质，剪裁得体的粗花呢西服，还有那无所畏惧的口气中，一眼就可以看得出这一点。极少有人有他那样的天才，取得如此成就之后还能不忘形，就更少有人做得到。加拉赫心地淳朴善良，如此成功也当之无愧。有这样的朋友可真了不起。

自打午饭后，小人儿钱德勒满脑子都是跟加拉赫见面的事儿，加拉赫给他的邀请，还有加拉赫居住的大城市伦敦。他的身材只比中等略矮一点，却被叫作小人儿钱德勒，因为人们看到他就会想到小人儿。他的双手白皙小巧，他的骨架娇弱，他的嗓音轻柔，他的举止文雅。他小心翼翼地护理他那浅淡如丝的头发和胡髭，还在手帕上恰到好处地用些香水。他指甲前头

[1] 在《圣经》中，以色列人在亚哈的带领下背弃上帝，转而侍奉巴力为神，先知以利亚就说："这几年我若不祷告，必不降露，不下雨。"（《列王纪上》第十七章第一节）两年干旱之后以利亚重返，在以色列人中重建对上帝的信仰，并以祷告带来降雨。大雨将来的消息最先是以利亚的仆人报告的："我看见有一小片云从海上来，不过如人手那样大。"（《列王纪上》第十八章第四十四节）。

的半月形完美无缺，他微笑的时候，你还能瞥见一排孩童般洁白的牙齿。

他坐在国王宿舍[1]的办公桌前，思考着这八年时光带来的变化。他从前认识的这个朋友，衣衫破旧寒碜，如今摇身一变，成了伦敦新闻界的光彩人物。他时时从叫人疲倦的抄写上移开目光，向办公室窗外凝视。晚秋灿烂的落日照耀着草坪方地和小道。温煦的金色光尘洒落下来，落在衣着懈怠的护士们身上，落在长凳上打盹的衰老不堪的人们身上；阳光跳跃在所有移动的人形上——跳跃在奔跑在石子路上尖叫的孩子们身上，跳跃在所有在花园中穿梭的行人身上。他观察着这情景，思考着生活；然后（一如既往地，每当他思考生活）他就难过起来。一种温柔的忧郁笼罩了他。他觉得，跟命运抗争是毫无用处的，这就是岁月馈赠于他的这份智慧的烦恼。

他想起摆放在家中书架上的那些诗歌卷本。买这些书的时候，他还是单身。曾经有很多个夜晚，他坐在小小的厅房里，忍不住就想从书架上取下一本，大声给妻子读上一点儿。可他总是羞涩地忍住了；结果如今那些书始终在架子上。他有时候会自己默诵几行诗句，如此便感到欣慰。

时间到了，他站起身离开办公桌，周到尽职地跟同事们告别。他的身影从国王宿舍那具有封建特色的拱门下显露出来，衣着整洁，态度谦卑，疾步沿亨利埃塔街走去。金色的落日渐渐暗淡，空气变得清冷。街上尽是满脸脏兮兮的小孩子。他们

[1] 这是爱尔兰的律师学院。

在车道上或站或跑，不然就在大敞的门前往上爬台阶，或者像耗子一样蹲在门槛上。小人儿钱德勒根本不去想他们。他灵活地择路而行，穿梭在这些寄生虫一般的微小生灵中，行走在荒凉鬼魅的豪宅的阴影下，爱尔兰古老的贵族们曾经在那些豪宅里作威作福。没有往昔的回忆能触动他，因为他心头全是眼前的乐事。

他从没去过科利斯酒店，可他知道这名头的价值。他知道人们看完戏后，总要到那儿去品尝牡蛎，喝点儿甜烈酒；他还听说那里的侍应生讲法语和德语。他晚上疾步经过那儿的时候，曾见轿车在门口停下来，身穿华服的女士们由绅士们殷勤地护送下车，迅速走进酒店。她们穿着沙沙作响的衣服，还包裹了好几层围巾。她们脸上扑着厚厚的粉，挨到地面就往上提着裙裾，一个个活像受了惊吓的阿塔兰忒[1]。他从前路过的时候总是不肯转头去看。在街上他习惯疾步行走，即便白天也是如此，倘若他发觉进城时已是深夜，就会心事重重又紧张不安地忙着赶路。但有时候，他也会主动去寻找那些让他害怕的事儿。他专拣那些最黑最窄的街巷走，壮着胆子往前迈步，他脚步四周无所不在的静默让他心慌意乱，那些走来走去默不作声的人影让他心慌意乱；时不时传来一声低低的笑声，转瞬就无声无息，而他便抖得像一片树叶。

他向右一拐，朝教堂街那边走去。伦敦新闻界的伊格内修

---

[1] 阿塔兰忒是古希腊神话中的一位公主，许诺与能够追上她的求婚者结婚，但要以死亡惩罚失败者。希波墨涅斯抛三只金苹果在地上，终于获胜。后来这一对夫妇因冒犯了爱神阿弗洛狄忒而双双被变成狮子。

斯·加拉赫！八年前谁能想到会这样啊？不过，现在小人儿钱德勒回想当年，还能想起朋友身上曾有过许多未来会发迹的征兆。人们那时候常说伊格内修斯·加拉赫野性难驯。当然啦，他那时的确跟一帮放荡不羁的家伙们混在一起，喝起酒来没有节制，还四处借钱。到最后他卷入了一桩不那么光彩的违法事件，某种金钱交易：至少有关他逃之夭夭的事儿，有这么一种说法。可是没有一个人不认为他才华横溢。在伊格内修斯·加拉赫身上，永远有某种……让你不由自主就深受震动的非凡之处。就算他穷得破衣烂衫，无处筹钱，弄到山穷水尽，他依旧一脸的大无畏。小人儿钱德勒回忆起——这回忆让他脸上升起一抹自豪的红晕——伊格内修斯·加拉赫身处困境时，常说一句口头禅：

“中场休息，行了，孩儿们，”他常常轻轻松松地说，“我的灵光脑瓜子[1]呢？”

这就是响当当的伊格内修斯·加拉赫的真面目；该死的，就为这，也叫人不得不佩服。

小人儿钱德勒加快了步伐。平生头一次，他觉得自己比擦肩而过的众生优越。头一次，他的灵魂对既不雅致又无趣的教堂街起了反感。要想有所成就，就非得离开这儿啊，这是毫无疑问的。在都柏林你什么都做不成。他走过格拉顿桥，目光沿着河流向下游的码头望去，他悲悯地凝视着那些破旧矮小的房

[1] 语出查尔斯·狄更斯的小说《我们共同的朋友》第十五章：“让我开动一下我的灵光脑瓜子。”

屋。在他看来，那些房屋宛如一队不定期的货船，沿着河流两岸挤作一团，船体古老，布满锈迹和黑灰，在落日余晖中木然呆滞，只等夜晚第一缕清冷的空气来号令起身，振奋，然后起航而去。他不知道自己能不能写出一首诗来表达这意蕴。也许加拉赫有办法替他找一家伦敦的报纸发表呢。他能写出新颖的好东西来吗？他并不确定自己想要表达怎样的意蕴，但充满诗意的时刻打动了他，这个念头像初生的希望，活跃在他心头。他勇气十足，迈步向前走去。

他每走一步，离伦敦就更近一点，离自己那毫无艺术感的生活就更远一点。他心灵的地平线上，渐渐颤动起一束光明。他还不算老——三十二岁。性格气质可以说是刚刚成熟。他有那么多形形色色的情绪和印象，渴望能在诗行中表达出来。这些情绪和印象就在他的心灵深处。他尝试着去估量自己的灵魂，看看那是不是诗人的灵魂。他认为，自己性格中的主调是忧郁，但不断重现的信仰、顺从和纯朴的快乐，调和了那种忧郁。倘若他在一卷诗歌里面表达出这些，人们或许愿意聆听。他明白，自己永远不会大红大紫。他左右不了群众，但也许能吸引一小圈惺惺相惜的知音。或许，英格兰的批评家们会认定他是凯尔特流派的一员，因为他诗中充满忧郁的调子；此外，他还会引经据典。他开始凭空想象，他的大作将引人注意，人们品评他，会说这样的句子和短语：*钱德勒先生素有天赋，其诗句流畅自然而又优雅别致……这些诗歌中弥漫着一种若有若无的凄切……凯尔特流派的笔调。*遗憾的是他的名字爱尔兰味儿不足。或许把母亲的名字插到姓前面会好一些：托马斯·马隆·钱德勒。或者这样会更好：托·马隆·钱德勒。他会跟加拉赫谈谈。

他热切地追随着驰骋的想象，竟至走过了头，只好又折回去。快到科利斯酒店时，先前那股激动劲儿渐渐又左右了他，他心神不定地在门前驻足。终于，他开门走了进去。

酒吧里灯光闪耀，喧嚣嘈杂，他不禁在门廊处停了一小会儿。他四处张望，可是那么多红红绿绿的酒杯闪来闪去，搅花了他的视线。在他看来，酒吧里好像满满的全是人，他觉得大家都在好奇地注视着他。他迅速地左顾右盼（还微微皱着眉，好让这趟跑腿的差使显得正儿八经），可视线略微清晰之后，他才看清并没有人转头来瞧他：而伊格内修斯·加拉赫就真真切切地在那边，背抵吧台，两脚大咧咧岔开，牢牢踏在地上。

“嗨，汤米[1]，好汉，你来啦！怎么着？要喝点儿什么？我喝威士忌，比我们在海外搞到的玩意儿要好。苏打水？瓶装锂盐矿泉水？不要点儿矿泉水？我也一样。会坏了味道的……我说，garçon[2]，给我们来两份半品脱麦芽威士忌，好好地干……行啦，那么自打上回见面之后，你操持得怎么样啊？亲爱的上帝啊，我们老得多厉害！看到我身上年纪不饶人的迹象了吗——哎，怎么？头顶有点儿灰白啦，还有点儿稀疏啦——怎么？”

伊格内修斯·加拉赫摘下帽子，露出硕大的头颅上修剪得很短的头发。他粗犷而苍白的脸庞刮得干干净净。双目是有点

[1] 托马斯的昵称。

[2] 法语，意为“小伙子，服务员”。

发蓝的青石色，略略缓和了他那不健康的惨白面色，他系着鲜艳的橘红色领带，目光清澈而明亮。这两相冲突的部位之间是他的双唇，看上去很宽，形状不好看，没什么血色。他低下头，两根手指爱惜地抚摩着头顶稀疏的头发。小人儿钱德勒摇头否认他的说法。伊格内修斯·加拉赫重又戴上了帽子。

“新闻界的生活啊，”他说，“把人全搞垮了。总是慌里慌张，到处找稿件，有时却找不到；还有啊，总要有新东西在你那摊子里。我说，去他的校对和排印吧，这几天就这样了。我跟你讲啊，回到故国，真是打心眼儿里美啊。来点轻松假期，对人有好处。我又踏上了亲爱的都柏林那脏乎乎的土地，自那以后，顿觉得身心顿爽啊。……给你，汤米。要水吗？要的时候就说。”

小人儿钱德勒让人把自己那杯威士忌兑水冲淡了很多。

“你不知道什么对你会有好处啊，我的小伙子，”伊格内修斯·加拉赫说，“我就喝不掺水的。”

“我的规矩是几乎不喝，”小人儿钱德勒不好意思地说，“遇到老伙计，才喝半品脱多一点儿：也就那么多了。”

“啊，好吧，”伊格内修斯·加拉赫兴高采烈地说，“那就为咱们干杯，为往日时光，为老交情干杯。”

他们碰杯，饮下了杯中酒。

“今天我遇到了几个老哥们儿，”伊格内修斯·加拉赫说，“奥哈拉好像过得不如意。他一直在忙什么呢？”

“啥也不忙，”小人儿钱德勒说，“他混得糟透了。”

“不过霍根境遇却不错，是吧？”

“是啊，他是土地委员会里的人。”

“有天晚上我在伦敦见到过他，好像发了……可怜的奥哈拉！我猜，捞了一笔吧？”

“也还有别的进项。”小人儿钱德勒简短地说。

伊格内修斯·加拉赫哈哈大笑。

“汤米，”他说，“我看你一点儿也没变啊。过去每逢星期日早上，我头晕脑涨，舌苔厚厚，你就唠唠叨叨教训我，你如今还那样啊，一本正经的。你曾想到世界各地去转转。就没去过什么地方吗，甚至没旅行过吗？”

“我去过曼恩岛。”小人儿钱德勒说。

伊格内修斯·加拉赫哈哈大笑。

“曼恩岛！”他说，“要去伦敦或巴黎，选巴黎吧，对你会有好处。”

“你见识过巴黎啦？”

“我自认为是见识过啦！我在那里转悠过些日子。”

“真像大家说的那样漂亮吗？”小人儿钱德勒问。

他从酒杯里啜了一小口，伊格内修斯则痛快地一饮而尽。

“漂亮？”伊格内修斯·加拉赫说，在“漂亮”一词上停顿了一下，同时还品着酒味，“不是那么漂亮，你知道。当然啦，它很漂亮……不过要看巴黎的生活，那才是关键。啊，没有城市像巴黎那样啊：快活，有动感，又刺激……”

小人儿钱德勒喝完了杯中的威士忌，又费了些力气，才算把酒吧男招待的目光截住。他又要了一份同样的威士忌。

“我去过红房子，”酒吧男招待拿走酒杯的时候伊格内修斯·加拉赫接着说，“我还去过所有波西米亚人的咖啡店。撩人上火啊！汤米，可不适合像你这样虔诚敬主的人儿。”

小人儿钱德勒什么也没说，酒吧男招待端回了两杯酒：他轻轻碰碰朋友的酒杯，回敬了先前的祝酒词。他渐渐觉得有点幻灭。加拉赫的口音和表达方式并不让他觉得愉快。他这朋友身上有种粗俗味道，是他从前不曾观察到的。不过，也许只是伦敦新闻界那忙乱而竞争激烈的生活造成的吧。这一番花里胡哨的新做派底下，从前那种个人魅力依旧存在。再说，毕竟加拉赫没有虚度生活，他可见过世面呢。小人儿钱德勒很羡慕地看着朋友。

“在巴黎，事事都是寻欢作乐。”伊格内修斯·加拉赫说，“他们信仰的就是享受生活——你难道不认为他们是对的吗？想要好好享乐，你就一定要去巴黎。还有啊，你听着，那儿的人对爱尔兰人可是有大大的好感呢。他们一听我是从爱尔兰去的，简直都快要把我吞下去啦，好人儿。”

小人儿钱德勒从杯中啜了四五口酒。

“跟我讲讲，”他说，“大家都说巴黎那儿……道德败坏，果真是这样吗？”

伊格内修斯·加拉赫拿右手做了个包罗万象的手势。

“各处都是道德败坏。”他说，“当然啦，在巴黎的确找得到很刺激的点儿。比如，去学生舞会看看。如果你愿意，就会发现那地方很活泼，尤其 cocottes[1] 开始放纵自己的时候。我想，

---

[1] 法语，意为“轻佻的女人”。

你大概了解她们是些什么人吧？”

“我听人说过她们。”小人儿钱德勒说。

伊格内修斯·加拉赫将杯中的威士忌一饮而尽，摇了摇头。

“啊，”他说，“随便你爱怎么说吧。巴黎女人就是无与伦比啊——风姿绰约，情怀放荡。”

“那就是个道德败坏的城市啦，”小人儿钱德勒带着点儿怯怯的固执说，“我是说，跟伦敦或都柏林比起来，是那样的吧？”

“伦敦！”伊格内修斯·加拉赫说，“半斤八两而已。我的小伙子，你去问问霍根吧。他去伦敦的时候，我带他见识了一星半点。他会给你开眼的。……我说，汤米，别拿威士忌当潘趣酒喝：一饮而尽吧。”

“不行，真的……”

“噢，行啦，再来一杯不会害了你。要什么？我猜，又是照旧？”

“那么……好吧。”

“弗朗索瓦，照旧再来一份……你要烟吗，汤米？”

伊格内修斯·加拉赫拿出雪茄烟盒。两个朋友点上雪茄，默默地抽着，他们的酒端上来了。

“我跟你说说我的看法吧，”伊格内修斯·加拉赫藏身在烟雾中，半晌，才现出身形说道，“就是个光怪陆离的世界。说到道德败坏！我听说过一些事儿——我说什么呢？——我知道那些道德败坏的……事儿……”

伊格内修斯·加拉赫若有所思地抽着雪茄，然后用历史学家冷静的口吻，开始给朋友勾画一幅幅堕落的画面，在国外，那是司空见惯。他提纲挈领评说了许多邪恶的都城，好像很愿意把棕榈枝奖给柏林。有些事儿他并不敢打保票（是朋友们讲给他听的），但另外一些事儿则是他亲身经历。他并不因为阶层和官阶的高低而手下留情。他揭露了欧洲大陆寺院里的许多秘闻，还描述了上层社会眼下很时兴的一些做法，讲到结尾，他详细地叙述了一位英格兰公爵夫人的故事——据他所知，这可是确有其事。小人儿钱德勒大为震惊。

"啊，行啦，"伊格内修斯·加拉赫说，"咱们回到都柏林的老路上，来慢跑吧，这儿可不曾见有这样的事儿。"

"你见识了别的地方，"小人儿钱德勒说，"必定觉得这里无聊乏味了！"

"可是，"伊格内修斯·加拉赫说，"你要知道，来这儿是要放松自己呀。而且，毕竟，就像人家说的，这儿才是故土，不是吗？你情不自禁就会想念故土啊。人性如此啊……不过，给我说说你的事儿吧。霍根告诉我，你已经……尝到了幸福婚姻的快乐。两年了，是吧？"

小人儿钱德勒羞红了脸，微微一笑。

"是的，"他说，"我前年五月结的婚。"

"希望现在我表达良好祝愿还不算为时太晚，"伊格内修斯·加拉赫说，"我那时不知道你的地址，不然我当时就会表达了。"

他伸出手，小人儿钱德勒握住了他的手。

"好啦，汤米，"他说，"我愿你和你那一位生活万事如意，老家伙，还愿你们有大把大把的钱，祝你们在我开枪之前一直活下去。这是一个挚友的祝愿，一个老友的祝愿。你明白吗？”

“我明白。”小人儿钱德勒说。

“有小孩子了吗？”伊格内修斯·加拉赫问。

小人儿钱德勒又羞红了脸。

“我们有一个孩子。”他说。

“儿子还是女儿？”

“一个小男孩。”

伊格内修斯·加拉赫笃笃地拍拍朋友的后背。

“真行，汤米，”他说，“我对你坚信不疑啊。”

小人儿钱德勒微笑着，迷惑地看着酒杯，露出三颗孩童般洁白的门牙，咬住下唇。

“你回去之前，”他说，“希望你能来我们家共度一晚。我妻子见到你会很开心的。咱们可以听点儿音乐，还——”

“太感谢了，老伙计，”伊格内修斯·加拉赫说，“很遗憾我们没有早点儿见面。可我明天晚上一定要走啊。”

“或许，今天晚上……？”

“太抱歉了，老伙计。你看，我是和另一个伙伴一块儿来的，他也是个又机灵又年轻的伙计，我们都安排好了，要玩牌局。若不是这……”

“哦，要是那样的话……”

“不过谁知道呢？”伊格内修斯·加拉赫很体贴地说，“既然我已经打破坚冰，明年我说不准就会来这儿小住呢。这等高兴事儿，不过是稍晚再做而已。”

“很好，”小人儿钱德勒说，“下次你来，我们一定要共度一晚。现在就说定了，好吧？”

“好，说定了，”伊格内修斯·加拉赫说，“如果明年我来的话，parole d’honneur[1]。”

“为了敲定这笔交易，”小人儿钱德勒说，“我们再来一杯吧。”

伊格内修斯·加拉赫拿出一块大金表，看了看。

“是最后一杯了吧？”他说，“因为你知道的，我还有个约会。”

“哦，是的，绝对是。”小人儿钱德勒说。

“太好啦，那么，”伊格内修斯·加拉赫说，“咱们就再来一杯 deoc an doruis[2]——我想，用大白话这么说一小杯威士忌，倒是不错。”

小人儿钱德勒要了酒。不久前刚刚染到脸上的红晕，渐渐抹不去了。鸡毛蒜皮的小事随时就会叫他羞红了脸，何况现在他觉得又热乎，又激动。三小杯威士忌全上了他的头，加拉赫那支很呛的雪茄熏得他心头有点儿迷糊，要知道他可是个体质娇弱又讲究节制的人啊。时隔八年再次与加拉赫重逢，跟加拉赫并肩坐在科利斯酒店，周围一片喧闹光影，听加拉赫讲那些故事，短暂地分享一小段加拉赫那种居无定所却成就辉煌的生活，这就是历险，他敏感天性的平衡被打破了。他痛切地感到，自己的生活与朋友的生活真是有着天壤之别，在他看来这不公平。论出身和教养，加拉赫都不如他。他确信，只要能得到机

[1] 法语，意为“说话算话”。

[2] 爱尔兰语，意为“出门酒，上路酒”。

会，他一定能做出大事，比朋友已做的和能做的都要强很多，不是那种哗众取宠的新闻行业，而是高级大事。是什么挡了他的道呢？是他不幸的腼腆性情！他渴望能以某种方式来证明自己的价值，叫别人承认自己是响当当的汉子。他看透了加拉赫拒绝自己邀请背后的东西。加拉赫对他友善，不过是在居高临下施恩于他罢了，就像他访问爱尔兰，也只是在居高临下施恩而已。

酒吧男招待端来了他们的酒。小人儿钱德勒先推给朋友一杯，然后豪爽地端起另一杯。

“谁知道呢？”他们举杯的时候他说，“明年你来的时候，我也许可以心情愉快地祝福伊格内修斯·加拉赫先生及太太长寿幸福呢。”

伊格内修斯·加拉赫正喝着酒，听得此话，便意味深长地凑在杯子边缘上，闭上一只眼。喝完酒，他很决绝地咂咂嘴，搁下杯子说：

“近期绝无此忧，我的小伙子。我要先有风流韵事，体味生活，见见世面，然后才伸头去套上婚姻的枷锁——倘若我还要套上的话。”

“总有一天你会套上的。”小人儿钱德勒不动声色地说。

伊格内修斯·加拉赫一下子把橘黄色的领结和青石蓝的眼睛全都转向朋友。

“你这么认为吗？”他说。

“你会伸头套上婚姻枷锁的。”小人儿钱德勒毫不动摇地又说一遍，“如果你能找到合适的姑娘，你就会跟别人一样。”

他意识到自己说漏了嘴，微微加重了语气；不过，虽然脸上的红晕越来越重，他却并没有在朋友的注视下退缩。伊格内修斯·加拉赫盯了他一会儿，说道：

“就算果然发生了那样的事，你也可以拿最后一块钱做赌，绝对不会有什么痴念跟那事儿扯到一块。我是一心要跟钱结婚的。她要在银行里有一大笔存款，不然就不适合我。”

小人儿钱德勒摇摇头。

“怎么，真人儿，”伊格内修斯·加拉赫激动起来，他说，“你知道是怎么回事吗？我只需说句话，明天我就能又有女人又有钱。你不信吗？好吧，我就知道。有上百名——我说什么来着？——上千名富有的德国人和犹太人，钱多得烧包，只会乐颠颠地……你就等一会儿吧，我的小伙子。瞧瞧我能不能把牌耍得恰到好处。我打算做什么事情，就是认真的，我告诉你。你就等着吧。”

他把整杯酒都灌到嘴里，一口饮尽，放声大笑。然后他若有所思地目视前方，用比较冷静的声调说：

“可我不急。她们可以等等。我并不很想把自己束缚在一个女人身上，你要知道。”

他拿嘴做出品尝的样子，又扮了个厌恶的鬼脸。

“搁得太久，肯定有点儿老了，我应该这么想。”他说。

小人儿钱德勒坐在紧挨大厅的房间里，怀里抱着孩子。为了省钱，他们没有雇人，却叫安妮的妹妹莫妮卡来帮忙，早晨来一个小时左右，黄昏来一个小时左右。莫妮卡早就回家了。

差一刻就九点了。小人儿钱德勒回家喝茶晚了些，此外，他还忘了从比利饮料店给安妮带一袋咖啡回来。自然，她心绪很坏，三言两语就打发了他。她说没茶喝她也过得下去，可是快到街角那家商店打烊的时候，她却决定自己出门去买四分之一磅茶叶和两磅白糖。她利索地把熟睡的孩子往他怀里一搁，说：

"小心。别弄醒了他。"

桌上立着一盏白瓷灯罩的小灯，灯光洒在一张镶嵌在弯角镜框里的照片上。那是安妮的照片。小人儿钱德勒看着照片，目光停留在她紧闭的薄唇上。她穿着一件淡蓝色夏装上衣，是个星期六他带回家送给她的礼物。那上衣花了他十先令十一便士，不过他为此付出了多少代价啊，他因为紧张多么痛苦啊！那一天，他在商店门口一直等到人都走空，他站到柜台前，女店员把女士上衣摞在他面前，他努力想要从容自在，他到收款台前付款，却忘记拿走找回的那一便士零钱，又被收款员叫回去。还有，当他终于要离开商店的时候，他竭力掩饰自己脸上的红晕，仔细检查包裹，看捆扎是否结实，那一天他受了多少罪啊。他把上衣带回家，安妮亲了他，还说那上衣很漂亮，样式也好；可是她一听价钱，就把上衣扔到桌上，说为那件衣服要人家十先令十一便士是地地道道的宰客。一开始她想把它退回去，不过穿上一试，她就喜欢上了，尤其是喜欢袖子的式样，于是又亲亲他，说他这样想着她真是太好了。

哼！……

他冷冷地盯着照片中的那双眼睛，那双眼睛也冷冷地回瞪着他。那双眼睛无疑是美丽的，那张脸本身也是美丽的。不过他却发现其中有些卑鄙的味道。怎么就那么麻木，摆出一副贵妇人的架子啊？那双冷静自持的眼睛叫他恼火。那双眼睛排斥他，蔑视他：毫无激情，从不痴迷。他想起加拉赫讲的那些富有的犹太女人。他想，那些深色的眼睛啊，带着来自东方的异域风采，饱含激情，充满渴望，多么性感迷人啊！……他怎么竟会娶了照片里那样一双眼睛？

这个问题令他十分纠结，于是他神经质地打量房间。他用分期付款的办法为这房子买来这些漂亮的家具，他发觉其中也有了卑鄙的味道。都是安妮亲自挑选，叫他不由自主就想起了她。家具也是又正经又美丽的模样。他心头渐渐苏醒，对生活起了一种隐隐的怨愤。难道他就不能从这小房子里逃走吗？尝试着像加拉赫那样，过豪爽的生活，对他来说会不会为时已晚？他还能去伦敦吗？这些家具还等着他继续付款呢。只要他能写本书，想办法出版，或许就能开出条路来。

一卷拜伦诗集平放在他面前的桌上。唯恐弄醒孩子，他就用左手小心翼翼地打开诗集，开始读第一首：

风声沉寂了，夜雾也安宁，
西风都停止了树林中的漫步，
我回来看我那玛格丽特的香冢
在我爱的那片尘埃上撒下鲜花。[1]

---

[1] 选自拜伦的诗集《无聊的时光》中的第一首《哀悼一位年轻女士之死，她是作者的表妹，至亲至爱》。

他停顿下来。他感觉到房间中有诗韵围绕着他。多么忧郁啊！他能否也写出那样的作品，用诗行表达出灵魂的忧郁？他想描述的事情那么多啊：比如，几小时前他在格拉顿桥上的感受。倘若能再回到那种情绪中……

孩子醒了，哭起来。他从那一页书中转过头，想叫孩子安静下来，可那孩子却不肯安静下来。他怀抱孩子，开始来回晃动，可那哀哀的哭声却只是变得越发尖利。他晃得更快了，目光却开始去看第二个诗节：

> 窄窄的墓穴安息着她的香尘，
> 那香尘曾经是……

没有用。他念不下去了。他什么也做不了。孩子的哀号穿破了他的耳鼓。没有用，没有用！他是个终身囚徒。他的双臂因愤怒而颤抖，突如其来地，他俯身冲对孩子的脸，大叫：

“停！”

孩子停了一瞬，吓得一抽，随即开始尖叫。小人儿钱德勒从椅子上蹦起来，怀抱孩子在房里疾步走来走去。孩子开始凄惨地抽噎，一连四五秒钟都憋着气，然后又大放悲声。那声音在房间薄薄的墙壁间回荡。他试图抚慰孩子，可是孩子却抽泣得一阵紧似一阵。他看着孩子那张皱成一团不断颤动的脸庞，开始感到惊慌。他数着，一连七声不断的抽泣，恐惧中他把孩子抱到胸前。万一要是死了！……

门砰然打开，一个年轻女人气喘吁吁地跑进来。

“怎么啦？怎么啦？”她大喊。

孩子听到母亲的声音，就突然爆发出一阵剧烈的抽泣。

“没什么，安妮。……没什么……他哭起来了……”

她把包裹往地板上一抛，一把从他怀里抢过孩子。

“你怎么弄的？”她怒视着他的脸大喊。

小人儿钱德勒一瞬间承受住了她那凝视的目光，遭遇到那目光中的恨意，他的心紧成了一团。他说话都不利索了：

“没什么……他……他就哭起来了……我没办法……我什么也没做……怎么啦？”

她理都不理他，只把孩子紧紧地搂在怀里，在房间里走来走去，喃喃地念叨：

“我的小男子汉！我的小小男子汉！吓坏了吧，娇儿？……好啦，我的儿！好啦！……小羊羔！妈妈这辈子的小羊羔哟！……好啦！”

小人儿钱德勒只觉得满面愧意，他退缩着站到灯光之外。孩子的抽泣声一阵轻似一阵，他听着，双眼涌上懊恼的眼泪。

对手

铃声响得气势汹汹，帕克小姐走到通话管道前，只听一个气势汹汹的声音带着刺耳的北爱尔兰口音大叫：

“叫法林顿过来！”

帕克小姐回到机子前，对一个正在桌前写字的男人说：

“阿莱恩先生要你上楼去。”

那男人咕咕哝哝低声骂了句“他这该杀的！”，向后一推椅子站了起来。他站起身后，个子很高，块头也大。他长了一张很丧气的脸，脸色暗淡，泛着酒红色，眉毛和胡髭的颜色却很浅：眼睛微微有点外凸，眼白很脏。他掀开柜台面，从顾客们身边走过，踏着重重的步子走出办公室。

他重重地上了楼，一直走到二楼平台，那里有扇门上镶着一块铜牌，铜牌上刻着：阿莱恩先生。他在门前止步，因为费力和焦虑而呼哧呼哧喘着粗气，然后他敲敲门。那个尖锐的声音叫道：

“进来！”

那人进了阿莱恩先生的房间。与此同时，阿莱恩先生也从文件堆中蓦然探出头来，他是个小个子男人，刮得干干净净的脸上戴着一副金边眼镜。那头顶粉粉的，又没什么头发，看上去就好像是纸堆上安放了一只大鸡蛋。阿莱恩先生一分钟也没耽搁：

“法林顿吗？这是什么意思？为什么我总不得不埋怨你？我可否问一句，为什么博德利和柯万那份合同的副本还没有抄好呢？我告诉过你，务必在四点之前准备好。”

“可是，先生，谢利先生说——”

“‘先生，谢利先生说……’请留神听我说什么，而不是听‘谢利先生说’什么，先生。你总是有这样或那样的借口来推脱怠工。我告诉你，如果今晚之前合同还抄不好，那我就把这事儿捅到克罗斯比先生面前去……现在你听清我的话了吗？”

“听清了，先生。”

“现在你听清我的话了吗？……对了，还有件小事！跟你讲，我还不如去跟堵墙讲。你给我一次彻底搞清楚，你的午饭时间只有半个小时，而不是一个半小时。我倒想知道，你想要吃多少道菜……现在，记住我的话了吧？”

“记住了，先生。”

阿莱恩先生又低头回到纸堆中。那男人目不转睛地瞪着那个总揽克罗斯比与阿莱恩公司事务的光溜溜的脑门儿，精心算计着如何轻易敲破它。一阵怒气攫住他的喉头，几分钟后怒气过去了，留下强烈的干渴感。男人意识到了这感觉，觉得自己非好好喝上一晚上的酒才行。已经过了月中，倘若他能按时抄完副本，阿莱恩先生或许就会给他张汇票，让他去找账房领钱。他静静地站着，目不转睛地盯着纸堆上的那个脑袋。突然，阿莱恩先生开始翻动所有的纸张，搜寻某样东西。然后，他好像直到那时才意识到那个男人在场似的，蓦地又探出头来，说：

“哎？你打算在那里站一整天吗？我敢说，法林顿，你太不把事儿当回事了！”

“我是要等等看……”

“很好，你不必等等看了。下楼去干你的活儿。”

那人重重地走向门口，他走出房间的时候，听见阿莱恩先生在他身后大叫，如果到晚上合同还没抄好，克罗斯比先生就会知道这件事。

他回到楼下办公室自己的桌前，数数还有几张要抄写。他拿起笔，在墨水里蘸了蘸，可接下来他却傻傻地瞪着已经写下的最后几个字：“在任何情形下，上面所说的伯纳德·博德利都不得……”暮色降临，再过几分钟他们会点亮煤气灯，然后他就能抄写了。他觉得自己得先解解喉头的干渴才成。他从桌旁站起身，像先前一样掀起柜台面，侧身出了办公室。他出门的时候主任探询地看着他。

“没事儿，谢利先生。”那人说，一边用手指向此行的目的地。

主任瞥了一眼帽架，没有看到空格，就什么也没说。那人一到平台，就从口袋里拽出一顶黑白小格子花纹鸭舌帽戴到头上，然后飞快地跑下摇摇欲坠的楼梯。出了临街的门，他鬼鬼祟祟沿着人行道里边朝前面街角走去，到了一个门洞前，就突然一头扎进去。眼下他待在奥尼尔小店那间黑乎乎的小单间酒吧里，总算稳妥了，他涨红的脸堵住了朝酒吧开着的小窗户，脸色像深红的葡萄酒色，又像深红的肉色，他叫道：

“快，帕特，来杯黑啤酒，好哥们。”

酒吧招待给他端来一杯不掺水的黑啤酒。他一饮而尽，又要了一粒葛缕子籽。他把便士搁在柜台上，由着招待在昏暗中摸索，然后他一如来时那样，鬼鬼祟祟抽身退出了单间。

夜色伴着浓雾，渐渐压过二月的黄昏，尤斯塔斯街上的灯已经点亮了。那人贴着房子走过去，一直走到办公室门前，一路揣摩自己能否按时抄写完。楼梯处一股湿润刺鼻的香水味儿迎面扑鼻而来：显然，他出门去奥尼尔小店的时候，德拉古小姐来过。他把帽子塞回口袋，摆出一副心不在焉的样子，重新走进办公室。

“阿莱恩先生一直在找你，”主任严厉地问，“你去哪里了？”

那人瞥了瞥站在柜台前的两名顾客，仿佛是说有他们在场他不便回答。那两个都是男顾客，因此主任就让自己笑出声来。

“我明白那套把戏，”他说，“一天来上五回，有点儿……好啦，你最好打起精神，弄一份德拉古案件中我们的通信抄件给阿莱恩先生。”

当众听这番教训，又是跑上楼的，再加上那黑啤酒喝得太急，他不禁有点糊涂了，他坐到办公桌前想按要求去做，却意识到，要赶在五点半之前抄完合同，这桩大任务是没有希望完成了。黑暗而潮湿的夜晚正在来临，他渴望能在酒吧度过这夜晚，在汽灯的照耀下、在酒杯的碰撞中，与朋友们畅饮。他拿出德拉古案件的通信，走出办公室。他希望阿莱恩先生不会发觉缺了最后两封信。

那湿润刺鼻的香水味一路引向阿莱恩先生的房间。德拉古小姐是一个外貌很像犹太人的中年妇女。据说阿莱恩先生很巴结她，或者说很巴结她的钱。她常常来办公室，而且一来就待很久。眼下她就坐在他办公桌边上，香水味儿环绕四周，她抚弄着伞把，帽子上的大黑羽毛一颤一颤的。阿莱恩先生转过椅子，面朝着她，右脚快活地甩在左膝上。那人把信件放到桌上，很尊敬地鞠了一躬，可是阿莱恩先生和德拉古小姐都没有留意他。阿莱恩先生用一个手指敲了一下信件，然后又朝他弹了一下，仿佛是说：这就行了，你可以走了。

那人回到楼下的办公室，又坐回到桌前。他使劲儿盯着那没写完的句子："在任何情形下，上面所说的伯纳德·博德利都不得……"他想，最后三个词都是浊音开头，这真古怪啊。主任开始催帕克小姐，说邮差来之前她一准是打不出那些信件来了。那人侧耳听打字机哒哒哒响了几分钟，这才开始要抄完自己的文件。可是他的头脑却不清醒，心思也游荡到了酒馆的灯火和喧嚣中去了。这夜晚适合去喝热辣辣的潘趣酒。他勉强接着抄文件，可是钟敲五点了，他还有十四页没有抄好。天杀的！他不可能按时抄完了。他很想破口大骂，很想把拳头猛砸在什么东西上。他气愤至极，结果把伯纳德·博德利写成了伯纳德·伯纳德，只好另用一张白纸重新写过。

他觉得自己浑身是力气，单枪匹马就能把整个办公室一扫而光。他的身体发痒，想要动手大干，想要冲出去尽情享受暴力。生活里含羞忍辱的种种事情叫他怒火难抑。……他能不能私下求账房先预支点儿呢？不成，那账房没用，没用得要死：他才不会给预支呢。……他知道在哪里跟小伙子们碰头：伦纳德，奥哈洛伦，还有诺塞·弗林。他情感性格的晴雨表清楚地显示，要有一段喧闹暴烈的天气了。

他想入非非，心不在焉，人家喊了两遍他的名字，他才应声。阿莱恩先生和德拉古小姐正站在柜台前，所有的职员都转过头来，预感到要出事了。那人从桌前站起来。阿莱恩先生破口大骂，滔滔不绝，说缺了两封信。那人回答说自己并不知道有这两封信，说自己只是照实抄来。长篇大论还在继续：满是挖苦、粗暴之辞，那人几乎忍不住想要让拳头落到眼前这个小矬子的头上去。

“我根本不知道什么另外的两封信。”他呆头呆脑地说。

“你—根本—不知道。你自然根本不知道。”阿莱恩先生说，“说吧，”他先瞅了身旁的女士一眼，好获得许可，这才又接着说，“你是不是把我当傻瓜了？是不是以为我是个大傻瓜？”

那人从女士的脸庞瞅到那鸡蛋形状的小脑袋，又回头瞥了一眼女士的脸庞；然后，他自己还来不及意识到什么，就冲口而出应答如流：

“我以为，先生，”他说，“这问题拿来问我可并不公道。”

职员们都屏住了呼吸。每个人都惊呆了（这妙语的作者本人也和别人一样惊呆了），德拉古小姐是个健壮而和蔼的人，闻言也开怀微笑起来。阿莱恩先生脸红得像朵野玫瑰，嘴因为小矮人的怒火而抽搐。他朝那人的脸上挥舞着拳头，拳头舞得像某种电动机器的圆头把手：

“你这没礼貌的恶棍！你这没礼貌的恶棍！我三下五除二就解决掉你！等着瞧！你要为这不礼貌的行为向我道歉，不然就赶紧辞职走人！你得辞职走人，不然就向我道歉！”

他站在办公室对面的一个门廊里张望着，看账房是否会一个人出来。职员们都走过去了，最后，帐房和主任一块儿走了出来。他跟主任在一起，那跟他说什么也没有用。那人觉得自己的处境真够糟糕的。他已经被迫向阿莱恩先生为自己的没礼貌低头表达了歉意，但他也明白，办公室对他而言会成为怎样一个马蜂窝。他记得阿莱恩先生为了给自己的侄子腾出空缺，曾经怎样把小皮克逐出了办公室。他为自己也为其他所有人而感到心烦意乱，他只觉得一阵暴怒，干渴难耐，心头满是报复的念头。阿莱恩先生连一个小时的安宁都永远不会给他了；对他来说生活将成为地狱。这回他可是自己当了地地道道的傻瓜。他就不能管住自己的舌头吗？不过，他和阿莱恩先生从来就不曾合得来过，他曾经学着阿莱恩先生那爱尔兰北部口音，来逗希金斯和帕克小姐开心，却被阿莱恩先生无意中听到了，打那儿就结了怨。他或许可以试着向希金斯借借钱，可是希金斯自己也肯定一无所有。他一个人要养两个家，自然是不能……

他觉得自己魁梧的身子又开始痒痒地渴望着酒馆的抚慰。雾气叫他渐渐感到有些寒冷，他不知道能否在奥尼尔小店向帕特开口先赊点儿。他赊不到一先令以上的——可是一先令却没什么用途。可他非得从这儿或从那儿弄点儿钱来才好：为了买那杯黑啤酒，他已经花掉了最后一个便士，要不了多久，天色一晚，就来不及到处去弄钱了。他的手指摆弄着表链，突然就想到了舰队街上特里·凯利的典当行。就这么办了！为什么早没想到这一招儿呢？

他快步穿过庙堂酒吧的窄过道，一路咕咕哝哝，自言自语，既然他这一晚上要过得开心，那他们都可以去见鬼啦。特里·凯利那儿的伙计说“五个先令！”，可是来典当的人却要六先令，到最后还当真给了他六先令。他快活地出了典当行，用大拇指和其他手指把硬币垒成一个小圆柱。威斯特摩兰街的人行道上挤满了下班回来的年轻男女，衣着褴褛的街童满大街叫卖各种名号的晚报。那人穿过人群，志得意满地冷眼观瞧街景，很懂行地用力瞧着那些办公室小姐。他满脑子都是有轨电车的铃声和无轨电车呼啸而过的喧闹，他的鼻子已经闻到潘趣酒旋绕上升的浓烈香气。他一边往前走，一边预先揣摩该用什么样的词语来跟小伙子们讲述这件事儿：

“于是，我就瞧瞧他——要知道，很冷静呢，再瞧瞧她。然后我又瞧瞧他——不慌不忙的，知道吧。‘我以为，先生，这问题拿来问我可并不公道。’我这样说。”

诺塞·弗林坐在戴维·伯恩小酒馆里他常坐的位置上，听了这故事，他就请了法林顿半杯酒，说这是他听过的最机智的故事了。法林顿也回请了一杯。过了一会儿，奥哈洛伦和帕迪·伦纳德进来，他便又对他们讲了一遍这故事。奥哈洛伦请大家喝了几回热热的麦芽酒，讲起自己在福恩斯大街卡伦事务所做事时跟主任犟嘴的事；不过，那一回犟嘴他是学了牧歌中口无遮拦的牧羊人的范儿，所以他不得不承认，还是法林顿的犟嘴来得机灵。听了这话，法林顿便叫小伙子们赶紧喝完那一圈，好再来一圈。

他们点着各自的烈酒，这时来了一个人，除了希金斯，还能是谁呢！他自然得加入大家。人们就请他来学一遍这件事，因为看见那五小杯威士忌热酒就叫人激动万分，他这一遍就讲得很有声色。他学着阿莱恩先生的样子，朝法林顿脸上挥拳头，人人都哄堂大笑。后来他又学法林顿的样儿，还说“这就是我本尊，你要他多冷静他就有多冷静”，法林顿双目沉重而浑浊，看着大伙儿微笑，不时用下嘴唇把沾在胡须上的几滴酒吸进口中。

那一圈喝完，大家歇了片刻。奥哈洛伦还有钱，但另外两个人却好像所剩无几了；因此这一伙人意犹未尽地离开了那一家店铺。到公爵街拐角处，希金斯和诺塞·弗林沿左侧斜插下去，另外三人则折回头往城里走去。雨水细密地落在冰冷的街道上，他们走到巴拉斯特事务所的时候，法林顿提议去苏格兰酒家。酒吧里挤满了人，各种口音吵吵闹闹，碰杯声一片嘈杂。三个人推搡着，越过门口那些拖着长腔叫卖火柴的人，在柜台一角聚成一小伙。他们开始相互讲故事。伦纳德介绍他们认识了一个名叫韦瑟斯的年轻人，他眼下在蒂沃里剧院演杂技，还四处跑跑龙套。法林顿请大家喝了一圈。韦瑟斯说想要一杯掺阿波利纳里斯矿泉水的爱尔兰威士忌。法林顿对这玩意儿可是一清二楚，就问小伙子们是否也要阿波利纳里斯；但小伙子们却告诉蒂姆，给他们来份热酒。谈话慢慢扯到戏剧。奥哈洛伦请了一圈，法林顿又请了一圈，韦瑟斯抗议说这种好客之情也太有爱尔兰味儿了。他许诺，要带他们混进幕后，还要介绍他们认识个把好姑娘。奥哈洛伦说他和伦纳德会去，但法林顿却不会去，因为他是个已婚男人；法林顿就用那双沉重浑浊的眼睛斜视着大伙儿，明摆着一副知道自己被戏弄的样子。韦瑟斯叫他们都喝一点他买的药酒，又答应说，晚些时候会在普尔贝格街的马利根酒吧跟他们见面。

苏格兰酒家打烊之后，他们就转去马利根酒吧。他们进了后面的酒厅，奥哈洛伦替大家叫了一份香甜热酒。他们都感觉酒意渐浓。法林顿正要再请喝一圈的时候，韦瑟斯回来了。他这回要喝杯苦啤酒，法林顿不禁大大松了一口气。钱财去如流水，不过还够他们接着喝下去。不久，两个戴大帽子的年轻女人和一个穿格子西服的年轻人走进来，坐到紧邻的桌前。韦瑟斯冲他们打了招呼，告诉大伙儿说，他们是蒂沃里剧院出来的。法林顿的眼睛时时瞄向其中一个年轻女人。她外表有点儿扎眼。一条孔雀蓝的穆斯林纱大围巾扎在帽子上，在下巴那儿系出个大蝴蝶结；还戴着一副直套到肘部的黄手套。法林顿倾慕地凝视着那丰润的胳膊，只见她频频挥动胳膊，姿态优雅；过了一会儿，她回应了他的凝视，他便更加倾慕她那双棕色的大眼睛。那婉转凝眸的神色令他神魂颠倒。她瞥了他一两眼，那一小群人要离开时，她便贴身扫一下他的椅子，带点儿伦敦口音说，O, pardon ! [1] 他目送她离开房间，巴望她能回头看他一眼，可最后却大失所望。他诅咒自己手头拮据，诅咒自己请人喝了一圈又一圈，尤其是请韦瑟斯喝了那些掺阿波利纳里斯矿泉水的威士忌。要说这世上还有招他恨的，那就是吃白食的人。他气昏了头，都没搞清朋友们在谈什么。

---

[1] 法语，意为“哦，对不起”。

帕迪·伦纳德叫他的时候，他才发觉大家正在谈论力气大小。韦瑟斯正在朝大伙儿显摆他那二头肌，还大吹大擂，另外两人便呼吁法林顿起来捍卫民族荣誉。于是法林顿撸起一只袖子，给大伙儿展示自己的二头肌。大家仔细看过并比较了两人的胳膊，最后都赞成来一场力气的比试。桌子收拾出来了，两个人把胳膊肘搭在桌上，紧紧握住了手。帕迪·伦纳德一喊“开始！”两人就要各自使劲儿把对方的手压到桌上。法林顿一脸严肃坚决的样子。

比试开始了。过了大约三十秒钟，韦瑟斯把对头的手慢慢放倒在桌上。败在这么个小青年的手下，法林顿又怒又愧，葡萄酒一般颜色的黑脸不禁发紫，涨得更加阴郁。

“你不要在后面用身子使劲。要公平竞争。”他说。

“谁不公平竞争了？”那一个说。

“再来。三局两胜。”

比试又开始了。法林顿额头上青筋暴突，韦瑟斯惨白的脸色也变成了芍药红。他们的手和胳膊用力用到发抖。经过长久的挣扎，韦瑟斯再次将对头的手慢慢放倒在桌上。观战者们发出一阵低声的喝彩。酒吧招待正站在桌旁，就用红头发的脑袋朝胜利者点点头，用粗鄙不堪的亲密口吻说：

“啊！那才是绝活儿！”

“你他妈的懂什么？”法林顿凶狠地冲着那人说。“你乱插什么嘴？”

“嘘，嘘！”奥哈洛伦见法林顿脸色暴怒便说，“就快结账了，小伙子们。我们再来尝上一小杯，然后就散了吧。”

一个满脸怒色的人站在奥康奈尔桥一角，等着开往沙山的有轨小电车带他回家。他心头缓缓燃烧着怒火，满脑子都是报复的念头。他觉得受了折辱，心怀不满，他甚至都没觉得有醉意，可口袋里只有两个便士了。他诅咒一切。他在办公室里算是玩完了，当了怀表，还花光了钱，却连点儿醉意都没有。他又开始觉得渴，盼望能再回到热烘烘、气味难闻的酒馆。他两回都败在那个毛头孩子手里，大力士的名声算是丢尽了。他心头涨满愤怒之情，又想到那个戴大帽子的女人，从他身边擦过，说 Pardon！愤怒几乎叫他喘不过气来。

他乘坐的有轨电车在谢尔本路把他放下，他扭转魁梧的身躯，在兵营高墙的阴影下朝前走去。他很厌烦回家。他从侧门进去，发现厨房里空空的，灶火几乎都灭了。他朝楼上大吼：

“埃达！埃达！”

他的老婆是个小个子女人，五官中透着精明，丈夫清醒时欺负丈夫，丈夫喝醉时挨丈夫欺负。他们有五个孩子。一个小男孩跑下楼梯。

“是谁？”那人在黑暗中窥视张望。

“是我，爸。”

“你是谁？查理吗？”

“不是，爸。我是汤姆。”

“你母亲在哪儿？”

“出门上教堂了。”

“那好吧……她想到给我留饭了吗？”

“留了，爸。我——”

“点上灯。你把这地儿弄得黑漆漆的，什么意思啊？别的孩子都上床了？”

小男孩去点灯的时候，那人重重地坐到一把椅子上。他开始学着儿子平淡的腔调，自言自语地说：“上教堂了。上教堂了，求您啦！”灯点上了，他拿拳头砸在桌上，大叫：

“我晚饭吃什么啊？”

“我这就去……做，爸。”小男孩说。

那人气势汹汹地跳起来，指着灶火。

“用那个火做饭吗？你竟然把火看灭了！凭上帝起誓，我要教训你，叫你再这样干！”

他朝门边走了一步，抓过靠在门后的手杖。

“我叫你把火看灭了！”他说着，卷起一只袖子，以便自由地挥舞胳膊。

小男孩一边哭喊“哦，爸！”一边围着桌子哀哀地哭着跑，可那人追上去，揪住了孩子的衣服。小男孩惊慌四顾，见无路可逃，就双膝跪倒。

“记着，让你下次再把火看灭了！”那人一边说，一边用棍子狠狠地抽打着孩子。“挨揍吧，你这小狗崽子！”

棍子抽破了孩子的屁股，他痛得发出一声尖叫。他握紧双手朝上高举，声音吓得发抖：

“哦，爸！”他哭喊着。“别打我呀，爸！我给你说‘欢呼马利亚’那段祷告……我给你说‘欢呼马利亚’那段，爸，你要是不打我……我就说‘欢呼马利亚’……”

泥土[1]

总管已经准了她的假，女人们一喝完茶，她就可以出去，于是玛丽亚满心都盼望着将要在外面度过的这个晚上。厨房里井井有条，一尘不染，厨子说，大铜烤炉亮得都能照见你自己的影儿。炉火旺旺的，很明亮，上菜用的边桌上摆着四个大大的果仁松饼。松饼看上去好像尚未切开，可要是凑上去，就看得出它们已经被均匀地切成长长的厚片，随时可以在用茶时递到桌上。玛丽亚亲手切的。

玛丽亚的个子很矮很矮，可是鼻子却很长，下巴也很长。她说话时带点鼻音，总带着息事宁人的腔调，“行啊，亲爱的”，还有“不成啊，亲爱的”。女人们为了争盆子斗起嘴来，总是派她去劝和，她也总是能成功劝和。有一天总管对她说：

“玛丽亚，你是个很不错的调停人呢！”

副总管和校董会里的两位夫人都听到了这句夸奖话。金

---

[1] 诸圣日期间会有一些游戏。其中茶碟游戏在爱尔兰很流行。茶碟中各自盛有不同的物件：戒指，祈祷书，水，或是泥土，等等。据说碰到戒指者来年将要结婚，碰到祈祷书者将要入修道院，碰到水者来年生机勃勃，而碰到泥土者来年将有性命之忧。

格·穆尼也总是说，要不是冲着玛丽亚，她才不会放过管熨斗的那个哑巴呢。人人都那么喜欢玛丽亚。

女人们六点喝茶，这样她七点之前就可以离开了。从鲍尔斯桥到纪念柱，要二十分钟；从纪念柱到德拉姆康德拉，要二十分钟；再花二十分钟买东西。八点之前她就能到了。她取出带银扣的钱包，又念了一遍“来自贝尔法斯特的礼物”这几个字。五年前，圣灵降临节后第一个礼拜一的假日，乔和阿尔菲去贝尔法斯特旅游，乔给她买了这个钱包，所以她格外喜爱。钱包里有两枚半克郎的硬币和几个铜板。买完电车票，还能净剩五个先令。孩子们会唱起歌，他们这个夜晚会多么愉快啊！只是她希望乔不会醉醺醺地回来。他沾了酒，就会变了个人。

他常想让她去跟他们同住；可她却觉得那样自己会碍事儿（尽管乔的妻子对她总是那么好），而且她也习惯了洗衣房的生活。乔是个好孩子。她照看过他，也照看过阿尔菲；乔过去常说：

“妈妈是妈妈，可是玛丽亚却是我名副其实的母亲。”

她在那家做完了事，孩子们就给她在“灯光都柏林”[1]的洗衣房里寻了个位置，她也喜欢那里。她过去很瞧不上新教教徒，可后来她觉得他们都是好人，虽然有点儿沉默寡言，不苟言笑，倒都很好相处。她还在温室里养植物，她喜欢照看这些植物。她养了些可爱的蕨类植物，还有球兰，只要有人去看她，她总要从温室里折些嫩枝子送给人家。有一件事她是不喜欢的，就

[1] 灯光都柏林是灯光都柏林慈善堂的简称，是一家新教教徒专门为“堕落妇女改恶从善”而设立的一家慈善机构。

是墙上老有传单；然而总管却那么和蔼，很好打交道。

厨子告诉她都一切都准备好了，于是她走进女人们的房间拉铃。几分钟后女人们三三两两地进来，她们在裙子上擦擦冒着热气的手，又拉下衬衫的袖子，遮住红通通冒着热气的胳膊。她们坐下来，面前是厨子和哑巴为她们斟满的大杯热茶，那茶已经在大锡罐子里加上牛奶和糖，预先调好了。玛丽亚照看着把大松饼分了，确保人人都得到各自分内的四块。吃饭的时候好一阵说说笑笑、打打闹闹。利齐·弗莱明说玛丽亚一准儿会吃到戒指，这么多年来每逢诸圣日利齐都这么说，可玛丽亚还是得哈哈笑着说，自己既不要戒指也不要男人；她笑的时候，忽闪的灰绿色眼睛里带着失意的羞涩，鼻子尖儿都快碰到下巴尖儿了。金格·穆尼举起她那杯茶，建议为玛丽亚的健康喝一杯，桌上其他女人也都碰着杯子，穆尼说可惜不能喝上一口黑啤酒来为她干杯。玛丽亚又大笑起来，笑得鼻子尖儿快要碰到下巴尖儿，笑得她那小小的身子都快要散架了，她明白穆尼是好意，自然啦，她尽是些普通女人的念头。

不过，女人们喝完茶，厨子和哑巴开始收拾茶具了，玛丽亚怎能不高兴啊！她走进自己的小卧室，想起明天一早得做大弥撒，就把闹钟从七点调到了六点。她脱下工作衫和家常靴子，把最好的裙子摊在床上，还把搭配礼服穿的小靴子搁在床脚。她换了件衬衫，站在镜子前，想起自己还是年轻姑娘的时候，曾经怎样在星期日早上为做弥撒而打扮；她看着自己曾经多次打扮过的微小身躯，一时感触良多。她发觉，尽管年岁已长，这身躯却还窈窕娇小而且还很结实。

她来到外面的街上，街面被雨水映得发亮，她很高兴穿了那件棕色的旧雨衣。有轨电车上已经客满，她只好坐在车厢尽头的小凳上，面对大家，脚趾几乎够不到地面。她心里盘算着所有要做的事情，觉得能够独立生活，口袋里还有自己的钱，这真是太好了。她希望他们能度过一个美好的夜晚。她确信他们会的，不过她还是忍不住想到，阿尔菲和乔如今互不理睬，这太叫人遗憾了。如今他们总是争吵不休，可在孩提时代，他们却是彼此最好的朋友：不过这就是生活啊。

她在纪念柱那一站下了电车，紧赶慢赶地走在人群中。她走进唐斯蛋糕店，店里挤满了人，她等了好久才有人招呼她。她买了一打什锦小蛋糕，最后拎着沉沉的一个大袋子走出店铺。她又在想，该买些别的东西：她要买点儿真正的好东西。他们肯定准备了很多苹果和核桃。很难说究竟该买什么，她能想到的只有蛋糕。她决定买些葡萄干蛋糕，但唐斯蛋糕店里的葡萄干蛋糕顶上涂的杏仁糖霜却不够分量，于是她走到亨利街上的一家店铺去买。她在那里花了很长时间要人家照她的意思去做，柜台后那位穿着入时的年轻女士显然被她搅得有点心烦，就问她想买的是不是个结婚蛋糕。玛丽亚羞红了脸，对这年轻女士微微一笑；不过这年轻女士却一直很当真，终于切下厚厚的一块葡萄干蛋糕，包裹好，说：

“请付两先令四便士。”

在开往德拉姆康德拉的电车上，年轻的男人们好像都没有注意到她，她以为自己不得不站着了，可有位上了年纪的绅士却给她让了座。他是位健硕的绅士，戴一顶棕色圆顶窄边硬礼帽；方脸庞很红润，唇髭微微泛着灰色。玛丽亚觉得这绅士颇有军官派头，她想，比起那些只管朝前瞪着眼睛的年轻人，他可真是彬彬有礼啊。绅士和她闲聊起来，谈到诸圣日，还谈到这阴雨天。他推测，那袋子里必是装满了给小孩子们的好东西，又说孩子们应该趁年轻尽情享乐，这再正确不过。玛丽亚赞同他的意见，还端庄地朝他点点头，应和两声。他对她很和蔼，她到运河大桥下车时，就谢过他，又鞠了个躬，他抬起帽子还了礼，还温和地笑了一笑；她走上排屋对面的街区，低下头顶着风雨，她觉得，是不是绅士，一眼就看得出，哪怕他略带点醉意呢。

她到了乔的家，大家全都说："噢，玛丽亚来啦！"乔也在家，他一下班就回家了，孩子们全穿着星期日的盛装。隔壁还来了两个大姑娘，游戏正在进行。玛丽亚把那袋子蛋糕递给最年长的男孩子阿尔菲，叫他去分，唐纳利太太就说，带来这么一大袋蛋糕，她真是太好了，又叫孩子们全对她说：

"谢谢，玛丽亚。"

可玛丽亚却说，她还给做爸爸妈妈的带来了特殊的东西，那东西他们一准儿喜欢，说完她就开始找葡萄干蛋糕。她先在唐斯蛋糕店的袋子里翻，又在雨衣的口袋里翻，后来还到门厅衣帽台上去翻，可哪里都找不到。于是她又问，是不是孩子们给吃掉了——自然是一不留神错吃的——但孩子们都说没有，还露出一副神气，仿佛如果要指责他们偷偷摸摸，那他们宁可不喜欢吃蛋糕。人人都献计献策，想解开这个谜团。唐纳利太太说，明摆着是玛丽亚把蛋糕落在电车里了。玛丽亚想起自己被那位长着泛灰胡子的绅士搞得方寸大乱，不禁又羞又恼又失望地红了脸。一想到这小小的惊喜泡了汤，自己还白白扔掉了两先令四便士，她差点儿当场大哭。

但乔却说这不要紧，他叫她在炉火边儿坐下来。他对她真好。他跟她讲办公室里发生的那些事，还为她重讲了一回他如何机智地应对自己的经理。乔为什么会因为那句应答笑成那个样子，玛丽亚并不明白，不过她却说经理一定是个盛气凌人不好对付的人。乔说要是你知道该怎样对待他，那他倒也不算是个坏人，只要你别惹着他的痛处，他就始终还算是个体面人。唐纳利太太为孩子们弹起钢琴，他们又唱又跳。后来那两个邻家姑娘又把核桃递给大家，却没人找得到核桃夹子，乔几乎为此大发雷霆，他质问，他们怎么能指望玛丽亚不用核桃夹子来弄碎核桃。但玛丽亚说自己不爱吃核桃，说不用为她如此麻烦。乔问她要不要来瓶浓烈黑啤酒，唐纳利太太又说要是她喜欢喝的话，家里还有波尔图葡萄酒。玛丽亚说她宁肯他们别让她喝酒，但乔却非要她喝。

于是玛丽亚就随他便了，他们坐在炉边谈论往昔，玛丽亚觉得，要为阿尔菲说上句好话才是。但是乔却大呼小叫地说，要是自己开口跟兄弟讲一个字，那就让上天劈死自己算了，玛丽亚便说自己很抱歉提起了这事儿。唐纳利太太对丈夫讲，他那样说自己的血亲真是太丢人了，可是乔却说阿尔菲不算他兄弟，一谈这个事儿，大家差点儿大吵起来。不过乔又说，看在今天晚上不比寻常的份儿上，他不发脾气，他要妻子再去开几瓶浓烈的黑啤酒来。两个邻家姑娘已经安排了几样诸圣日玩的游戏，很快大家又高兴起来。看到孩子们这样高兴，乔和他的妻子心情又这么好，玛丽亚就很快乐。邻家姑娘在桌上放了些茶碟，领着蒙住双眼的孩子们走到桌前。一个孩子摸到了祈祷书，另外三个摸到了水，一个邻家姑娘摸到了戒指，唐纳利太太就朝那姑娘晃着手指，仿佛是说："哦，我可全知道了！"后来她们又坚持要蒙上玛丽亚的眼睛，领她到桌前，看她会得到什么；她们给她扎上布条，玛丽亚笑了又笑，笑得鼻子尖儿都快碰到下巴尖儿了。

他们说说笑笑领她来到桌前，她照人家说的，手向空中伸出去。她的手在空中这儿那儿地晃动，然后降落在一个茶碟上。她感觉到手指触到了某样又软又湿的东西，她很吃惊没有人说话，也没有人来取下她的布条。几秒钟的停顿之后，是一片慌乱和小声议论。有人说到花园什么的，最后，唐纳利太太很生气地对一个邻家姑娘说了些话，要她马上扔出去：这可不能拿来儿戏。玛丽亚明白这回是摸错了，于是她又得重来一遍：这一次她摸到了祈祷书。

后来，唐纳利太太又为孩子们弹起了麦克劳德小姐的里尔舞曲，乔又劝玛丽亚喝了一杯葡萄酒。很快大家又高兴起来，唐纳利太太说，过不了今年，玛丽亚肯定会进修道院，因为她摸到了祈祷书。玛丽亚从来没有见过乔像那天晚上那样对她那么好，总说些叫人高兴的话，还老是回忆过去。她说他们对她都是那么好。

后来孩子们渐渐又累又困，乔就问玛丽亚能否在走之前唱一首小曲，就从以前那些曲子里选一首。唐纳利太太也说："唱吧，请吧，玛丽亚！”于是玛丽亚只好起身站到钢琴旁边。唐纳利太太叫孩子们静下来，听玛丽亚唱歌。然后她开始弹起序曲，说：“好啦，玛丽亚！”玛丽亚满面羞红，小声开口用颤抖的嗓音唱了起来。她唱的是《我梦见住在那里》[1]，当她唱到第二段时，她又唱道：

我梦见住在大理石的厅堂里
身边围着随从和奴仆
那高墙下聚集着各种人，
我是希望和光荣之主。
我有数不清的财富，还可炫耀
祖上有显赫的威名，
可是我却梦想，如那样是最好，
你一如往昔对我钟情。[2]

但是没有人想要指出她的错误；她唱完之后，乔很受感动。他说没有任何时光比得上往昔，对他来说，没有任何音乐比得上可怜的老巴尔夫的音乐，管别人怎么说呢；他热泪盈眶，竟找不到自己想找的东西了，最后只好求妻子告诉他，螺丝起子在哪里。

---

[1] 这是爱尔兰作曲家、歌唱家巴尔夫的代表作歌剧《波西米亚女郎》里的唱段。女主人公借此回忆了往昔的美好时光。

[2] 这依旧是第一段歌词，玛丽亚忘记了自己应该唱第二段。

悲惨事件

詹姆斯·达菲[1]先生住在查普尔里佐德小村，因为他希望尽可能远离自己身为其市民的那座城市，还因为他觉得别的都柏林郊区小村都又鄙俗又现代又招摇。他住在一幢肃穆的老房子里，向窗外望去，能直看进那间废置不用了的酿酒厂，也能抬眼沿着浅浅的河流眺望，都柏林正是依此河而建。他那间屋没有铺地毯，墙壁很高，空空的没有挂一幅画。屋里每一件家什都是他亲自买来：一张黑色的铁架床，一个铁脸盆架，四把藤椅，一个衣架，一只煤桶，一个火炉围栏和各种生火用具，还有一个方桌，方桌上搁着一个双层桌式文件架。屋子凹角处，还用白木板子打了一个书柜。床上覆着白床单，床脚处还铺展着一块红黑相间的小地毯。脸盆架上方悬挂着一只小小的手镜，白天，壁炉架上唯一的装饰就是一盏罩着白色灯罩的灯。白色木架上的书，按厚度从下向上排列。最低一层尽头搁着一套华兹华斯全集，而最顶上那一层的尽头则矗立着一整套《梅努斯教理问答手册》，用一本笔记簿的布壳装订在了一起。书写用

[1] 在爱尔兰语当中，达菲有阴暗、黑暗，以及暮色苍茫之意。

具总是摆在书桌上的。书桌里面放着一份手写译文，是豪普特曼[1]的作品《米夏埃尔·克莱默》，剧本的舞台指示用紫色墨水写出，还有一小卷用铜别针别在一起的纸片。时不时就会有一句话写入这些纸片中，他一时觉得讽刺，就把胆汁药末广告词的题头贴到了第一页上。掀起书桌盖子，会跑出一缕淡淡的芳香——是雪松木新铅笔的香气，或者是一瓶胶水的香气，又或者是一个熟过了头的苹果的香气，很可能是他把那苹果搁在那儿，过后又忘了这回事。

对任何物质或精神上的混乱迹象，达菲先生都深恶痛绝。中世纪的医者可能就会称他是受土星左右而性格阴郁的人。他的脸带着他所有岁月的全部经历，染上了都柏林街道上那种棕褐色。头偏长，又相当大，头上长着又干又黑的头发，茶黄色的胡子并没能很好地遮掩住那张不温和的嘴巴。颧骨也让他的脸庞有种严厉的特征；可是双目之中却无厉色，那双眼睛从茶色的眉毛下看着这世界，给人的印象是，但凡见到别人身上有点儿值得原宥的本能，这人总是热切地想要欢呼，但却常常是失望而归。他在生活中跟自己的肉身保持着一点儿距离，用狐疑的目光斜眼看着自己的行为。他有个古怪的习惯，爱做自传，偶尔会在心里造句来说自己，主语用第三人称，谓语是过去时。他从不给乞丐施舍，总是提着一根硬硬的榛木手杖走路，步伐坚定。

多年来他一直在巴戈特街上一家私人银行做出纳员。他每

[1] G. 豪普特曼（1862—1946），德国剧作家，1912 年获诺贝尔文学奖。

天早上乘有轨电车从查普尔里佐德进城来。中午他到丹·伯克小店去吃午餐——一瓶贮藏啤酒，再加一小盘竹芋粉饼干。四点钟他就下班了。他到乔治街上的一家食府用晚餐，在那儿，他觉得自己能安全地躲开都柏林花里胡哨的青春气，在那儿，从收费单子上也能看出某种又明白又朴实的诚信。晚上的时光，他或是在房东太太的钢琴边上打发，或是用来到城郊周围游荡。他喜欢莫扎特的音乐，于是偶尔会去听听歌剧或音乐会：这就是他生活中仅有的消遣了。

他既没有伙伴也没有朋友，既没有信教也没有信念。他精神上是独自一人生活，与别人没有任何交流，只在圣诞节的时候拜访亲戚，在亲戚死去的时候护送他们去墓地。他肯尽这两样社会义务，也只是为了维持旧体面，除此便不肯再向规范公民生活的习俗做更多的让步。他允许自己有这样的想法：在特定的情形下，他会去抢劫自己工作的那家银行，不过，鉴于这些情形从未发生，他的生活就那么平铺直叙地展开着——就是一段风平浪静的故事。

一天晚上，在圆形剧院里，他发觉身边坐着两位女士。剧院里稀稀拉拉地坐着几个人，鸦雀无声，令人沮丧地预示着即将发生的失败。挨着他坐的那位女士看了一两眼周围这冷清的场面，就说：

“今晚这剧院多么凄惨，真叫人难过！不得不对着空空的板凳放声高歌，这也太难为人了。”

他把这话当作邀他交谈的信号。她看上去几乎毫无拘束，他不禁感到诧异。他们交谈时，他便极力要把她牢牢地固定在自己的记忆里。他得知坐在她身边的年轻姑娘是她的女儿，于是断定，她比自己小了一岁左右。她的面容必定曾是俊俏的，现在也还很有灵气。那是张椭圆脸，五官极是鲜明。眼睛是很深很深的蓝色，目光坚定。那双眼睛看人的时候，先有种毫不在乎的味道，后来目光从瞳仁到虹膜就慢慢变得柔和，露出彷徨迷惑之色，瞬间显出一种十分敏感的气质。瞳仁很快又恢复常态，半遮半掩的天性重又受制于干练的气质，羔羊皮的短外套勾勒出相当丰满的胸部，更明确地表达出毫不在乎的风格。

几星期后，在厄尔斯福特露天平台举行的一场音乐会上，他又遇见她，趁她女儿不留神的时候，他抓紧时间跟她套近乎。她有一两次提到自己的丈夫，但声调中并没有警告的意思。她的称呼是辛尼科太太。她丈夫的高祖是从里窝那地方来的。她丈夫是个商船船长，来往于都柏林和荷兰之间；他们有一个孩子。

第三回与她偶遇，他发觉自己有了跟她约会的勇气。她如约而来。后来又有了许多次约会；他们总是在傍晚见面，找最僻静的街区一块散步。可是达菲先生对偷偷摸摸的方式很不喜欢，他感觉他们两人有了私下相见的冲动，就逼她邀请自己去她家做客。辛尼科船长倒是鼓励他多来做客，以为他会考虑迎娶自己的女儿。他早已实心实意把妻子从供他享乐的队列里清除出去，所以根本没有疑心到竟还会有人对她有意思。做丈夫的常常出门在外，做女儿的也常常外出教音乐课，于是达菲先生就有了很多机会享受那做太太的陪伴。他从前不曾有过这样的艳遇，她也不曾有过，两人也都没有意识到这有何不妥。一点一点地，他把自己的思想与她的交织在一起。他借给她书，朝她灌输自己的思想，还跟她分享自己的精神生活。她倾听着一切。

有时候，为了回馈他那些理论，她也讲些自己生活里的现实。她几乎是怀着母性的关切，催促他完全解放他的本性；她成了他的忏悔神父。他告诉她，他曾在爱尔兰社会党的会议中做过帮手，在那点着黯淡油灯的阁楼上，在那二十来个冷静沉着的工人中，他觉得自己是很与众不同的一个人物。后来党分裂成三派，每派都有各自的领导、各自的阁楼，他也就停止参加活动了。他说，工人们讨论问题过于缩手缩脚，对工资问题的兴趣却毫无节制。他觉得他们都是些面目可憎的现实主义者，对于他们力不能及的悠闲所造就的严谨精确，他们心怀不满。他告诉她，在若干世纪里，都柏林都不会有可能发生什么社会革命。

她问他为什么不把自己的思想写出来。为了什么去写呢？他反问她的时候带着造作的嘲弄。为了跟那些玩弄辞藻的人竞争吗？他们甚至都没有能力连续思考六十秒钟。为了让自己去经受中产阶级的评头论足吗？中产阶级都是傻头傻脑的，他们居然把道德交给警察照看，把艺术交给演出经纪人负责啊。

他经常到都柏林城外她那间小屋里去；他们常常彼此相守，度过一个个夜晚。一点一点地，他们思想交织在了一起，彼此就谈起了不那么疏远的话题。她的陪伴就像是热带植物周遭的热土。很多次，她听凭夜色降临到他们身上，却克制着不去点上灯火。房间里阴暗而简朴，他们与世隔绝，音乐仍然萦绕在他们耳边，这一切把他们结合起来。这种结合激发了他，磨去了他性格粗砺的边缘，使他的精神生活感性化了。有时候他发觉自己正在倾听自己说话的声音。他觉得在她的眼中，自己会上升为一个天使般的人物；他渐渐把他这伴侣热情的天性越来越紧密地附着在自己身上，同时却又听到了那奇怪的、不带个人色彩的声音，他听出来那是自己的声音，那声音坚持说，灵魂的孤独是不可救药的。它说，我们不能将自己奉送出去：我们属于自己。这些对话进行到最后，有一天晚上，辛尼科太太显示出种种不同寻常的激动迹象，她激情澎湃地抓起他的手，贴到了自己的脸颊上。

达菲先生大为吃惊。她如此诠释他的话语，令他深感幻灭。他一个星期都没有去拜访她；后来他写信请求她与他会面。坦诚相待的态度已经荡然无存，但他不想让最后的会面因此而受到干扰和影响，所以就选在公园门口边上的一家小糕饼店里跟她见面。时值寒冷的秋季，但尽管天气寒冷，他们还是沿着公园的道路走来走去，走了将近三个小时。他们同意彼此断绝来往：他说，凡有约束，都将以哀伤终结。出了公园，他们默默地朝有轨电车走去；可是走到那里她却颤抖得厉害起来，他怕她会再次崩溃，就赶紧跟她道别，离开了她。几天后，他收到一个包裹，里面装着他的书和乐谱。

四年过去了。达菲先生重新过上了平静的生活。他的房间依旧佐证了他纹丝不乱的心灵。下房的乐谱架上添加了几张新乐谱，书架上立着两本尼采的著作：《查拉图斯特拉如是说》和《快乐的科学》。书桌里的纸页上很少再有他写的东西了。其中一句还是他与辛尼科太太最后会面两个月之后写的，他这样写道：男人与男人之间不可能有爱情，因为其中肯定没有性关系；而男人与女人之间不可能有友谊，因为其中肯定有性关系。他怕万一会遇见她，索性就不去听音乐会了。他父亲去世了，银行那个小合伙人也退休了。而他每天早上依旧乘着有轨电车去城里，每天晚上依旧到乔治街上去用节俭的晚餐，把读晚报当作甜点消遣，然后依旧步行从城里回家。

一天晚上，他正要往嘴里塞一小口腌牛肉和白菜，手却停住了。他先前把晚报竖靠在饮料瓶上，他的双眼如今看到晚报上的一段文字，就盯住不动了。他把那一小口食物搁回盘子里，全神贯注地读着那段文字。然后他喝下一杯水，把盘子推到一边，将报纸对折，放到两肘之间，一遍又一遍读着眼前的文字。白菜在盘子里渐渐冷却，凝结了一层白色的油脂。女招待走过来，问他是不是饭做得不合适。他说饭很可口，又艰难地吃了几口。后来他付过账单走了出去。

他在十一月的暮色中疾步走着，硬硬的榛木手杖有规律地敲打着地面，他那紧身双排纽扣呢外套的侧兜里，露出一点《邮报》暗黄色的边角。走到公园门口到查普尔里佐德之间的那条僻静小路上时，他放慢了脚步。手杖敲在地面上不再那么沉重，他的呼吸也不再均匀，掺杂了叹息的声音，几乎凝结在冷冷的空气中。到了家，他立刻就上楼去了卧室，从口袋里拿出报纸，借着窗口越来越暗的光线又读了一遍那段文字。他并没有大声读，而是像牧师念祈祷词那样，翕动着嘴唇低语。是这样一段文字：

一位女士死于悉尼广场站
悲惨事件

（因莱弗里特先生缺席，）副验尸官今天在都柏林市医院对埃米莉·辛尼科太太的尸体进行了审验。现年四十三岁的辛尼科太太昨晚死于悉尼广场站。证据显示，死者试图穿越轨道，结果被十点钟从金斯敦驶来的慢车车头撞倒，死者头部和右胁受伤，最后导致死亡。

火车司机詹姆斯·伦农称自己已经在铁路公司供职十五年。他听到制动员的哨声后开动火车，过了一两秒钟，有人大声喊叫，于是他又停下火车。火车当时车速缓慢。

铁路搬运工 P. 邓恩称，火车正要开动时，他看到一名妇女试图穿越轨道。他朝她跑去并大声呼喊，但是，还没来得及碰到她，她就被火车头的防撞栏挂倒在地。

一位陪审员问："你目睹那位女士倒地了吗？"

证人答："是的。"

警官克罗利宣誓做证说，他到了那儿，就看见死者躺在月台上，显然已经死亡。他叫人把尸体搬到候车室，等待急救人员到来。

编号为 57E 的警察也做了证。

都柏林市医院的助理外科住院医师哈尔平大夫称，死者两根靠下的肋骨骨折，右肩也受到严重挫伤。死者头部右半边在倒地时受伤。这些伤并不足以使正常人死亡。他认为，极有可能是受到惊吓和心脏突然丧失功能导致了死亡。

H. B. 帕特森·芬利先生代表铁路公司对这起事故表示深切遗憾。公司一直在采取各种预防措施，防止人们使用天桥以外的手段穿越铁轨，公司不但在各个车站放置告示，还在平行路口启用了开放弹簧门。死者习惯在深夜从一个月台穿越铁轨到另一个月台，而且从这起事故的某些其他情况来看，他认为责任并不在铁路人员们身上。

死者的丈夫是辛尼科船长，家住悉尼广场里奥维尔，他也做了证。他称死者是他的妻子。事故发生时，他并不在都柏林，事故后的当天早晨他才从鹿特丹赶到。他们结婚已有二十二年，直到两年前还生活得很幸福，但后来他的妻子渐渐养成了酗酒的恶习。

玛丽·辛尼科小姐说，最近其母常常习惯深夜出门买酒。作为证人的她经常试图说服母亲，劝她加入戒酒组织。事故发生一小时后玛丽·辛尼科小姐才回到家中。

陪审团根据医疗证明做出裁决，判定伦农不负任何责任。

副验尸官说本次事件十分悲惨，他向辛尼科船长及其女儿表达了深切的同情。他督促铁路公司采取强硬措施，防止将来发生类似事故。本次事件无人有罪。

达菲先生从报纸上抬起目光，凝视着窗外凄凉的黄昏景色。河流静卧在空荡荡的酿酒厂旁边，偶尔，卢肯路上某幢房子里会亮起一盏灯。竟是这样的结局！有关她死亡的陈述令他心生厌烦，想到曾经把自己奉若神圣的种种都告诉过她，他也心生厌烦。那些词语用得太多，已经变得无味，那些同情话空洞无聊，那些措辞小心谨慎，记者以此种种手段遮掩了这个死亡事件那些普通而粗俗的细节，一念及此，他只觉得胃往上翻。她不仅降了自己的格，她还降了他的格。他看见她堕落的龌龊轨迹，凄惨而叫人生厌。他灵魂的伴侣啊！他想到了他曾经见过的那些可怜虫，他们跌跌撞撞拿着瓶瓶罐罐，只等着叫酒保给倒满。公正的上帝啊，竟是这样的结局！显然她不适合生存，她没有坚强的意志，轻易就成为习惯的牺牲品，她只不过是文明抛闪身后的残片之一。但她竟沉沦到如此地步！关于她，他竟完全欺蒙了自己，这可能吗？他回忆起那天晚上她的奔放，遂以一种他从未有过的严厉做出了解释。如今，他毫无困难地认同了自己当时选择的正确道路。

光线渐渐暗了，他的回忆开始游荡，他觉得她的手触到了自己的手。那种震惊，开头令他的胃翻腾，现在又叫他的神经不安起来。他匆匆穿上外套戴上帽子走了出去。门槛外清冷的空气迎面扑来，溜进了他的衣袖里。他来到查普尔里佐德桥的酒馆，进去要了一杯热潘趣酒。

酒馆老板点头哈腰地给他上了酒，却没有放肆地跟他交谈。店里还有五六个工人，正谈论着基尔代尔郡一位绅士的家产所值。他们时而用一品特容量的大啤酒杯喝上一圈，时而抽抽烟，常常朝地板上吐痰，有时也拿脚上的厚靴子搓过一些锯末，盖住吐出的痰。达菲先生坐在酒凳上凝视着他们，可他眼中却看不见他们，耳中也听不到他们。不久，他们出去了，于是他又要了一杯潘趣酒。这一杯叫他坐了好久。店里非常冷清。酒馆老板趴在柜台上，打着哈欠读《先驱者报》。时不时，人们能听见有轨电车呼啸着驶过外面寂寥的街道。

他坐在那里，回味着和她在一起的日子，交替地唤起如今他想象中她的两种形象，这时他意识到，她已经死了，她已经不存在了，她已经成了回忆。他开始感到不安。他自问自己本来还可以做些什么。他不可能跟她维持一场欺骗的喜剧，他不可能公开跟她生活。他所做的对他来说是最好的。怎么能怪罪他啊？而今她去了，他才明白，她的生活曾经是多么孤独，她曾经孤零零地坐在那间屋子里，一个夜晚又一个夜晚。他的生活也将是孤独的，直到他也死去，不再存在，成为回忆——如果有人记得他的话。

他离开那铺子的时候，已经过了九点钟。夜又冷又暗。他从最近一个大门进了公园，一路在凋零的树下走过去。他走过荒凉的小路，四年前他们曾在那些小路上走过。黑暗中，她好像离他很近。霎那间，他好像感觉到耳边响起了她的声音，她的手搁到了他的手上。他驻足倾听。他为什么要断了她的生路啊？他为什么要置她于死地啊？他觉得自己的道德品性一片片碎落下来。

他爬上马格齐恩山丘的顶峰，停下脚步，沿着河流朝都柏林方向望去，冷冷的夜色中，都柏林的灯火红彤彤地、热情地燃烧着。他沿坡向下看去，坡脚下，公园围墙的阴影中，他看见几个人影躺在那里。那些为了金钱、见不得人的爱情叫他心中满是绝望。他啃噬着自己那循规蹈矩的生活；他觉得自己被生活的盛宴遗弃在外了。曾经有一个人好像爱上了他，他却剥夺了她的生命和幸福：他害得她当众受羞辱，害得她含恨带耻地死去。他知道，下面沿墙躺着的那些人正盯着他，盼着他走开。没有人想要他；他被生活的盛宴遗弃在外了。他转过目光，朝波光粼粼的灰暗河面望去，河流正蜿蜒流向都柏林。在河那边他看到一列火车蜿蜒驶出金斯布里奇车站，像一条长着喷火头颅的虫子，一意孤行地、吃力地蜿蜒驶过黑暗。它慢慢驶出他的视线；他耳边却仍然听到，火车头那吃力而低沉的鸣声一音一节地重复着她的名字。

他沿着来时的路走回去，火车引擎在他耳中有节奏地轰鸣。他开始怀疑记忆告诉自己的那些事是否真实。他在一棵树下停下脚步，等那有节奏的轰鸣渐渐消失。在黑暗中他再也感觉不到她离他很近，他再也感觉不到她的声音在耳边响起。他侧耳听了几分钟。什么也听不见：夜色中万籁俱寂。他再一次侧耳倾听：万籁俱寂。他觉得自己是孤零零一个了。

委员会办公室里的常春藤日[1]

老杰克用纸板把煤灰拢在一块，均匀地撒在渐渐变白的炭火堆顶上。堆顶上薄薄地盖好一层后，他的脸没入黑暗中，但当他动手再去煽动炉火时，他蹲着的身影升高到对面墙上，他的脸也慢慢重新出现在光明中。这是张老人的脸，瘦骨伶仃，须发丛生。湿润的蓝眼睛眨动着去看炉火，湿润的嘴唇偶尔张开，再合上时会机械地空嚼一两下。煤灰着起来了，他把那片纸板靠到墙上，叹了口气说：

“现下好点了，奥康纳先生。”

奥康纳先生是个一头灰发的年轻人，脸上满是红斑和丘疹，有些破相，他刚刚把烟叶卷成大差不离的一根圆柱，别人一跟他说话，他便沉思着打开了手里做好了的卷烟。然后他又沉思地卷起烟叶，想了一会儿，才决定舔上烟纸。

“蒂尔尼先生说过他什么时候回来吗？”他用嘶哑的假声

[1] 每年十月六日，崇拜爱尔兰民族独立运动领导人查尔斯·斯图尔德·帕内尔的爱尔兰人就会佩戴常春藤来纪念他去世之日。这一天被称作常春藤日。委员会办公室实际上是指爱尔兰土地同盟委员会的办公室。帕内尔曾任该同盟的主席，并被称为“爱尔兰的无冕国王”。

问道。

“没说过。”

奥康纳先生把烟卷插到嘴里，探手在口袋中摸索着。他拿出一沓薄薄的纸卡片。

“我给你拿根火柴来。”老头子说。

“不用了，这就行。”奥康纳先生说。

他挑出一张卡片，念着上面印的字：

市政选举

皇家证券交易所选区

济贫会委员理查德·J. 蒂尔尼先生敬请您

在即将来临的皇家证券交易所选区选举中投票支持并鼎力相助

蒂尔尼先生的选举代理人邀请奥康纳先生去游说一部分选区的选民，可是，天气那么糟糕，靴子又进了水，所以，一天大部分时光他就跟看房子的老头子杰克在一起，坐在威克洛街上的委员会办公室里烤火。短短的白昼过去，天擦黑以后，他们就一直那么坐着。那是十月六日，门外又阴又冷。

奥康纳先生从卡片上扯下一小条，点上火，拿来点烟卷。点烟的时候，火苗照亮了他外套翻领上一片乌油油的常春藤叶子。老头子神情专注地看看他，又拿起那片纸板，开始慢慢扇动炉火，他的伙伴抽起烟来。

“啊，是啊，”他开口接着前头的话说，“该怎样教养孩子，这可不容易搞明白。谁能想到他后来竟变成那样了呢！我送他去基督教兄弟会办的学校，我替他做了所有我能做的事，可是他在那里却不学好。我倒是想尽力叫他多少讲点体面。”

他疲惫地把纸板放回去。

“只是我现在老啦，我真想给他唱反调啊。我真想拿棍子给他后背上来一顿揍啊，但凡我能盯紧了他——从前我可打过不少回呢。那做妈的，你明白的，她可是这样娇、那样宠的，惯得他不成样子了……”

“那可就毁了孩子了。”奥康纳先生说。

“可不是嘛，”老头子说，“而且别指望他感恩，只会招来他的傲慢无礼。他只要看见我喝上那么一杯，就得过来吆喝我。儿子冲老子那样说话，这世界要变成啥样子啊？”

“他多大啦？”奥康纳先生问。

“十九啦。”老头子说。

“你干吗不打发他做点正事儿呢？”

“怎么没打发啊，自打他这个醉醺醺的酒鬼离开学校，我什么没为他打算过啊？‘我可不养你，’我就那么说的，‘你得自己找活儿干去。’可是，没说的，有了活儿更糟，他非得把工钱全喝光了。”

奥康纳先生同情地摇摇头，老头子沉默下来，凝视着炉火。有人打开屋门，大声问：

“你好！这可是共济会在秘密开会吗？”

“谁啊？”老头子问。

“你们黑灯瞎火的，干什么呢？”一个声音问道。

“是你吗，海因斯？”奥康纳先生问道。

“是我。你们黑灯瞎火的，干什么呢？”海因斯先生边说边向前走到炉火光亮的地方。

他是个细高条个儿的年轻人，长着淡褐色的胡子。他的帽檐上犹挂着细小的雨珠，夹克外套的领子也竖起来了。

“好啦，马特，”他冲奥康纳先生说，“怎么样啊？”

奥康纳先生摇摇头。老头子起身离开炉边的小地毯，在屋里蹒跚着转了一圈，拿回两支蜡烛，他一支接一支地把蜡烛戳进火里点着，然后又拿回到桌上，渐渐可以看清屋里光秃秃的样子，炉火也失去了原先喜庆的光彩。四壁空空，除了一份竞选宣言，什么也没有挂。屋子中央是一个小桌子，桌子上堆着文件。

海因斯先生靠在壁炉架上问道：

“他付你钱了吗？”

“还没有呢，”奥康纳先生说，“我求上帝保佑，今晚他可别把我们抛到一边不管啊。”

海因斯先生哈哈大笑。

“喔，他会给你钱的。千万别担心。”他说。

“我希望他要当真做事的话，就摆出个大方的谱来。”奥康纳先生说。

“你怎么想呢，杰克？”海因斯先生嘲讽地问那老头子。

老头子回到炉火边的位子上，说：

“反正不会是他手头有却故意不给。跟那个吉普赛人可不一样。”

“哪个吉普赛人？”海因斯先生问。

“科尔根呗。”老头子不屑地说。

“你这么说，是不是就因为科尔根是工人？一个是善良诚实的泥瓦匠，一个是税官，他们的不同在哪里——啊？难道工人不是跟任何人一样，有权利加入同盟里吗？——哎，比起那些等着做绅士的先生们，工人更有权利加入，那些先生们只要遇到有个把头衔的人，就赶紧摘下帽子拿在手里，对吧？是不是这样啊，马特？”海因斯先生朝奥康纳先生如是说。

“我认为你说得对。”奥康纳先生说。

“一个是诚实的普通人，没什么偷工减料的勾当。他代表劳动阶级加入进来。而你为之工作的那个家伙，只想着谋取一份差事，不然就是有别的想法。”

“工人阶级自然是要有代表的。”老头子说。

“劳作之人，”海因斯先生说，“受尽辛苦，却得不到半点好处。但正是劳动创造了一切。劳作之人不会为自己的子侄亲戚谋什么肥差。劳作之人不会为了讨好一个日耳曼君主[1]就把都柏林的荣誉拖到泥坑里去。”

“那是怎么一档子事儿啊？”老头子问。

“明年如果爱德华国王到这里来，他们就想呈送一篇欢迎致辞呢，难道你不知道吗？我们朝一个异国的君主磕头，想要什么呢？”

---

[1] 指当时的英格兰国王，有日耳曼血统的爱德华七世。

“我们那人不会投票赞成这样的致辞，”奥康纳先生说，“他参选的身份可是民族党啊。”

“他不会吗？”海因斯先生说。“等着瞧吧，你看他会不会。我可了解他。是滑头迪基·蒂尔尼吧？”

“上帝啊！乔，或许你是对的。”奥康纳先生说，“不管怎么样，我希望他能带着备用的钞票露面。”

三个人都陷入了沉默。老头子开始耙拢更多的煤灰。海因斯先生摘下帽子抖了抖，把外衣领子翻下来，他做这些事的时候，露出了翻领上的一片常春藤叶子。

“要是这个人[1]还活着，”他指指那片叶子说，“我们是不会谈论什么欢迎致辞的。”

“那倒是真的。”奥康纳先生说。

“这话实在啊，愿上帝总跟他们在一起！”老头子说，“那时候还是有些活人气的。”

屋里又一片寂静。一个小个子男人推门走了进来，他行色匆匆，呼哧着鼻子，两耳冻得通红。他疾步走到炉火边，搓着双手，仿佛想要搓出火星来似的。

“没钱啦，小子们。”他说。

“到这儿坐下吧，亨奇先生。”老头子说着把自己的椅子让给他。

“哦，别动了，杰克，别动了。”亨奇先生说。

他朝海因斯先生速速一点头，然后在老头子空出来的椅子

[1] 指帕内尔。

上坐下。

“你到奥吉尔街上送传单了吗？”他问奥康纳先生。

“送了。”奥康纳先生说着，开始在口袋里摸索备忘录。

“你到格兰姆斯那边拜访过了吗？”

“拜访过了。”

“怎么样？他是什么立场？”

“他不肯做承诺。他说：‘我打算怎样投票，我不会跟任何人说。’不过我倒觉得他没有问题。”

“为什么这样认为？”

“他问我提名人都是谁，我就告诉了他。我提到了伯克神父的名字。我觉得一切都会顺利的。”

亨奇先生的鼻子呼哧起来，他急吼吼就着炉火搓搓双手。后来他说：

“出于对上帝的爱，杰克，给我们再来点儿炭吧。肯定还剩了点儿吧。”

老头子走出屋子。

“这不行，”亨奇先生说着摇摇头，“我去问那擦鞋的小子[1]，他却说：‘哦，好啦，亨奇先生，我见到工作正常进行，自然不会忘了你，你放心好啦。’抠门的小吉普赛人！说实在的，他还能是别的样子吗？”

“我跟你说什么来着，马特？”海因斯先生说，“滑头迪基·蒂尔尼。”

[1] 指蒂尔尼，这里是为了贬低他，说他行为卑躬屈膝，就像是个擦鞋的小子。

“哦，他们要他多滑头，他就能有多滑头。”亨奇先生说，“他可不是白白长了一副小猪眼儿。他那该死的灵魂！他就不能按账付钱，非得那样说吗：‘哦，好啦，亨奇先生，我必须跟范宁先生谈谈……我已经花了很多钱。’抠门儿的擦鞋小子，下地狱吧！我看他是忘了当年，那时候他那小个子老爹还在玛丽巷里开着旧衣店呢。”

“可那是真事儿吗？”奥康纳先生问。

“上帝啊，真事儿啊。”亨奇先生说，“你从没听说过吗？过去，每逢星期日早上，酒馆还没开门呢，男人们就常常到那里去买个背心或者买条裤子——打扮体面嘛！可是滑头迪基的小个子老爹总是滑头地在角落里搁上个小黑酒瓶。你听明白了吗？就那么回事儿。他初懂世事，可就是在那儿啊。”

老头子回来了，拿了几块炭，这儿一块那儿一块地搁到炉火中。

“倒是个不错的开头嘛。”奥康纳先生说，“要是他不跟我们算清帐，他怎么能指望我们替他干活儿呢？”

“我没办法哟。”亨奇先生说，“我回家的时候呀，一准儿能看见厅里有执法官等着我呢。”

海因斯先生哈哈大笑，肩膀一使劲，猛地将身子从壁炉架上离开，准备走了。

“爱迪国王来了，一切就会好了。”他说，“小子们，眼下我得动身去奔走了。回头见。再见。”

他踱出了房间。亨奇先生和老头子都没有说什么，但是，门快要关上的时候，一直闷闷不乐地盯着炉火的奥康纳先生却突然叫道：

“再见，乔。”

亨奇先生等了一阵子才朝门的方向点头示意。

“告诉我，”他朝着炉火对面说，“是什么风把我们这位朋友吹来的？他想要什么？”

“说实在的，可怜的乔啊！”奥康纳先生说着把烟蒂扔进火里，“他跟咱们大家一样，手头很紧呢。”

亨奇先生用鼻子大力呼哧了一下，然后吐出好大一口痰，差点把炉火扑灭了，炉火嘶嘶地发出抗议的声音。

“坦白告诉你我私底下怎么看吧，”他说，“我认为他是另一个阵营派来的。你要是问我，我看他就是科尔根的探子。就去转一圈，看清楚他们忙得怎么样了。他们不会怀疑你的。你看透这理儿了吗？”

“哎，可怜的乔是个体面人。”奥康纳先生说。

“他父亲是个体面的正派人。”亨奇先生承认道，“可怜的拉里·海因斯！他那时候可是做了一大堆好事儿！可我却很担心我们这位朋友连19K的成色都达不到。该死的，一个人手头拮据，我可以表示理解，可是一个人这样坑蒙拐骗，我却理解不了。他身上就不能有点儿男子汉的血性吗？”

“他来这儿，可甭想叫我热烈欢迎。”老头子说，“由着他去为那边儿干活吧，可别来这里乱打探。”

“这事儿我不清楚。”奥康纳先生拿出卷烟纸和烟草，狐疑地说，“我觉得乔·海因斯很正直啊。他这家伙笔头也很有灵气。你还记不记得他写过……”

“你要是问我，这些躲在山坡上打仗的芬尼亚人[1]啊，有一些就是灵气太多了。”亨奇先生说，“坦白告诉你，知道我私底下怎么看这些不起眼的小丑吗？我相信他们中有一半都在拿城堡里的钱。”[2]

“谁也说不准啊。”老头子说。

“喔，我敢说事实就那样。”亨奇先生说，“他们是城堡那边养的鹰犬……我不是说海因斯……不，该死的，我觉得他比倒还高明点儿……我指的是某个长着斗鸡眼的小贵族，有这么一号爱国者吧？”

奥康纳先生点点头。

“但凡你愿意，瑟尔上校[3]还有个直系后代呢！喔，什么热心热血的爱国者！眼下这人为了四便士就愿意卖国——是啊——还双膝一弯，跪倒在地，感谢全能的基督让他有国可卖。”

传来一记敲门声。

“进来！”亨奇先生说。

门口出现了一个人，模样好像穷牧师，又像个穷演员。五短身材，穿着黑衣，纽扣扣得紧紧的，根本看不出他戴的是牧师领结还是俗家领结，因为那破旧的双排扣及膝大衣领子竖着，没包过的扣子映着烛光。他戴了一顶硬毛毡衬里的黑色圆帽。

---

[1] 1858 年前后成立的爱尔兰争取民族独立的反英秘密组织成员，主张通过恐怖手段和暴力革命争取爱尔兰独立，他们取爱尔兰传说中芬尼亚勇士团来自称，而英国媒体则蔑称他们是躲在山坡上打仗的人。

[2] 城堡里居住着英国的爱尔兰首席秘书，“拿城堡里的钱”就是说他们是在替英国人做探子。

[3] 亨利·查尔斯·瑟尔在镇压 1798 年爱尔兰起义中以残酷无情、起用密探著称。

他的脸上因为有雨滴而发亮，看上去有湿漉漉的黄色奶酪的颜色，只在颧骨处显出两抹玫瑰红。他突然张开口型很阔的嘴，表达出失望之情，同时又瞪大了目光非常明亮的蓝眼睛，表达欢愉和惊喜。

“哦，基翁神父！”亨奇先生说着从座位上一跃而起，“是你吗？快进来！”

“哦，别，别，别！”基翁神父赶紧说，他撅起嘴唇，仿佛是在对小孩子说话。

“你不进来坐坐吗？”

“不，不，不坐啦！”基翁神父说，他的声音谨慎、纵容，又软绵绵的，“可别让我搅了你们的兴！我只是来找范宁先生……”

“他在黑鹰酒吧那儿吧，”亨奇先生说，“可你就不进来坐一会儿吗？”

“不啦，不啦，谢谢你。只是一点儿小小公务罢了，”基翁神父说，“谢谢你，真的。”

他从门口退出去，亨奇先生抓起一支蜡烛，走到门口，照着他下楼。

“哦，别麻烦了，请别麻烦了！”

“不麻烦，可这楼道也太黑了。”

“不，不，我看得见……谢谢你，真的。”

“现在行了吗？”

“行啦，谢谢……谢谢。”

亨奇先生举着烛台回来，把它搁到桌上。他重新在炉火边坐下。有那么一会儿，大家都很沉默。

“约翰，跟我说说。”奥康纳先生说着又用一张纸卡片点着了烟卷。

“说什么？”

“他究竟是什么人？”

“问我点儿容易说的吧。”亨奇先生说。

“在我看来，范宁和他有很厚的交情。他们常一块儿去卡瓦纳的酒吧。他到底是不是牧师啊？”

“哦，是吧，我想是吧……我觉得他就是你说的黑羊啦。[1]感谢上帝，这种人在咱们中间并不多！可咱们还是有那么几个……他就是某种不走运的人……”

“那他怎么贴补生计呢？”奥康纳先生问。

“那就是另外一件神秘的事儿了。”

“他是不是从属哪个教堂啊，教会啊，慈善机构啊，或者——”

“不，”亨奇先生说，“我认为他四处活动是自掏腰包的……上帝宽恕我吧，”他又说，“我觉得他喝起黑啤酒可真贪杯。”

“有办法搞点儿喝的吗？”奥康纳先生问道。

“我也渴着呢。”老头子说。

“我在那擦鞋小子那儿都问了三回了，”亨奇先生说，“问他能不能送一打黑啤酒来。我才又问过他一回，可他穿着衬衣，靠在柜台上，只跟高级市政官考利聊起来没个完。”

“你干吗不给他提个醒呢？”奥康纳先生说。

---

[1] 意思是他不守清规。

“可是，他正跟高级市政官考利谈着话，我总不能就过去吧。我只有干等着他注意到我，然后我说：‘我跟您讲过的那件小事儿……’‘行啊，亨先生。’他说。瞧着吧，这大拇哥儿准把这事忘了个精光。”

“那块儿准有交易，”奥康纳先生沉思着说，“昨天我见过他们三个，在萨福克街角上可卖力呢。”

“他们卖力地玩些什么把戏，我想我是知道的。”亨奇先生说，“如今想要当上市长大人，就得在市里这些元老身上多花银子。然后他们就会让你当市长大人。凭上帝的名义！我要郑重考虑一下，去市里做个元老了。你们以为怎么样？我干那活儿怎么样？”

奥康纳先生哈哈大笑。

“论花银子，你倒还成……”

“驾着车驶出市长官邸，”亨奇先生说，“身边扈从如云，杰克戴着扑了粉的羊毛假发，站在我身后——呃？”

“再封我做你的私人秘书，约翰。”

“行。我还要叫基翁神父做我私人小教堂的牧师。我们就用自己人。”

“肯定的，亨奇先生，”老头子说，“跟他们有些人比起来，你可算派头十足呢。有一天我跟门房老基根聊天儿。‘帕特，你喜欢自己的新主人吗？’我跟他讲。‘你如今没有多少乐头啊。’我说。‘还乐头呢！’他说。他恨不得靠闻点儿油渣的味儿过活。你们知道他跟我说了些什么？听着，向上帝保证，我当时可不信他呢。”

“说什么？”亨奇先生和奥康纳先生问。

“他告诉我：‘都柏林的市长大人啊，派人去买一磅排骨就算正餐啦，你觉得怎么样？这种高级生活怎么样？’‘呜呀！呜呀！’我说。‘一磅排骨，’他说，‘送进了市长官邸。’‘呜呀！’我说，‘现如今来来去去都是些什么人呀？’”

正说到此处，响起一记敲门声，一个男孩子探进头来。

“什么事？”老头子问。

“我是黑鹰酒吧的人。”男孩子边说边侧身走进来，把篮子往地板上一搁，篮子里传来瓶子摇撞的声音。

老头子帮男孩子把酒瓶从篮子里搬到桌子上，又查查总共有几捆。搬完酒瓶，男孩子把篮子挎到胳膊上，问：

“有瓶子吗？”

“什么瓶子？”老头子问。

“你难道不得先让我们喝完吗？”亨奇先生说。

“吩咐过我要拿瓶子的。”

“明天回来拿吧。”老头子说。

“听着，小伙子！”亨奇先生说，“你肯不肯到奥费拉尔的酒吧跑一趟，请他借我们用用螺丝起子——就说亨奇先生要借。跟他讲我们一会儿就还。把篮子先搁这儿。”

男孩子出去了，亨奇先生快活地搓着手，说：

“啊，好啊，他到底没那么坏嘛。不管怎么说吧，他说话算话。”

“没有啤酒杯啊。”老头子说。

“喔，杰克，别为那烦心啦。”亨奇先生说，“从前那么多好汉都是直接对着瓶口喝呢。”

“反正，总比没有强。”奥康纳先生说。

“他不是个坏种，”亨奇先生说，“只是太受范宁左右了。他倒是好心，你们明白吧，虽说他那做派不成个气候。”

男孩子带着螺丝起子回来了。老头子开了三瓶酒，正要把起子递还他，亨奇先生却问那孩子：

“小伙子，你要不要喝一点儿？”

“随您愿意，先生。”男孩子说。

老头子老大不情愿地又开了一瓶酒，递给男孩子。

“你多大年纪了？”他问。

“十七了。”男孩子说。

老头子没再多说什么，男孩子接过酒瓶，朝亨奇先生说：“向您深深致意，先生。”他喝干了瓶中的酒，把酒瓶搁回到桌上，用袖子擦擦嘴，拿起螺丝起子，咕哝着客套话，侧身走出房门。

“就是这么开的头。”老头子说。

“小毛病起大祸事。”亨奇先生说。

老头子把他已经打开的三瓶酒分给三个人，大家一块儿喝起来。喝完之后，各自就手把瓶子搁到伸手可及的壁炉架上，心满意足地长吸一口气。

“好啦，我今天可是干得不赖呢。”过了一会儿，亨奇先生如是说。

“是吗，约翰？”

“是啊。我在道森街上给他搞定了一两桩，克罗夫顿和我。

你知道吧，就咱们私底下说说，克罗夫顿这人（当然，他是个体面的主儿），做游说选票的人他可真不够分量。他冲条狗都没话讲。我在那儿滔滔不绝，他却站在一边儿瞧。”

这时屋里进来两个人。其中一个长得很胖，身体很有弧度，蓝色哔叽布的衣服好像快要落下来的样子。大脸盘上的神情活像一头年轻的公牛，蓝色的眼睛睁得大大的，胡子却斑白了。另一个人要年轻得多，也瘦弱得多，瘦瘦的脸刮得很干净。他穿一件双层高领衣服，戴一顶宽边圆顶高帽。

“你好啊，克罗夫顿！”亨奇先生朝胖子说，“说曹操……”

“哪儿来的这些酒水？”年轻人问道，“奶牛下崽了吗？”

“哦，当然啦，莱昂斯总是头一个发现好喝的！”奥康纳先生大笑着说。

“你们这些家伙就是这么游说选票的吗？”莱昂斯先生说，“克罗夫顿和我可是在冰冷的雨地里寻找选民呢。”

“怎么着，你这该死的，”亨奇先生说，“我五分钟拉的选票，比你俩一个星期的都多。”

“杰克，开两瓶黑啤酒。”奥康纳先生说。

“我怎么开啊？”老头子说，“又没有螺丝起子。”

“等等，等等！”亨奇先生边说边迅速站起来，“你们就从没见过这个小把戏吗？”

他从桌上拿了两瓶酒到火边，搁到壁炉搁架上。然后他又在炉火边坐下，就着自己那瓶酒喝了一口。莱昂斯先生坐在桌子边上，把帽子往后脖颈一推，晃起腿来。

“哪一瓶是我的？”他问。

“这瓶，孩子。”亨奇先生说。

克罗夫顿先生坐到一个箱子上，定睛看着架子上的另一瓶酒。出于两个原因，他默不作声。头一个原因本身就够了，那就是他无话可说；第二个原因是他认为伙伴们都比不上他。他曾做过保守党人威尔金斯的拉票人，可是保守党撤回了自己的候选人，左挑右选之后，转头去支持民族党的候选人，于是他就受雇替蒂尔尼先生工作了。

几分钟后，大家听到一声似乎有点儿不好意思的“砰”，莱昂斯先生那瓶酒的木塞飞了出去。莱昂斯先生跳下桌子，走到火边，取下瓶子带回到桌边。

“克罗夫顿，我正跟他们讲呢，”亨奇先生说，“我们今天可弄了好多选票。”

“你弄到谁的啦？”莱昂斯先生问道。

“哎呀，我从帕克斯那儿弄到一张，从阿特金森那儿弄到两张，还争取到了道森街的沃德。他可是个不错的老伙计，地道的时髦老小子，老保守派了！‘可你们的候选人不是个民族党人吗？’他说。‘他是个有身份的人。’我说，‘只要对这个国家有益的，他都赞同。他是个交税大户，’我说，‘他在城里有大片的房产，还有三家生意铺子，降低税率不正是对他自己也有利吗？他可是个受人尊敬的杰出市民呢，’我说，‘还是个济贫会委员，他不从属于任何党派，管它是好党派、坏党派，或者不好不坏的党派呢。’跟他们就得这么说。”

“那么关于欢迎国王的致辞可怎么说呢？”莱昂斯先生喝完酒，吧唧着嘴说。

“听我说，”亨奇先生说，“就像我跟老沃德说的那样，我们这个国家需要的，就是资金。国王来这里，就意味着钱会流入这个国家。都柏林的市民就会受益。看看码头那边所有的工厂吧，都闲置着呢！倘若我们让原有的工业开起工来，铸造厂，造船厂，还有作坊，那就看着这个国家发财吧。我们需要的正是资金啊。”

“可是，约翰，你说说，”奥康纳先生说，“我们为什么要去欢迎英格兰的国王呢？难道帕内尔本人……”

“帕内尔嘛，”亨奇先生说，“他已经死了。我说，我是这么看的。这伙计，他老妈挡着他，不让他靠近王位，那么多年了，头发都灰白了，他才登上王位。他可是个世界公民呢，他想要我们好。你要是问我，我看他就是个快活体面的好伙计，他也没有什么废话。他就那么想啊：‘老太太从没去看过那些爱尔兰野人，基督啊，我要亲自去瞧瞧他们是什么样。’这一位远道而来是要做友好访问的，莫非我们要去羞辱他吗？是不是这个理儿，克罗夫顿？”

克罗夫顿点点头。

“可说到底，”莱昂斯先生争辩道，“爱德华国王的生活，你知道的，可并不是那么……[1]”

“过去的就让它过去吧。”亨奇先生说，“我很佩服这个人呢。他和你我一样，不过是个浪子罢了。他嗜好他那杯格罗格酒，或许还有点浪荡子的味道，他还是个运动好手。该死的，

[1] 爱德华七世和帕内尔一样，都有风流韵事。

我们爱尔兰人就不能玩玩公平游戏吗？”

“那倒都是不错的，”莱昂斯先生说，“可现在来看看帕内尔的情形。”

“凭上帝的名义，”亨奇先生说，“这两种情形有什么好比的？”

“我的意思是，”莱昂斯先生说，“我们有自己的理想。那么，我们为什么要欢迎那样的人呢？帕内尔做了那样的事儿，你以为他还适合来领导我们吗？那么，我们为什么要为了爱德华七世就那么做呢？”

“今天是帕内尔的周年纪念，”奥康纳先生说，“我们不要挑起不愉快的争端。他已经死去了，不在了，我们就都对他保持敬意吧——连保守党都这样呢。”他转向克罗夫顿又加上一句。

“砰！”克罗夫顿先生那瓶酒缓了一步，瓶塞终于也飞了出去。克罗夫顿先生从箱子上站起身走到炉火边。他带着战利品转回来的时候，低沉地说：

“议会里我们这边是尊敬他的，因为他是个君子。”

“你说得真对，克罗夫顿！”亨奇先生激动地说，“他是唯一能叫乌合之众保持秩序的人啊。‘下去，你们这些狗子！趴下，你们这些狗崽子！’他就是那么对待他们的。进来，乔！进来啊！”他一眼瞧见海因斯先生站在门口，就大声喊道。

海因斯先生慢慢地走了进来。

“杰克，再开一瓶黑啤酒。”亨奇先生说，“哦，我忘了，没有螺丝起子了！行了，给我拿过来一瓶，我来搁到火上。”

老头子又递给他一瓶，他就顺手搁到了壁炉架上。

“坐下吧，乔，”奥康纳先生说，“我们正在谈论领袖[1]呢。”

“是啊，是啊！”亨奇先生说。

海因斯先生在桌边上挨着莱昂斯先生坐下，却什么话也没说。

“不管怎么样，他们中到底是有一个人，”亨奇先生说，“并没有背弃他啊。凭上帝发誓，我就是说的你，乔！可不是吗，你忠心耿耿追随着他，真是条汉子！”

“哦，乔。”奥康纳先生突然说，“给我们念念你写的那篇东西——你还记得吧？你带着了吗？”

“噢，对呀！”亨奇先生说，“给我们念念。克罗夫顿，你听过吗？现在就听听吧：真是很棒。”

“念吧，”奥康纳先生说，“开始吧，乔。”

海因斯好像一时没记起来他们指的是哪一篇，不过，想了一会儿，他便说：

“喔，那篇东西啊……可是老调子啦。”

“快念吧，好汉！”奥康纳先生说。

“嘘，嘘，”亨奇先生说，“念吧，乔！”

海因斯先生又犹豫了一小会儿。然后，静默中，他摘下帽子搁到桌上，站起身来。他停顿了好长时间，好像是在心里默诵着那篇东西，然后他高声朗诵：

帕内尔之死

1891 年 10 月 6 日

[1] “领袖”是帕内尔的外号。

他清了一两回嗓子，这才开始背诵：

他已经死去。我们的无冕国王已经死去。
哦，爱林[1]，悲伤吧，哀悼吧，
他已经倒下死去，那帮现代的伪君子
凶狠恶毒，把他打倒谋害。

他长眠在那里，惨遭怯懦的狗腿子谋害，
他曾从泥潭中提携他们得到荣耀；
爱林的希望，爱林的梦想，
随着君王的葬火一起消亡。

在宫殿，在小屋，在简陋的村舍
爱尔兰的心啊，无论在哪里，
都充满了忧伤——因为他已经离去
他本可以塑造她的命运。

他本可以让他的爱林名扬四海，
让绿色的旗帜[2]光荣地飘扬，
他本可以让他的政治家、诗人和战士，
傲立于世界各国之前。

[1] 爱尔兰在诗歌中的称呼。
[2] 爱尔兰国旗是绿色的。不过，帕内尔本人似乎对绿色有古怪的反感。

他梦想过，（唉，只不过是梦想过！）
自由：可正当他奋力冲锋，
想要握住那理想，叛变却
分离了他和他的心头憧憬。

无耻啊，那些小人怯懦的手，
不是谋杀自己的主，就是用亲吻
把他出卖给阿谀奉承的教士
他们张牙舞爪——没有一个对他友善。

愿羞耻永远啃噬
那些人的记忆，他们曾经竭力
污蔑诋毁那崇高的名字，
在高傲中，他鄙弃他们。

他倒下了，正是伟人倒下的样子，
直到最后时刻也决不屈服，
死亡令他现在能和先辈重聚，
那都是爱林从前的众位英雄。

争斗的喧嚣不再打扰他的沉睡！
他安息了：人类的痛苦，
人类的雄心，都不再能激发他
去攀登光荣的高峰。

他们称心如意了：他们把他打倒了。
可是，爱林，听着，他的灵魂
会升起，像凤凰从烈火中升起，
当黎明晨光破晓的时候。

当自由统治我们的那一天来临，
愿那一天的爱林高举起欢乐的酒杯，
也要加进一丝沉痛的追忆
——追忆帕内尔。

海因斯先生重新在桌边坐了下来。他结束背诵之后，大家一片静默，然后爆发出一阵掌声，连莱昂斯先生都鼓起掌来。掌声持续了一小会儿。掌声停下来后，所有的听众都从瓶中默默地喝了一口。

“砰！”海因斯先生那瓶酒的木塞飞了出去，可是海因斯先生却依旧坐在桌边上，光着头，满面通红。他好像并没有听见这畅饮的邀请。

“好汉子，乔！”奥康纳先生说，为了遮掩自己的情感，他拿出卷烟纸，挑出好点儿的搁进袋子。

“你觉得怎么样，克罗夫顿？”亨奇先生大声问，“难道不是很漂亮吗？什么？”

克罗夫顿先生说这一篇写得是很漂亮。

母亲

霍洛汉先生是“凯旋爱尔兰”协会的助理干事，差不多有一个月的光景，他在都柏林城里到处奔波，手里、口袋里满是脏乎乎的纸片，安排着音乐会的一系列事情。他一条腿有点跛，朋友们为此称他是蹦蹦儿霍洛汉。他不停地走来走去，一小时又一小时地在街角做宣传，做笔记；可到最后，排定一切的却是卡尼夫人。

当年为了出口恶气，德夫林小姐才做了卡尼夫人。她曾在一家上流的修道院受教育，学会了法语和音乐。她天生娇弱，举止又固执，所以在学校里几乎没交上几个朋友。到了应该谈婚论嫁的年龄，她就被打发出来，到很多人家去做客，她弹奏音乐的样子和清高的举止大受倾羡。才艺成就冰冷地包围着她，她坐等某个求婚者来勇敢地冲破这包围，献给她一个灿烂的人生。可她遇到的都是些平庸的年轻人，她便一点儿都不肯怂恿他们，宁肯偷偷去吃一大堆土耳其软糖来安抚自己那浪漫的欲望。可是，她的年龄渐渐要到了头，朋友们开始要对她说三道四了，这时她就嫁了卡尼先生，就是那奥蒙德码头的鞋匠[1]，这

[1] 鞋匠跟补鞋匠不一样，鞋匠在英国和爱尔兰是相当受尊敬的中产阶级职业。

一来可堵住了他们的嘴。

他岁数比她要大好些。他说话很严肃，断断续续地从褐色的络腮大胡子中发出声来。结婚头一年，卡尼夫人就明白了，这样一个男人要比浪漫的人更经久可靠，不过她却从未抛掉自己的浪漫想法。他不苟言笑，生活节俭，信教很虔诚；月月头一个星期五他总要去祭坛，有时跟她一块去，但更多时候还是自己去。但她也没有漠视自己的宗教信念，而且她对他而言还是位贤妻。在陌生人家里参加晚会的时候，她哪怕是微微扬扬眉毛，他也会站起身来告辞，而当他因为咳嗽而感到烦恼的时候，她就会替他在脚上盖上鸭绒被，为他调一杯烈性的朗姆潘趣酒。就本分来说，他可是个模范父亲。每星期他都往一个协会交一小笔钱，通过这样投保，两个女儿到二十四岁时，各自会有一笔一百英镑的嫁妆。他把大女儿凯瑟琳送进了一家很好的修道院，叫她在那里学习法语和音乐，后来他又供她读了皇家音乐学院。每年七月份，卡尼夫人总会找到时机对某个朋友说：

“我的好先生要送我们去斯凯里思玩儿几个星期呢。”

如果不是去斯凯里思，就是去豪思或格雷斯通。

爱尔兰文艺复兴运动渐渐有了气候，卡尼夫人决定利用女儿名字的优势[1]，请了一位爱尔兰教师到家里。凯瑟琳和妹妹给朋友们寄去带爱尔兰风景的明信片，那些朋友也回寄给她们带爱尔兰风景的明信片。在意义特殊的星期日里，卡尼先生会和

[1] 19世纪90年代，爱尔兰文艺复兴运动兴起，该运动公开宣扬要弘扬爱尔兰的文化遗产，实际上也是在宣扬政治上的“非英国化”。“凯瑟琳”一名曾出现于其主要成员、著名诗人叶芝的诗剧中，风行一时。

家人一起去新教区设立的代主教座堂，做完弥撒后，教堂街的街角处就会聚集一小群人。他们全是卡尼家的朋友——音乐上的知音，或者民族主义的同路人；一轮交头接耳之后，他们就全都一边互相握手，一边因为要交叉握上这么多回手而大笑，然后互相用爱尔兰话道别。很快凯瑟琳·卡尼这名字就开始常常挂在人们的嘴边了。人们说，她擅长音律，为人贤淑，而且，她对语言运动很有信心。卡尼夫人对此很得意。因此，有一天霍洛汉先生找上门来，说协会要在古音乐厅举办四场大型音乐会，他提议让她女儿担任演奏者，她也并没有感到吃惊。她带他进了客厅，请他坐下，又拿出酒瓶和银饼干桶。她全身心投入其中，事无巨细，一添一减，她都诚心建议；终于拟订了一份合同，规定凯瑟琳为这四场大型音乐会担任过演奏之后，将得到八个畿尼。[1]

在演出节目单的措辞和曲目的分配这种微妙的事情上，霍洛汉先生是个新手，所以卡尼夫人就帮了他一把。她很有策略，知道什么样的演员该用大写字母，什么样的演员该用小写字母。她清楚，第一男高音是不愿意在米德太太表演完滑稽节目之后上场的。为了叫观众始终都有观赏的兴致，她把可有可无的曲目安插在大家喜闻乐见的节目中间。霍洛汉先生每天都来拜会她，向她请教某些方面的高见。她自始至终都很和气，而且乐于提出建议——实际上，她很亲切。她把酒瓶朝他推过去，说：

[1] 根据惯例，对于凯瑟琳·卡尼这样的新手来说，这份合同与其说是一份协议，不如说是一种承诺：倘若演出效果好，她可以按约得到报酬，不然就得酌情减少报酬。因此，卡尼夫人最后为凯瑟琳争取报酬的行为是违反惯例的。

“好了，请随便用吧，霍洛汉先生！”

在他自斟自饮的时候，她又说：

“不用担心！不用担心啊！”

一切都进行得很顺利。卡尼夫人从布朗·托马斯裁缝店里买来些可爱的粉色嵌字花边，缝缀到凯瑟琳衣服的前面。这可花了好些钱呢；但总有些场合，理所应当地要稍作铺张。她又买来十多张最后一场音乐会那种两先令的票子，送给那些叫人不能指望他们能不请自来的朋友。她样样想得都周到，多亏有她，该做的一切都做了。

音乐会将在星期三、星期四、星期五和星期六举行。星期三晚上，卡尼夫人携女儿来到古音乐厅，可她并不喜欢当时的情景。几个年轻人穿着配有明蓝色徽章的外套，无所事事地站在前厅；他们中没有一个人穿晚礼服。她带着女儿走过去，从敞开的大门飞快地朝大厅里瞥了一眼，一下子就清楚了这些管事们无事可干的原因。一开始她觉得奇怪，不知自己有没有搞错时间。可是没有，离八点钟只差二十分钟了。

在舞台后面的化妆间里，人家介绍她认识了协会的干事菲茨帕特里克先生。她微笑着跟他握了握手。他是个小个子，白白的脸上很茫然。她注意到，他的棕色软帽很随意地戴在头的一边，他的发音平淡含混。他手里拿了一份节目单，一边跟她说着话，一边把节目单的一头咬成了湿湿的糨糊。他好像很不在乎这份失意。每隔几分钟，霍洛汉先生就走进化妆间，报告一下从售票处得来的消息。演员们紧张地议论着，不时看看镜子，一会儿卷起乐谱，一会儿又打开。快到八点半的时候，大厅中那些为数不多的观众们表达了要享受娱乐的愿望。菲茨帕特里克先生走进来，茫然地朝屋里的人微笑着，说：

“行啦，女士们，先生们，我看我们最好还是开场吧。”

对他那个非常平淡含混的尾音，卡尼夫人报以迅速而轻蔑的一瞪，她鼓励地对女儿说：

“亲爱的，准备好了吧？”

她一逮到机会，就把霍洛汉先生叫到一边，问他这是怎么一档子事。霍洛汉先生不知道这是怎么一档子事。他说委员会安排四场音乐会是大错特错：四场太多了。

“还有那些演员！”卡尼夫人说，“当然啦，他们都尽力了，可他们真是不怎么样。”

霍洛汉先生承认演员们是不怎么样，他说，不过委员会已经决定，头三场要他们随意去演，到星期六晚上才要他们尽显才能。卡尼夫人什么话也没说，可是，那些毫不出众的曲目在舞台上一个接一个地演出，大厅里那为数不多的观众变得越来越少，她开始后悔起来，不该为这么一场音乐会劳心劳力。这情景叫她觉着有些别扭，菲茨帕特里克先生的茫然微笑则叫她十分恼火。然而，她什么话也没说，就等着瞧这会怎样收场。不到十点，音乐会就演到了头，大家都匆匆回家了。

星期四的音乐会观众多了一些，不过，卡尼夫人一眼就看到，音乐厅里到处是废纸。观众举止很失礼，仿佛这音乐会是一场非正式的彩排。菲茨帕特里克先生好像很自得其乐；他完全没有意识到，卡尼夫人正气冲冲地留意着他的举动。他站在帷幕边上，不时探出头去，跟坐在楼座角上的两个朋友相对一笑。就在那天晚上，卡尼夫人得知星期五的音乐会要取消了，委员会打算动员一切力量，以确保星期六晚上能有个满场。她听说这件事后，就到处去找霍洛汉先生。他正端着一杯柠檬汁，瘸腿疾步朝一位年轻女士走去，卡尼夫人一把抓住他，问这是不是真的。是，这是真的。

“可是，这当然不会影响合同吧，”她说，“合同上是四场音乐会呢。”

霍洛汉先生好像很忙；他建议她去跟菲茨帕特里克先生谈谈。卡尼夫人现在开始慌张起来。她把菲茨帕特里克先生从帷幕那儿叫过来，对他说，她女儿已经签了四场音乐会的合同，当然，根据合同的条款，不管协会举行不举行四场音乐会，她都应该拿到开头就说好了的那笔钱。菲茨帕特里克先生未能很快领会所谈论的问题，看上去好像也解决不了这个难题，就说他会拿这件事去问问委员会。卡尼夫人的怒火开始在脸上燃烧，她竭力忍住才没有开口去问：

“那请讲明白，委员会是什么人？”

但她知道，那样做会很没有女士风度，所以她默不作声。

星期五一大早，一群群小男孩就带着成卷的传单到都柏林的主要街道上去了。所有的晚报也都登出了专门的吹捧文章，提醒热爱音乐的公众，明晚将有一场赏心悦目的音乐会等待着他们。卡尼夫人多少感到有些宽心，可她觉得，最好还是跟丈夫说明白自己的担心。他仔细听她讲完，便说或许星期六晚上他还是陪她一起去的好。她很赞同。她尊崇自己的丈夫，一如她尊崇邮政总局，她认为二者都宽宏大量、可靠而且固定；尽管她明白他的天分很少，但她却很欣赏他作为男性的那种抽象价值。她很高兴他提议跟她一块来。她反复思量着自己的计划。

举行大型音乐会的那一夜到来了。卡尼夫人带着女儿和丈夫，离音乐会开始还有三刻钟时就到了古音乐厅。倒霉的是，那天晚上下着雨。卡尼夫人把女儿的服装和乐谱交给丈夫保管，然后满屋子里去找霍洛汉先生或菲茨帕特里克先生。她谁也找不到。她向一个管事打听，委员会是不是在大厅里，费了一番周折，管事才带出一个名叫伯恩小姐的小个子女人，卡尼夫人跟她解释说自己想见一位干事。伯恩小姐说他们随时会来，又问能否帮上她什么忙。卡尼夫人探究地看着那张皱成一团、表情热诚信任的老脸，回答道：

“不用了，谢谢你。”

小个子女人说希望能够有不错的票房。她朝外看着雨，湿漉漉的街上忧郁凄凉，渐渐遮蔽了她扭曲五官上所有的热诚和信任。她微微叹了口气，说：

“啊，行啦！老天爷知道我们可尽了全力啦。”

卡尼夫人只好回化妆间。

演员们开始到场了。男低音和第二男高音已经来了。男低音杜根先生是个身材消瘦的年轻人，长着稀稀拉拉的黑色小胡子。他父亲是城里一家办事处的前厅看门人，杜根先生很小的时候就曾经在回声嗡嗡的大厅里练过拉长腔的低音。他就是从这么低微的境地上升到现在，成为一流的演员。他是在大型歌剧中出过场的。有天晚上，一位歌剧演员病倒了，他就在女王剧院替他演歌剧《玛里塔娜》里的国王一角。他满怀激情、声音洪亮地演唱自己那一段，赢得了全场观众的热烈欢迎；但不幸的是，他一不小心用戴着手套的手擦了一两回鼻子，就这样破坏了好印象。他不张扬，少言寡语。他带着乡音说“您”的时候，轻柔得叫人听不出来。为了保护嗓子，饮料但凡比牛奶有劲儿，他就从来不喝。第二男高音贝尔先生是个金发小个子男人，他每年都要去竞争音乐节的奖项。试到第四回，他获得了一块铜牌。他紧张得要命，对别的男高音又嫉妒得要命，就用一种兴高采烈的友善来遮掩他的紧张和嫉妒。让人家知道音乐会对他来说是怎样一种折磨，这就算是他的幽默风趣。所以，他看见杜根先生，就走过去对他说：

“你也在里面演吗？”

“是啊。”杜根先生说。

贝尔先生朝这位难兄难弟哈哈大笑，伸出手说：

“握握手吧！”

卡尼夫人从这两个年轻人身边走过，来到帷幕一角，往场子里看去。座位很快就坐满了，一种令人愉快的嗡嗡声萦绕在听众席里。她走回来跟丈夫窃窃私语。他们的谈话显然涉及凯瑟琳，因为两个人都时时朝她瞥上一眼。凯瑟琳站在那里，正跟一个民族党朋友女低音希利小姐闲聊。一个大家都不认识的女人脸色苍白地独自走过房间。女人们犀利的目光追随着那瘦削身躯上铺展的已经褪色了的蓝裙装。有人说她是女高音格林夫人。

“我真想知道他们是打哪儿把她挖来的，”凯瑟琳对希利小姐说，“我肯定从没听说过她。”

希利小姐只好笑笑。霍洛汉先生就在那一刻一跛一跛地走进化妆间，两位年轻女士问他这不知名的女人是谁。霍洛汉先生说她是从伦敦来的格林夫人。格林夫人在房间的角落里站定，动作僵硬地拿着一卷乐谱在面前，她时不时地转换一下自己惶恐凝视的方向。阴影掩饰了她褪色的裙装，但是却报复性地落到了她锁骨后小小的凹陷处。大厅里的嗡嗡声听得更清楚了。第一男高音和男中音是一块到的。他们全都衣冠楚楚，身材魁梧，而且乐呵呵的，他们给大家带来了一种生活富足的味道。

卡尼夫人把女儿带到他们身边，跟他们和蔼交谈。她想要跟他们和睦相处，可是，她一边勉强维持着礼节，一边却拿目光去追随霍洛汉先生，看他一瘸一拐叫人起疑地走来走去。她一有借口走开片刻，便去找他了。

“霍洛汉先生，我要跟你说会儿话。”她说。

他们走到走廊僻静的角落。卡尼夫人问他什么时候才会付钱给女儿。霍洛汉先生说菲茨帕特里克先生负责这事。卡尼夫人说她根本不知道关于菲茨帕特里克先生的什么事儿。她女儿签的是八个畿尼的合同，就该拿到这笔钱。霍洛汉先生说这不干他的事。

“怎么不干你的事？”卡尼夫人责问道。“难道不是你自己拿着合同要她签的吗？不管怎么说，如果不干你的事，那就该我管这事，而且我管定了这件事。”

“你最好还是去跟菲茨帕特里克先生谈吧。”霍洛汉先生漠然地说。

“我根本不知道关于菲茨帕特里克先生的什么事儿，”卡尼夫人又说了一遍，“我有合同，而且我打算让人履行合同。”

她回到化妆间的时候，两颊微微泛红。屋里很活跃。两个穿着户外服装的人占据了壁炉前的位置，正跟希利小姐和男中音亲热地闲谈。他们是《市民报》的人和奥玛登·伯克先生。《市民报》那人来说自己没办法等音乐会开场了，他要去报道一位美国教士在市长官邸发表演讲的事儿。他说他们要把报道给他留在《市民报》的办公室里，他会安排发表。这男人头发灰白，声音动听，举止谨慎。他手里拿着一根熄灭了的雪茄，身边漂浮着雪茄烟的香味。音乐会和演员们令他感到很无聊，他本来连片刻工夫都不打算在这里待的，可现在却依然斜靠在壁炉上。希利小姐站在他面前，又说又笑。他人已经老了，就疑心她这样彬彬有礼是别有缘故的，可是他心却不老，便想要利用这个时机。她的胴体温热、芬芳，色彩柔和，令他感觉赏心悦目。他眼见那酥胸在他面前一起一伏，就愉快地意识到，那一刻那一起一伏全是为了他；而那些娇笑、芬芳和故意的一瞥，也都是奉献给他的。他不能再拖延下去了，这才很遗憾地跟她告辞。

“奥玛登·伯克会写通告，”他对霍洛汉先生解说道，“我来叫人安排发表。”

“非常感谢，亨德里克先生，”霍洛汉先生说，“我知道你会叫人安排发表的。好啦，走之前你不想来点儿什么吗？”

“可以啊。”亨德里克先生说。

两人循着弯弯曲曲的走廊，走上一段黑暗的楼梯，来到小隔间，有个管事正在为几位先生开瓶塞。其中一位就是奥玛登·伯克先生，他全凭本能就找到了这个房间。他是位温和年长的绅士，休息时会靠在丝绸大雨伞上来平衡魁梧的身子。而他那风格浮夸的西式名字就是一把精神雨伞，他可以靠在上面来平衡自己金钱上的细小问题。他很受大家尊敬。

霍洛汉先生招待《市民报》来人的时候，卡尼夫人正在跟丈夫说话，她说得很是激动，丈夫不得不叫她放低嗓门。化妆间里其他人的谈话变得紧张起来。贝尔先生头一个表演，他拿着乐谱站在那里，已经准备就绪，但伴奏者却没什么表示。显然出问题了。卡尼先生捋着胡子，直直地看着前方，卡尼夫人则压低声音，强硬地朝凯瑟琳耳语着。大厅里传来鼓噪声，鼓掌声，还有跺脚声。第一男高音、男中音、希利小姐站在一起，心平气和地等待着，但是贝尔先生的神经却很紧张不安，他怕观众们会以为是他晚场了。

霍洛汉先生和奥玛登·伯克先生走进房间。霍洛汉先生很快明白了静默的缘由。他走到卡尼夫人那边，恳切地跟她说着。他们交谈的时候，厅里的声音越来越大。霍洛汉先生脸色通红，十分激动。他滔滔不绝地说，但卡尼夫人却只插空简洁地说上一句：

“她就不出演。她一定要拿到那八个畿尼。”

霍洛汉先生抓狂地指着演出厅，观众们又拍巴掌，又跺脚。他求了卡尼先生，又求了凯瑟琳。可卡尼先生却径自接着捋胡子，凯瑟琳则低着头，穿着新鞋，脚尖移来移去：这不是她的错啊。卡尼夫人反复说：

“拿不到钱，她就不出演。”

一番速战速决的口舌之争后，霍洛汉先生一瘸一拐匆匆出了屋。屋子里一片寂静。这寂静造成的紧张空气叫人有点儿难受起来，希利小姐就对男中音说：

“这星期你见到帕特·坎贝尔太太了吗？”

男中音没有见到，但是有人跟他说过，坎贝尔太太现在很好。谈话没有再继续下去。第一男高音低下头，开始一边摆弄清点横系腰间的金链子上的链环，一边面带微笑随意哼着调子，好看看鼻腔音的效果如何。大家都时不时地看卡尼夫人一眼。

听众席上的噪声已经升级为一片喧嚷，这时菲茨帕特里克先生冲进房间，后面跟着大喘粗气的霍洛汉先生。鼓掌声和跺脚声中不时穿插着嘘声。菲茨帕特里克先生手里拿着几张钞票。他数出四张搁到卡尼夫人手里，然后说幕间休息的时候她会拿到另外一半。卡尼夫人说：

“还少了四先令呢。”

但凯瑟琳已经提起裙子，对出演第一个节目的人说：“好啦，贝尔先生。”那贝尔先生浑身抖得像一棵白杨。歌手和伴奏者一块走了出去。大厅里的闹声平息下来。几秒钟的停顿之后，人们听到了钢琴声。

音乐会的上半场进行得非常成功，但格林夫人的节目是个例外。可怜的夫人唱的是《基拉尔尼之歌》，声音造作，气喘吁吁，还净用些老式的变调和发音，她以为这样子可以给她的演唱增添优雅魅力。她看上去仿佛是从古老的舞台衣柜里复活过来一般，大厅中买便宜票进来的那些观众就取笑她那些又高又颤的音符。不过，第一男高音和女低音却是征服了全场的观众。

凯瑟琳弹奏了一组爱尔兰小调选曲，受到了广泛欢迎。上半场收场的节目是一首鼓舞人心的爱国诗朗诵，表演者是安排业余演出的一位年轻女士。这节目受到了应得的欢迎；节目结束以后，男人们就走出去幕间休息，大家都很满意。

这期间化妆间里却是群情激昂，乱成了一窝蜂。霍洛汉先生，菲茨帕特里克先生，伯恩小姐，两个管事，男中音，男低音，还有奥玛登·伯克先生，聚在一个角落里。奥玛登·伯克先生说这可是他目睹过的最丢人现眼的事了。他说，在都柏林，凯瑟琳·卡尼小姐的音乐生涯算是从此完了。有人问男中音对卡尼夫人的行为作何感想。他不想说什么。他已经拿到了钱，只想跟人们保持和气。但他还是说，卡尼夫人本可以多为演员们着想一点。管事们和干事们则热烈地讨论幕间休息的时候该有何举措。

“我赞同伯恩小姐，”奥玛登·伯克先生说，“就不给她钱。”

屋子的另一个角落里是卡尼夫人和她丈夫，贝尔先生，希利小姐，还有背诵爱国诗篇的那位年轻女士。卡尼夫人说委员会这样待她，真叫人瞠目结舌。她又出钱又出力，换来的却是这种回报。

他们以为他们要对付的只是个小姑娘，所以就可以不把她当回事儿。可是她要叫他们明白他们错了。倘若她是个男人，他们就不敢那样对她了。不过她一定要让女儿得到应得的权利：她可不能被人耍了。他们要是少给她一个子儿，她就要闹得都柏林满城皆知。当然啦，她觉得对不住演员们。可她又能怎样做呢？她去恳求第二男高音，他说过他认为人家待她并不好的。

然后她又去恳求希利小姐。希利小姐很想加入另一伙，可又不愿那么做，因为她跟凯瑟琳是要好的朋友，而且卡尼一家还常常请她去家里做客。

上半场一结束，菲茨帕特里克先生和霍洛汉先生就走过来跟卡尼夫人说，剩下四个畿尼要在下礼拜二委员会开完会之后再付，而且万一要是她女儿不参加下半场的演出，委员会就会认为是她毁约，那就一个子儿也不给。

“我可没看见什么委员会，”卡尼夫人生气地说，“我女儿有合同。她一定要拿到那四英镑八便士，不然她就一步也不往台上踏。”

“卡尼夫人，你真是叫我大吃一惊，”霍洛汉先生说，“我可从没想到你会这样对待我们。”

“而你又是怎样对待我的呢？”卡尼夫人质问道。

她满脸怒色，看上去仿佛要动手打人似的。

“我是在要求我的权利。”她说。

“你本可以讲点体面吧。”霍洛汉先生说。

“我可以吗，真的？……我去问什么时候我女儿可以拿到报酬，却连个礼貌的回答都得不到。”

她把头一昂，转用高傲的语调说道：

“你要去跟书记谈。这不干我的事。我可是个不管三七二十一的人物。”

“我还以为你是位贵妇人呢。”霍洛汉先生说着，突然转身从她身边走开。

从那以后，卡尼夫人的举止就遭到来自各方面的指责：大家都赞同委员会的做法。卡尼夫人站在门口，怒气冲冲，疲惫不堪，她跟丈夫和女儿一边争论，一边比画。她一直等到下半场快要开始了，还在巴望那些干事能来求她。可是希利小姐已经好心地同意做一两回伴奏。卡尼夫人只好站到一边，给男中音和伴奏者让路，好让人家上台去。她像尊愤怒的石像，一动不动地站了一会儿，歌曲的第一个音符传到她的耳边，她拎起女儿的披风，对丈夫说：

“叫出租车！”

他立刻走出去。卡尼夫人把披风裹在女儿身上，跟在他后面。她走过门廊的时候，停下脚步，怒视着霍洛汉先生的脸。

“我跟你没完。”她说。

“可我跟你已经完了。”霍洛汉先生说。

凯瑟琳乖顺地跟着母亲。霍洛汉先生在屋子里来回踱着步子，想要冷静下来，他只觉得皮肤都着了火。

“真是一位贤良的夫人！”他说，“哦，她可真是位贤良的夫人！”

“霍洛汉，你做得很合分寸。”奥玛登·伯克先生说，赞同地靠在了雨伞上。

恩典

当时厕所里还有两位先生，他们想拉他起来，可完全帮不上他。他从楼梯上滚下来，躺在楼梯脚下缩成一团。他们成功地帮他翻过身来。他的帽子滚出去好几码远，刚才脸朝下趴在地板上，衣服上沾满了油污灰尘。他双目紧闭，呼吸带着鼾声。一道细细的血从他的嘴角流下来。

那两位先生和一个酒吧男招待把他抬上楼梯，又把他平放在酒吧的地板上。过了两分钟，人们就团团围住了他。酒吧经理问大家可知道他是谁，又问谁跟他一块儿来的。没有人认识他是谁，不过有个酒吧男招待说，他曾经替这位先生上过一小杯朗姆酒。

“他一个人来的吗？”经理问。

“不是，先生。有两位先生跟他一块儿。”

“他们在哪儿呢？”

没有人知道；有个声音说：

“给他透透气。他晕过去了。”

那一圈看热闹的人向外退开去，然后又弹簧一般拥上来。细木地板上，血已经在那人的头周围凝成了暗色的斑块。经理见那人脸色灰白，觉得心里害怕，就打发人去找警察来。

人们打开他的领口，解开他的领结。他睁眼瞧了一下，叹口气，又闭上了眼。抬他上楼的一位先生手中拿着一顶弄脏了的丝帽。经理一遍遍地问，可有人认得这个受伤的人，他的朋友们去了哪里。酒吧的门开了，一个大块头警官走进来。巷子里一直跟着他的那群人聚在门外，透过玻璃窗使劲朝里张望。

经理马上开始叙述自己知情的那部分。年轻的警官面无表情滴水不漏地听着。他一会儿左一会儿右地缓缓转头，看看经理，又看看地板上的人，好像很担心自己会被某种错觉坑害了。他摘下手套，从腰袋里拿出一个小本本，舔舔铅笔头，准备动笔。他问话的时候带着不肯轻信他人的外省口音：

“这个人是谁？姓名和地址？”

一个身穿自行车服的年轻人穿过看热闹的圈子挤上前来。他立刻在受伤的人身边跪坐下来，叫人拿水。警官也跪下身来帮忙。年轻人把伤者嘴角的血迹洗掉，又要来一点儿白兰地。警官用很威严的声调重复着他的要求，一个酒吧男招待端着酒杯跑过来。白兰地被强灌进那人的喉咙。过了几秒钟，他睁开双眼，看看周围。看到四周的面孔，他明白过来了，便挣扎着想站起身来。

“你现在没事儿了吧？”穿自行车服的年轻人问道。

“呀，没啥。”伤者边说边试图站起来。

有人扶他站了起来。经理说起去医院的事，还有几个看热闹的人也提了建议。那压扁了的丝帽戴回到了那人的头上。警官问：

“你住在哪儿？”

那人没答话，动手卷着自己的唇髭梢。他没把这意外当回事儿。没啥嘛，他说，不过是个小意外罢了。他说话的声音很浑浊。

“你住在哪儿？”警官又问一遍。

那人说他们要给他叫辆出租才好。大家正在争论，远远地从酒吧那头走来一位先生，他肤色白皙，身材高大矫健，穿着一身黄色的乌尔斯特厚呢长大衣。他一见这番场景，就叫出声来：

“喂，汤姆，老头！有麻烦了？”

“呀，没啥。”那人说。

新来的那人打量着眼前这位的可怜样，转身对警官说：

“行了，警官。我送他回家。”

警官碰碰帽盔，答道：

“那好吧，鲍尔先生！”

“汤姆，来吧，”鲍尔先生说着挽住了朋友的一只胳膊，“骨头没断。怎么样？能走吧？”

穿自行车服的年轻人挽住了那人的另一只胳膊，人群向两边退去，让出通道。

“你怎么搞成这乱七八糟的样子？”鲍尔先生问。

“这位先生从楼梯上摔下来了。”年轻人答道。

“我欠你个大人情呀。”伤者说。

“没什么。”

“我们不能来点儿……？”

“现在不成。现在不成。”

三人离开了酒吧，人群也从各个门口散去，进了巷子。经理把警官带到楼梯口，检视事故现场。他们一致认为是那位先生失足了。顾客们回到台前，一个酒吧男招待动手清除地板上的血迹。

一行人走到格拉夫顿街上，鲍尔先生吹了声口哨，叫来一辆两轮马车。受伤的人又竭力让自己口齿清楚地说：

“先生，我欠你个大人情。希望我们能再见面。我名叫克南。”

这一番惊吓，再加上渐渐感到的疼痛，他有点儿清醒了。

“不足挂齿。”年轻人说。

他们握握手。克南先生被连拉带拽地弄上马车，鲍尔先生告诉车夫往哪个方向走，克南先生则一个劲儿地向年轻人表达谢意，还说很遗憾没能在一块儿喝上两杯。

“下一回吧。”年轻人说。

马车启动，朝威斯特摩兰街驶去。经过压舱局时，大钟显示已经九点半了。一股强劲的东风从河口向他们迎面吹来。克南先生冻得缩成一团。他的朋友要他讲讲事情是怎么发生的。

“我讲不了，”他答道，“我舌头伤着了。”

“给我瞧瞧。”

那一位就把身子倾过车槽，朝克南先生的嘴里窥探，却看不到什么。他划亮一根火柴，拿手窝罩着，又朝克南先生的嘴里窥探，克南先生乖乖地张大嘴巴。马车摇摇晃晃，火柴就在那张开的嘴边忽远忽近。下齿和下牙龈到处是凝结成块的血迹，舌头好像被咬掉了一小块。火柴被吹灭了。

“真难看啊。”鲍尔先生说。

“呀喂，没啥。”克南先生说着闭上了嘴巴，又把脏外套的领子拽过脖子。

克南先生是老派的旅行推销员，老派的推销员总是很讲究这个行业的体面。人们在市里看到他时，他总是戴着一顶很像样子的丝帽，绑着一副绑腿。他说，只要有这两样雅致的服饰，一个男人就总还说得过去。他遵循着伟大的布莱克·怀特的传统，那可是他那一行的拿破仑，他时常用传说和模仿唤起对怀特的回忆。现代商业的手段仅在某些方面饶过了他，他还能在克罗街上维持一间小小的办公室，办公室的窗叶上也还能写着他的公司名字，地址是——伦敦商业区。这间小办公室的壁炉架上，摆着一小排装茶叶的铅罐，靠窗的桌上搁着四五个瓷碗，里面常常有半碗半碗的黑色液体。克南先生就是用这些碗品茶。他喝上一大口，含在口中，令味觉充分享受之后，再往前一吐，吐到炉灰中。之后他才停下来做出评判。

鲍尔先生要年轻许多，他供职于都柏林城堡里的皇家爱尔兰警察局[1]。他在社会阶梯上愈爬愈高，与此同时他这位朋友却每况愈下，不过克南先生虽然每况愈下，情形却尚算和缓，因为他志得意满之际交下的那些朋友中，仍有些认为他人品可敬。鲍尔先生就是这样一位朋友。在他那圈子里，他出名的是那些说不清楚的债务；他是个温文尔雅的年轻人。

[1] 皇家爱尔兰警察局不同于都柏林警察局，其功能类似于伦敦警方的苏格兰场，同时承担对爱尔兰的殖民统治工作。

马车在格拉斯奈文路的一幢小房子前停了下来，克南先生被扶进房里。他的妻子把他安顿到床上，鲍尔先生则坐在楼下的厨房里，问孩子们他们在哪里读书，读到哪一本书了。这些孩子，两个女孩一个男孩，他们意识到父亲无能为力，母亲又不在眼前，就开始跟他胡闹起来。他很吃惊地看着他们的举止，听着他们的口音，他的眉头渐渐露出沉思的样子。过了一会儿克南太太走进厨房，喊道：

“成什么样子呀！噢，他总有一天会自作自受，一准儿没错。打星期五开始他就一直在喝呀喝呀。”

鲍尔先生小心翼翼地跟她讲明，他并没有责任，他碰上这场面完全是出于偶然。克南太太想到，家里发生争吵时鲍尔先生起过好作用，还有他那么多回都借钱给自家，数目不大却很及时，于是就说：

“噢，你用不着跟我讲那些，鲍尔先生。我知道你是他的朋友，和那些整天跟他搅在一起的人可不一样。只要他钱在口袋里，远离妻子和家人，他们就没意见。这样的好友啊！我倒想知道，今晚跟他在一块儿的是谁？”

鲍尔先生摇摇头，什么也没说。

“我真抱歉，”她接着说，“家里也没什么能招待你的。不过要是你肯等上一分钟，我就叫人去街角的福加蒂食品店弄点东西来。”

鲍尔先生站起身来。

“我们老是在等他拿钱回家。可他好像从来就想不起来还有个家。”

“噢，我说，克南太太，”鲍尔先生说，“我们会叫他翻开新的一页。我会跟马丁谈谈。他可是条汉子。我们找个晚上到这里来一趟，好好说说这事吧。”

她送他到门口。车夫正在便道上来回跺脚挥舞胳膊，好让自己暖和点。

“你送他回来，真是好心。”她说。

“没什么。”鲍尔先生说。

他登上马车。马车启动离开的时候，他朝她轻松地举起了帽子。

“我们会塑造一个全新的他，”他说，“晚安，克南太太。”

克南太太用迷惑的目光注视着那辆马车，它渐渐从她视线中消失了。她收回目光，走进房子，倒空了丈夫的口袋。

她是个中年妇女，活跃又讲求实际。就在不久前，她刚刚庆祝了自己的银婚之喜，还在鲍尔先生的伴奏下跟丈夫跳了华尔兹，以此再次与丈夫亲昵起来。当年克南先生追求她的时候，她觉得他好像不乏殷勤：而今，一听说有婚礼，她仍会快步走向教堂门口，一边看着那新婚的人儿，一边陶醉在生动的回忆中，回忆着自己如何从桑迪芒特街的海洋之星教堂里走出来，如何斜倚在那个快活而保养有方的男人的胳膊上，只记得他衣冠楚楚，穿着双排纽扣及膝大衣，淡紫色长裤，另一只胳膊上很优雅地托着一顶真丝礼帽。过了三个礼拜，她就觉得为人妻的日子很叫人厌烦，后来她觉得为人妻的日子无法忍受的时候，她却已经为人母了。母亲的角色使她能够克服面临的任何困难，二十五年来，她精打细算地为丈夫持家。两个大儿子已经离家独立。一个在格拉斯哥一家裁缝店里做事，另一个在贝尔法斯特一个茶商手下做职员。他们都是好儿子，经常写信来，有时还寄钱回家。其他孩子还在上学。

第二天克南先生给办公室寄了封信，留在家中卧床休息。她给他做了牛肉汁，又面面俱到地骂了他一顿。她像接受天气变化一样接受了他经常发生的酗酒无度，他一旦生病，她又会恪尽职守地照料他、抚慰他，总是尽力让他吃早饭。还有更糟糕的丈夫呢。自打儿子们成人之后，他可再没对她动过粗，而且她知道，就算是为订一件小小的物品，他也会在汤姆斯街上来回走个遍。

过了两个晚上，他的朋友们来看望他。她带他们到楼上他的卧室里去，屋里满是病人的怪味，她在炉火边给他们安排好座位。克南先生的舌头偶尔还会刺痛，这令他白天有点儿脾气暴躁，但现在说话却很有礼貌了。他靠坐在枕上，胖胖的脸颊上少有一点颜色，宛如温热的炉火余烬。他向客人们致歉，说屋里很乱，可同时又带着点儿过来人的自豪看着他们。

他丝毫也没有意识到自己遭人算计了，他的朋友们，坎宁安先生，麦克伊先生，还有鲍尔先生，在客厅里已经把计谋向克南太太和盘托出。主意是鲍尔先生出的，不过逐步完善的任务却交给了坎宁安先生。克南先生出身新教，虽然结婚的时候改信了天主教，二十年来却从来不肯恪守教堂的规矩。更有甚者，他还喜欢对天主教旁敲侧击、说三道四。

坎宁安先生是处理这种情况最合适的人选。他是鲍尔先生的同事，年纪比他大。他自己的家庭生活不是很幸福。人们都对他满怀同情，都知道他娶了个很不像话的女人，那女人酗酒已经到了不可救药的地步。他曾为她六次置家，可是她次次都把他的家具典当一光。

对可怜的马丁·坎宁安，人人都怀着敬意。他这人事事通达，有权有势，又思维敏捷。他对人类很了解，天性敏锐，因为在警署的法庭上长期跟案例打交道，这敏锐多谋就成了他的特长，他偶尔还浸润于普通人生哲理的水域，因而那种机锋又变得圆滑温和了些。他消息灵通。他的朋友们都佩服他的见识，还认为他面容很像莎士比亚。

当这计谋对克南太太和盘托出之后，克南太太说：

“我全托付你手了，坎宁安先生。”

经过四分之一世纪的婚姻生活之后，她几乎不剩什么幻想了。宗教对她来说是一种习惯，她很怀疑像她丈夫这样年纪的人，到死也不会有什么大转变了。她忍不住觉得，他这场事故里有天道好还的奇特意义，若不是她不愿意在人前显得冷酷无情，她或许就会跟这些先生讲，克南先生舌头短上一截，算不得受苦。不过，坎宁安先生很有本事；而且宗教毕竟是宗教嘛。这计划说不定会有好处，至少不会有坏处。她的信条并不繁杂。她坚信圣心祈祷式是天主教祈祷式中用处最普遍的一种，她还赞同做圣事。她的信念全包括在她的厨房范围之内，不过，走投无路的时候，她也相信班希传说和圣灵传说。[1]

---

[1] 班希是爱尔兰民间传说中的女鬼，状似老妇人，哭声凄厉，为死亡之预兆。

先生们开始谈论这场意外。坎宁安先生说，他知道从前有过类似的事情。有个七十岁的老头儿癫痫病发作，咬掉了一小块舌头，后来舌头重新接上了，没有人看得出咬过的痕迹。

“可是，我还不到七十岁啊。”病人说。

“但愿上帝别让这样的事情发生。”坎宁安先生说。

“你现在不疼了吧？”麦克伊先生问道。

麦克伊先生曾一度是相当有名气的男高音。他的太太过去是女高音，现在也还以低廉的收费教小孩子弹钢琴。他的生活之路绝不是两点之间那最短的直线，在某些短暂的时期，他曾不得已靠耍小聪明才维持了生计。他做过米德兰德铁路局的职员，《爱尔兰时报》和《市民周刊》的广告推销员，还为一家煤炭公司做过抽取佣金的城镇推销员；他曾是私家侦探，曾是副治安官办公室里的职员，新近又成了市验尸官的秘书。他最新近的这份工作使他对克南先生的事情产生了职业上的兴趣。

“疼？不是很疼，”克南先生回答，“可就是恶心得很。我觉着总想要干呕。”

“暴饮的缘故。”坎宁安先生很有把握地说。

“才不是呢，”克南先生说，“我觉着是在马车上冻着了。老有东西往我喉咙上涌，痰或者——”

“黏液。”麦克伊先生说。

“老是从底下往上翻，涌进我的喉咙，叫人犯恶心。”

“是啊，是啊，”麦克伊先生说，“那就是胸部的问题。”

他带着不服气的模样，看了坎宁安先生和鲍尔先生一阵子。坎宁安先生迅速点点头，鲍尔先生就说：

“啊，结果好就是好。”

“我真是很欠你的情啊，老伙计。”病人说。

鲍尔先生摆摆手。

“跟我在一起的那两个家伙——”

“你跟谁在一起来着？”坎宁安先生问。

“一个伙计。我不知道他的名字。真该死，他叫什么名字呢？长着浅棕色头发的小个子……”

“还有谁？”

“哈福德。”

“哼。”坎宁安先生说道。

坎宁安先生做了这番评价，大家就默不作声了。大伙都知道那说话的人有秘密情报来源。在这种情况下，单单这一个音节就有了道德寓意。哈福德先生偶尔会纠集一小伙人马，星期日刚过正午就离开市里，就为了尽快赶到市郊的某个酒馆，在那儿这一团伙的成员都可以当之无愧地自认为是名副其实的漫游人。不过他的漫游同伴们却从不肯忽略他的出身。他起家时是个不明不白的钱商，借些小钱给工人，要的却是高利贷的利息。后来他加入利菲借贷银行，成了那位又胖又矮的戈德伯格先生的合伙人。虽然他奉行的不过就是犹太人的职业规矩而已，他那些天主教的同伴，每逢亲身或代人受到他的催逼而感到刺痛时，却都怨愤地说他是个爱尔兰犹太人，是个不识字的家伙，还在他的傻儿子身上看出，上天充分显露了对高利贷者的不满。其他时候他们倒是记得他的好处。

“我倒想知道他到底去了哪里。”克南先生说。

他但愿这事情的细节能够蒙混过关。他但愿朋友们认为是出了点差错，他和哈福德先生恰好有点小误会而已。朋友们却都非常了解哈福德先生饮酒时的举止，因而也都沉默不语。鲍尔先生又说：

"结果好就是好。"

克南先生马上换了个话题。

"有个很正派的年轻人，那个做治疗的人，"他说，"全亏得他——"

"哦，全亏得他，"鲍尔先生说，"不然可能就要坐七天牢，还不得代以罚款。"

"是啊，是啊，"克南先生说，努力想要记起来，"我想起来了，还有个警官呢。正派的年轻人，他好像很正派呢。到底是怎么回事儿啊？"

"事情是这样的：汤姆，你醉得不省人事。"坎宁安先生严肃地说。

"证据确凿。"克南先生同样严肃地说。

"我猜是你摆平了那个警官吧，杰克。"麦克伊先生说。

鲍尔先生并不喜欢人家只用名字称呼他。他虽然不是道学先生，可是前不久，麦克伊先生兴师动众四处去找手提包和行李箱，就为让麦克伊太太去完成无中生有的乡村之旅，这却叫他耿耿于怀。他被人耍弄了，这令他愤懑，但更令他愤懑的是，竟然玩弄这样低级的把戏。因此，他虽然回答了这个问题，却装作好像是在回答克南先生。

说起这件事来，不禁叫克南先生火冒三丈。他很在意自己的公民身份，愿意跟市政当局互尊互敬地相处，但对那些被他称为乡巴佬的人加之于他的羞辱却很气愤。

“我们交税难道就是为了这吗？”他质问，“就是来供这些软骨头吃，供这些软骨头穿的吗……他们还能是什么玩意儿？”

坎宁安先生哈哈大笑。他只在工作时间才算是城堡里的官员。

“汤姆，他们怎么还能是别的玩意儿呢？”他说。

他带着浓重的乡音，用命令的口吻说：

“六十五号，接住你的白菜啊！”

大家全大笑起来。麦克伊先生很想逮个机会加入谈话当中，就装出从来没有听过这故事的样子。坎宁安先生说：

“据说——他们都这么说的，明白吧——这事发生在新兵站，他们把这些乡下来的大块头、蠢家伙纠集到那里训练。小队长叫他们沿墙站成一排，端着他们的菜盆子。”

他用夸张的手势比画。

“吃饭的时候，明白吧。他眼前的桌子上，就搁了那么大的一大碗白菜，又搁了那么大的一个大勺子，活像大铁锨。他用勺子挖起一大团白菜，然后用力往房间那头一甩，而那些可怜的家伙就得尽力拿菜盆子接住：‘六十五号，接住你的白菜。’”

大家又大笑起来，可是克南先生多少还是有点儿愤怒。他说要给报纸写封信。

“这些野人跑到这儿来，”他说，“以为可以对人们作威作福了。他们是些什么人，马丁，我用不着跟你讲了吧。”

坎宁安先生有所保留地表示了赞同之意。

“就跟这世上的其他事情一样，”他说，“有好也有坏。”

“哦，对啊，你那儿倒有好的，我承认。”克南先生满意地说。

“最好什么也不跟他们讲，”麦克伊先生说，“我就是这么看的！”

克南太太走进房间，把一个托盘摆到桌上，说：

“请随便用吧，先生们。”

鲍尔先生站起来当主持的角色，要把座位让给她。她谢绝了，说自己正在楼下熨衣服，然后她背着鲍尔先生，跟坎宁安先生相互一点头，准备离开房间。她的丈夫却朝她喊：

“小鸭子，你就没有给我的东西吗？”

“噢，你啊！我给你个巴掌！”克南太太狠巴巴地说。

她的丈夫在她后面喊：

“什么东西也不给可怜的小老公啊！”

他扮出一副滑稽可笑的表情和声音，于是那儿瓶啤酒就在大伙儿的笑声中被分了出去。

先生们饮着杯中酒，饮完了就把酒杯放到桌上，稍作停歇。坎宁安先生转脸朝鲍尔先生很随意地说：

“你是说，星期四的晚上，杰克？”

“星期四，不错。”鲍尔先生说。

“正是！”坎宁安先生痛快地说。

“我们可以在麦奥利酒吧碰头，”麦克伊先生说，“那儿最方便。”

“可千万别迟到，”鲍尔先生认真地说，“门口肯定人挤人。”

“我们可以在七点半碰头。”麦克伊先生说。

“正是！”坎宁安先生说。

“那就说好，七点半，麦奥利酒吧！”

大家都静了一会儿。克南先生等了一阵子，看朋友们会不会跟他讲明白。然后他问：

“在做什么？”

“哦，没什么，”坎宁安先生说，“不过是我们在安排星期四的一桩小事。”

“歌剧，对吧？”克南先生。

“不是，不是，”坎宁安先生支支吾吾地说，“不过就是……一点精神上的小事。”

“喔。”克南先生说。

又是一阵沉默。然后鲍尔先生直截了当地说：

“跟你实说了吧，汤姆，我们要做一次静修。”

“对，就是这回事，”坎宁安先生说，“杰克和我，还有麦克伊——我们全要洗心革面啦。”

他用一种质朴的力量讲出这个比喻，受到自己声调的鼓舞，又说下去：

“你瞧，我们还不如承认自己就是一群出色的恶棍呢，一个不漏，我们全是。我说啊，一个不漏，全是。”他又带着一种粗野的悲悯添上一句，然后转向鲍尔先生，“坦白承认吧！”

“我坦白承认。”鲍尔先生说。

“我也坦白承认。”麦克伊先生说。

“所以我们就要一块儿洗心革面啦。”坎宁安先生说。

他好像忽然想到一个主意。他突然转向病人说：

“汤姆，我刚刚想到了什么，你知道吗？或许你也可以加入进来，我们可以来个四人联手啦。”

“好主意。”鲍尔先生说，“我们四个人一块儿干。”

克南先生默不作声。他心里几乎没弄明白这建议的意义，不过他明白，一些精神代理机构要为他操劳了，于是他觉得，就算是出于尊严，也该硬硬脖子犟犟才对。他好一阵子没有参加谈话，朋友们谈论着耶稣会[1]，他却带着一股子安然的敌意听着。

“我对耶稣会倒没什么恶感。”他终于插进来说道，“他们是受过教育的。我相信他们也都是出于好意吧。”

“汤姆，他们是教会中最了不起的一个品级呢，”坎宁安先生激动地说，“耶稣会的会长仅次于教皇。”

“一点不错，”麦克伊先生说，“要是你想办事利索，不拖泥带水，就去找耶稣会的人。他们可是有势力的伙计呢。我来跟你讲个与此相关的例子吧……”

“耶稣会教士都是些人尖子。”鲍尔先生说。

“耶稣会这品级，”坎宁安先生说，“真是怪了。教会所有其他的品级到时候都得要改制，但是耶稣会这个品级却从没改制过。从来就没有改动过。”

“果然是吗？”麦克伊先生问道。

“确实如此。”坎宁安先生说，“历史上就是这样的。”

---

[1] 耶稣会是罗马天主教的一个宗教组织，其会长直接对教皇负责，并且是终身任职。其会员不但要遵守教士“安贫、悲悯、顺从”的三原则，还要随时听从教皇指派，去任何地方传教。耶稣会以会员的饱学和善于传教而著称，历来对教育极为重视。

“再瞧瞧他们的教堂吧，”鲍尔先生说，“瞧瞧他们的会众。”

“耶稣会可是符合上流社会的口味呢。”麦克伊先生说。

“那当然。”鲍尔先生说。

“是啊，”克南先生说，“所以我才会对他们有好感啊。倒是那些在俗教士，又无知，又愚蠢——”

“他们全是好样的，”坎宁安先生说，“每个人方式不同而已。爱尔兰的教士在全世界都备享尊荣。”

“哦，是啊。”鲍尔先生说。

“跟欧洲大陆上某些教士可不一样，”麦克伊先生说，“那些人可真是名不副实。”

“可能你们是对的吧。”克南先生放缓口气说。

“我当然是对的，”坎宁安先生说，“我这辈子走南闯北，见识各色人等，可不是不曾评判品格呢。”

先生们一个学一个的样儿，又都喝起酒来。克南先生好像是在心里掂量着什么。他很受震动。他对坎宁安先生评判品格和察言观色的本事一向很是推崇。他开始追问究竟。

“哦，不过就是静修嘛，明白吧，”坎宁安先生说，“珀登神父给我们做。是专为商人做的，明白吧。”

“他对我们不会太过苛刻，汤姆。”鲍尔先生劝诱说。

“珀登神父？珀登神父？”病人念叨着。

“噢，你一定认识他，汤姆，”坎宁安先生很确定地说，“他是个快活的好伙计！他和我们一样，见过世面。”

“啊……是啊。我想我是认识他的，脸色很红润，高高的个儿。”

“就是那人。”

“那告诉我，马丁……他是个很好的布道牧师吗？”

“唔，不是那回事……并非是正儿八经的布道，明白吧。就是和和气气地谈谈话，明白吧，像讲家常道理一样。”

克南先生沉思着。麦克伊先生说：

“汤姆·伯克神父，那才叫合适呢！”

“哦，汤姆·伯克神父，”坎宁安先生说，“那是个天生的雄辩家。你可曾听过他讲，汤姆？”

“我可曾听过他讲！”病人被刺痛了，不禁说，“何止呢！我听过他……”

“不过他们倒说，他算不得高深的神学家。”坎宁安先生说。

“果然如此？”麦克伊先生问。

“哦，那当然，绝对没错，明白吧。不过他们说，他布道时，偶尔不是很遵循正统教义。”

“啊！……他可是个杰出的人啊。”麦克伊先生说。

“我听他讲过一回，”克南先生又说下去，“我现在已经不记得他谈的题目了。克罗夫顿和我坐在……正厅的后座，明白吧……就是——”

“中殿。”坎宁安先生说。

“对，就是后面靠门的地方。我现在不记得……哦对了，是关于教皇的，已故教皇。我记得很清楚。照我说那真叫漂亮，那演讲的风格。还有他的嗓音！上帝啊！他怎么会有那么好的嗓音！‘梵蒂冈的囚徒’，他就是那么称呼他的。我记得，出来的时候克罗夫顿对我说——”

“可那个克罗夫顿，他可是个新教徒，对吧？”鲍尔先生问道。

“他当然是，”克南先生说，“而且还是个体面得要命的新教徒。我们进了穆尔街上的巴特勒酒吧——天啊，我真是被感动了，跟你们掏心窝子地说吧——我清清楚楚记得他的一字一句。‘克南，’他说，‘我们在不同的祭坛上供奉主，可我们的信仰是一样的。’这话说得妥帖，叫我实在难忘。”

“这话很在理。”鲍尔先生说，“从前汤姆神父布道的时候，常常是有很多新教徒挤在教堂里听的。”

“我们之间没有多大的差别，”麦克伊先生说，“我们都信仰——”

他迟疑了一会儿。

“……信仰救世主。只不过他们不信仰教皇和圣母。”

“不过，当然了，”坎宁安先生平和而有力地说，“我们的宗教才是正宗的，是古老、原本原样的信仰。”

“毫无疑问。”克南先生热情地说。

克南太太来到卧室门口通报：

“有位客人想见你！”

“是谁呀？”

“福格蒂先生。”

“哦，快请进！快请进！”

一张苍白的椭圆脸朝前伸到了光亮中。浅色小胡子末梢的弧度，在遮着眼睛的浅色眉毛的弧度中得到再现，那双眼睛中闪动着欣悦而震惊的神色。福格蒂先生是个资产微薄的杂货商。他在城里做过有执照的酒吧生意，却因为经济条件限制，只好跟二流的酿酒厂和造酒商做交易，到头来赔了本。他在格拉斯奈文路上开了家小铺子，自以为在那里，凭着自己的风度，可以讨得那一街区的家庭主妇们的欢心。他表现得宽容优雅，对小孩子赞誉有加，发音也是清楚利落。他可不是没有教养的人。

福格蒂先生带来的礼品是半品脱特色威士忌。他礼貌周到地询问了克南先生的病情，把礼品搁到桌上，跟这一伙人平起平坐地坐到了一起。克南先生很感激他送来礼品，尤其是他意识到自己和福格蒂先生之间还有一小笔没有结清的蔬果账。他说：

“我信得过你，老伙计。杰克，打开它，好吗？”

鲍尔先生又一次主动承担了重任。杯子涮洗过后，倒出了五份威士忌。这新的影响力使谈话活跃起来。福格蒂先生坐在椅子的一小角，格外有兴致。

“利奥十三世[1]，”坎宁安先生说，“是这个时代的一盏明灯。他的伟大思想，明白吧，是要把拉丁教派和希腊教派联合起来。那是他终生的目标。”

“我常听人说，他是欧洲最有智慧的一个人。”鲍尔先生说，“我是说，除了他是个教皇的缘故。”

“他就是啊，”坎宁安先生说，“如果不算最最有智慧的。他做教皇的座右铭，明白吧，是‘Lux upon Lux’——意思是‘光上之光’。”

“不，不，”福格蒂先生急切地说，“我认为你说错了。是

[1] 利奥十三世（1810—1903），意大利籍教皇（1878—1903），强调教廷集中统治，赞同发展科学，发布《新事物》通谕，主张劳资协作，保护私有制，创设宗座圣经委员会。

'Lux in Tenebris',我想是的——意思是'黑暗之光'。"

"喔,对,"麦克伊先生说,"是'Tenebris'。"

"对不住,"坎宁安先生一口咬定说,"就是'Lux upon Lux'。还有他的前任,庇护九世[1],其座右铭是'Crux upon Crux'——就是'十字上之十字'——两任教皇任期的不同特点尽显于此。"

这一番推论被大家接受了。坎宁安先生又说下去。

"利奥教皇,明白吧,是一位伟大的学者和诗人。"

"他面容很刚毅。"克南先生说。

"是啊,"坎宁安先生说,"他还写拉丁诗篇呢。"

"是吗?"福格蒂先生说。

麦克伊先生心满意足地品尝着威士忌,带着双重用意摇摇头,说:

"可不是说笑呢,我跟你说。"

"汤姆,我们可没学过呢,"鲍尔先生学着麦克伊先生的样子说,"当年去的是一星期一便士的私塾啊。"

"有好多人都是上的这种一星期一便士的私塾,各尽其能众人拾柴嘛。"克南先生言简意赅地说,"从前的体制是最好的:那是质朴而又实在的教育。你们现代这种花里胡哨的玩意儿没有一样……"

"很对。"鲍尔先生说。

---

[1] 庇护九世(1792—1878),意大利籍教皇(1846—1878),发通谕宣布无原罪始胎教义,召开梵蒂冈会议,通过教皇一贯正确论的提案。

“没有多余的课程。”福格蒂先生说。

他清楚利落地说完后，就肃穆地喝酒。

“我记得读过教皇的一首诗，”坎宁安先生说，“是关于摄影术的发明的——当然啦，用拉丁文写的。”

“摄影术！”克南先生惊叫。

“是啊。”坎宁安先生说。

他也喝了口酒。

“我说，你知道吗，”麦克伊先生说，“仔细想想，摄影术难道不是很奇妙吗？”

“哦，那当然，”鲍尔先生说，“伟大的心灵洞察一切。”

“就像教皇说的：‘伟大的心灵十分接近疯狂。’”福格蒂先生说。

克南先生好像心里有点儿乱。他试图回想新教神学中那些有争议的问题，最后他转向了坎宁安先生。

“那么告诉我，马丁，”他说，“有些教皇——当然啦，不是我们现在的这一位，也不是他的前任，而是从前某些教皇——并不确指是哪一位……明白吧……难道不是不够水准的吗？”

大家都默不作声了。坎宁安先生说：

“喔，当然啦，有过坏东西……可是叫人惊叹的恰恰就是这事。在教皇任上的时候，他们中却没有一个讲过一句不合信条的话，连那最大的酒鬼，那最……彻头彻尾的坏蛋，都莫非如此。你说这不是叫人惊叹的事情吗？”

“正是。”克南先生说。

“是啊，因为教皇在教皇任上所说的一切，”福格蒂先生解释道，“都是绝无谬误地在阐述教义。”

“是的。”坎宁安先生说。

“哦，我多少知道教皇阐述教义绝无谬误。我记得年轻的时候……或者是那——？”

福格蒂先生打断了他。他拿起酒瓶，替别人都加了点酒。麦克伊先生看到剩下的酒不够再轮一圈的了，就推说自己还没喝完头一份。其他人都谦让着接受了。威士忌倒入玻璃杯发出的悦耳声音奏出了一阵令人赏心悦目的幕间曲。

“你要说什么来着，汤姆？”麦克伊先生问。

“教皇阐述教义绝无谬误，”坎宁安先生说，“那可是教会整个历史中最伟大的一幕啊。”

“那一幕是怎样的呢，马丁？”鲍尔先生问道。

坎宁安先生竖起两根粗粗的手指。

“由红衣主教、大主教和主教们组成的枢机团中，只有两个人反对这一提案，别人都赞成。红衣主教团里除了那两位全都一致赞同。不成！他们可不允许这样！”

“哈！”麦克伊先生说。

“然后有一位德国的红衣主教，名叫多林格……或者叫道林……或者叫——”[1]

“道林绝对不是德国人，这五分是稳拿的。”鲍尔先生大笑着说。

[1] 反对这一提案的并不是个红衣主教，也不是主教，而是一个普通的德国教士，名叫约翰·多林格。后来他在 1871 年受到开除教籍的处分。

“好吧，这个德国红衣主教，不管他名叫什么吧，是一个反对者；另一个是约翰·麦克黑尔红衣主教。”[1]

“什么？”克南先生叫道。“是蒂厄姆的约翰吗？”

“你那么肯定吗？”福格蒂先生狐疑地问，“我还以为是某个意大利人或美国人呢。”

“蒂厄姆的约翰，”坎宁安先生又说了一遍，“就是那人。”

他饮了口酒，其他的先生们也跟着他饮了酒。然后他又说下去：

“他们就那么尽力争着，来自世界各地的红衣主教、主教，还有大主教，所有的人都和那两个人打得不可开交。到最后，教皇本人站起来，以教皇的身份宣布教皇阐释教义绝无谬误是教会正宗教理之一。就在那一刻，约翰·麦克黑尔，原来一直在为反对这提案喋喋不休地争论着，这时却站起来，用狮子一般的嗓门吼道：‘这就是信条了！’”

“我信！”福格蒂先生说。

“这就是信条了！”坎宁安先生说，“那表明他具有怎样的信仰。教皇一开口，他就臣服了。”

“那么道林又怎么样了呢？”麦克伊先生追问道。

“那德国红衣主教不肯臣服，于是他就脱离了教会。”

坎宁安先生的话语在听众们的心中搭建起了教会的巨大形

[1] 约翰·麦克黑尔（1791—1881）是爱尔兰蒂厄姆大主教（1835—1876），在爱尔兰反对英国统治的斗争中起了重要作用。他在1850年成功地使梵蒂冈断绝了与英国的宗教关系。他反对教皇阐释教义绝无谬误提案，但是在教廷通过此议案后，马上表示臣服，并开始宣讲教皇阐释教义绝无谬误。

象。他粗嘎低沉的声音在讲述信仰和臣服的时候震撼了他的听众。克南太太擦着双手走进屋来，发觉自己走进了严肃的人群中。她没有搅乱这静默，而是弯腰靠在床脚的围栏上。

“我看到过一回约翰·麦克黑尔，”克南先生说，“只要我活着，我就忘不了。”

他转向妻子寻求证实。

“我常跟你说起过的吧？”

克南太太点点头。

“那是在约翰·格雷爵士[1]雕像的揭幕仪式上。埃德蒙·德怀尔·格雷在讲话，废话连篇，而这位老先生，这个一脸倔强的老伙计，就这样从茂密的眉毛下看着他。”

克南先生拧起眉头，像一头发怒的公牛那样低下头，怒视着妻子。

“上帝啊！”他恢复了正常的脸色，感叹道，“我从没见过一个人有这样的目光。那就仿佛是在说：我把你摸得透透的，我的孩子。他有鹰一样的目光。”

“格雷家没一个争气的。”鲍尔先生说。

又是一阵冷场。鲍尔先生朝克南太太转过头去，突然乐呵呵地说：

“好啦，克南太太，我们要把你的男人变成一个虔诚信教、

---

[1] 约翰·格雷爵士（1816—1875），爱尔兰新教徒，爱尔兰爱国人士，《市民周刊》的拥有人。麦克黑尔大主教的确出席了其雕像的揭幕仪式，他的出席表明爱尔兰日益扩大的宗教宽容倾向。下一句中的埃德蒙·德怀尔·格雷是约翰·格雷的儿子，但是在揭幕仪式上他并没有发言。

敬畏上帝的好天主教徒啦。”

他把胳膊往大伙儿那儿一挥。

“我们要全体进行一次静修，坦白忏悔我们的罪孽——上帝知道，我们多么急切地需要这样做啊。”

“我不介意的。”克南先生说着有点儿紧张地微微一笑。

克南太太觉得，明智些就该隐藏住自己的满意之情。于是她说：

“我真可怜那位将要听你叙说的教士。”

克南先生的表情变了。

“要是他不喜欢，”他生硬地说，“他可以……干别的事去。我只是想跟他讲讲我那点伤心事。我不是那么坏的家伙——”

坎宁安先生赶紧插话进来。

“我们全要抛弃魔鬼，”他说，“一块来做，可不能忘了他那些伎俩和花招。”

“撒旦，退到我后边去吧！[1]”福格蒂先生说着，哈哈大笑，朝其他人扫视过去。

鲍尔先生什么也没说。他觉得自己完全做不了主了。但是他的脸上却闪烁着欢欣的表情。

“我们所要做的，”坎宁安先生说，“不过就是站在那里，手擎点燃的蜡烛，重温我们受洗时的誓言。”

“喔，别忘了蜡烛，汤姆，”麦克伊先生说，“不管你做什么。”

“什么？”克南先生说。“我还得要根蜡烛吗？”

[1] 引自《圣经·马太福音》第十六章第二十三节。

“哦，那是。”坎宁安先生说。

“不，去他的吧，”克南先生很有洞见地说，“这可就过了我的线了。我完全可以做这活儿。我会做静修和忏悔这档子事儿，还有……所有的那些事情。可是……不能要蜡烛！不成，去他的，我才不要什么蜡烛呢！”

他脸色郑重地摇着头。

“听听他那话！”他妻子说。

“我就是不要蜡烛，”克南先生又说，他意识到自己已经在听众那里造成了一定的效果，就继续把头摇来摆去，“我就是不要什么魔灯之类的东西。”

大家全都开心地大笑起来。

“你们可是有了一位处处循规蹈矩的好天主教徒啦！”他的妻子说。

“不要蜡烛！”克南先生倔倔地又说了一遍，“就不拿！”

加德纳大街上的耶稣会教堂里，中间通道里几乎挤满了人；随时还会有些男士从侧门走进来，在平信徒修士[1]的导引下，蹑手蹑脚地从座位间的通道走过去，找一个空位坐下。男士们全都衣冠楚楚，严守秩序。教堂的灯光照在会众的黑衣白领上，照在偶尔出现的花呢服装上，照在绿色大理石灰暗斑驳的立柱和那些画面凄惨的背景上。男士们坐在长凳上，长裤微微提到膝盖上，帽子安稳地搁在一边。他们挺身靠后坐着，庄重地凝

[1] 平信徒修士穿修士服，履行发愿，但未受神职，无品级，一般从事杂役。

视着远处高高的祭坛上悬挂的那一点红灯。

在靠近布道坛的一排长凳上，坐着坎宁安先生和克南先生。麦克伊先生独自坐在后面的长凳上：而他后面的长凳上坐着鲍尔先生和福格蒂先生。麦克伊先生曾想挨着其他几位在长凳上找个座位，但是劳而无功，大伙儿按梅花五点的布局安顿下来之后，他又想说几句搞笑的话，但也劳而无功。这些搞笑的话没有获得很好的反响，于是他就放弃了。连他都觉察到气氛凝重了，连他都开始受到宗教的感应了。坎宁安先生悄声提醒克南先生，要他留心看放债人哈福德先生，哈福德先生坐在稍远些的地方；坎宁安先生还要克南先生再留心范宁先生，就是那选民登记官和市长选举的操纵人，他就坐在布道坛底下；挨着他坐的是一位新近获选的市政顾问。右边坐着的是老迈克尔·格兰姆斯，三家当铺的店主；还有丹·霍根的侄子，他刚刚谋到市秘书办公室的一份差事。远处靠前的座位上坐着亨德里克先生，他是《市民周刊》的首席记者；还有可怜的奥卡罗尔，他是克南先生的老朋友，曾一度是商界的风云人物。克南先生认出一张张熟悉的面孔，渐渐感觉自在了。他那帽子已经被妻子修补好了，现在正安然地搁在他的膝盖上。他一只手把袖口捋下来一两回，另一只手则抓着帽檐，抓得很轻，但抓得很牢。

人们看到，一个看上去很有权威的身影，上半身包裹着白色的法衣，费力地登上布道坛。与此同时会众们也都各自起身，拿出手帕，小心地跪在上面。克南先生跟着大家有样学样。牧师的身影在布道坛上直立起来，三分之二的身躯露出扶手栏外，顶着一张红润的大脸盘。

珀登神父跪下来，面朝那一点红灯，双手捂脸祷告。中间停歇的时候，他从脸上拿开双手，站起身。会众们也都站起来回到座位上。克南先生把帽子搁回到膝盖上老地方，面朝布道者仰起一张神情专注的脸。布道者用动作烦琐且幅度很大的手势折起法衣的两只宽袖，他缓缓地扫视着全场会众的面容。然后他说：

> 因为今世之子，在世事之上，较比光明之子更加聪明。要借着不义的钱财结交朋友，这样到死的时候，他们可以接你们到永存的帐幕里去。[1]

珀登神父言之凿凿地阐发了这段经文。他说，经书中这段经文最难做出正确的诠释。在那些漫不经心的人的眼里，这段经文好像是跟耶稣基督在其他地方宣讲的高尚道德有所背离。但是，他对他的听众们说，在他看来，这段经文尤其适用于引导那一类人，他们命中注定要过凡俗生活，但渴望能过超凡脱俗的日子。这是专门针对商人和专业人士的一段经文。耶稣基督睿智通明，洞悉我们人性中每一个不为人知的角落，体谅到并不是所有的人都得到召唤去过严守宗教的生活，体谅到至今还有大多数的人被迫生活在尘俗当中，而且在某种程度上还是为尘俗而生活：于是在这句经文中，他故意给了他们一个指示，

[1] 参见《圣经·路加福音》第十六章“不义的管家”这一比喻。

在他们面前把那些专门膜拜财神的人当作严守宗教生活的典范，而他们本来是众生中对宗教最没有兴趣的人。

神父告诉听众，他今晚到这里来，不是要震慑，也不是怀有什么奢望；而是以一个凡夫俗子的身份向自己的朋伴讲话。他来这里，是要告诉商人们，他要像谈生意那样跟他们谈谈。神父说，如果可以打个比方的话，那他就算是他们精神意义上的账房先生；他希望他的听众们人人都打开自己的账本，打开自己精神生活的账本，看一看自己跟良心的账目算得是否清楚明确。

耶稣基督并不是个不近人情的监工。他体谅我们的小过失，明白我们那劣质而堕落的软弱天性，也清楚这生活中有种种诱惑。我们可能遇到过，我们全都偶尔地遇到过，各自的诱惑；我们可能遭遇过，我们全都偶尔地遭遇过，各自的惨败。但是他只要一样，他说，他只向听众们要求一样。那就是：要在上帝面前像个好汉，敢作敢当。要是他们账目上每一笔都清清白白，那就说：

“好啦，我已经核对了账目。我觉得一切都好。”

可要是万一,万一账目可能有点出入差错，那就要承认真相，要像个好汉那样坦坦荡荡地说：

“好吧，我仔细查过账目了。我发现这里错了，那里不对。可是，亏得上帝有恩典，我要改正这个，改正那个。我要理清自己的账目。”

逝者

看门人的女儿莉莉[1]当真要跑断腿了。她刚刚把一位先生引进一楼家务房后面的小配餐间，几乎来不及帮他脱下外套，大厅里呼哧呼哧的门铃就又响起来了，她只好蹦跳着穿过厅堂里没铺地毯的过道，去领又一位客人进来。还好她不用去伺候女士们。不过凯特小姐和朱莉娅小姐已经有先见之明，并将楼上的洗手间变成了女士们的更衣室。现下凯特小姐和朱莉娅小姐就在那儿，说说笑笑，忙乱成一团，一个紧跟一个走到楼梯口，趴在栏杆上朝下张望，大声问莉莉，来者是哪一位。

莫肯家的小姐们每年举行舞会，这从来就是件大事情。认识她们的人都会来参加，有家族成员，有家族的老友，有朱莉娅合唱团的成员，而凯特的学生们只要到了年纪也会来，甚至也还有玛丽·简的学生们。没有一回是不出彩的。人人都记得，舞会一年年办得多么精彩；哥哥帕特死了之后，朱莉娅和凯特

[1] 莉莉的英文是 Lily，意为“百合花”。百合花是天使长拉斐尔的象征，拉斐尔向马利亚通报了耶稣的降临（《圣经·路加福音》第一章第二十六节到第三十八节），他也将宣告基督的二度降临。百合花在葬礼和复活节庆祝复活的仪式中象征了死亡与再生。

就离开了斯托尼·巴特街上的房子，带着唯一的侄女玛丽·简来到厄舍岛上这幢阴暗凄惨的房子里来住，她们从一层那位谷物商富勒姆先生那里租来了楼上的房间，从那以后一直就是这样。那至少是三十年前的事儿了，却恍如昨日。玛丽·简那时还是个穿着童装的小姑娘，现如今却成了家里的顶梁柱，因为她在哈丁敦路上的教堂里弹风琴。她已经读完音乐学院，而且她的学生们年年都要在古音乐厅的楼上房间里举办音乐会。她的学生中，有很多都出身金斯敦和达尔奇那条线上的富裕人家。姑妈们虽然上了年纪，却也各尽其力。朱莉娅头发已经灰白，却依旧在亚当夏娃教堂[1]里担任女高音领唱；凯特因为体弱，已不能到处奔波，就在后屋那架长方形钢琴上给初学者教点儿音乐课。看门人的女儿莉莉给她们当女佣打点家务。尽管她们生活简朴，却坚信吃得好很重要。什么都要吃最好的：牛里脊肉要带菱形骨头的，茶叶要三先令一磅的，啤酒都要那种最好的瓶装的。不过，莉莉照吩咐做事，很少出差错，所以跟三位女主人相处得挺好。她们很能挑刺儿，仅此而已。但她们唯一不能容忍的，就是跟她们顶嘴。

在这样一个晚上，她们自然是很有理由挑刺儿。而且十点钟都已经过了很久，却还不见加布里埃尔[2]和他的妻子的踪影。此外，她们还担心得要死，唯恐弗雷迪·马林斯会醉醺醺地出场。说什么她们也不愿意他那种情形下被玛丽·简的学生们看

[1] 亚当夏娃教堂是圣方济各教堂的俗称。

[2] 加布里埃尔这个名字也有象征意义。他也是七个天使长中的一位，其职责是为人带来安抚和同情。

到；而且他一成了那样子，就很难管住他。弗雷迪·马林斯总是来得晚，可是能有什么事儿耽搁了加布里埃尔呢，这就叫她们觉得蹊跷：正是出于这个原因，她们才隔两分钟就跑到栏杆边去问莉莉，加布里埃尔或弗雷迪来了没有。

“哦，康罗伊先生，”莉莉替加布里埃尔开门时对他说，“凯特小姐和朱莉娅小姐还以为你不来了呢。康罗伊太太，晚上好。”

“我敢说她们会那么想的，”加布里埃尔说，“可是她们忘了，我这位夫人得花上要命的三小时来穿衣打扮啊。”

他站在草垫上，蹭掉高筒橡皮套鞋上的雪，莉莉就领着他的妻子走到楼梯下，喊道：

“凯特小姐，康罗伊太太来啦。”

凯特和朱莉娅立刻沿着阴暗的楼梯跌跌撞撞走下来。两人都亲吻了加布里埃尔的妻子，说她怎么就活活没了踪影呢，又问加布里埃尔可是和她一起来了。

“凯特姨妈，我就在这儿，像邮包一样准确无误！上去吧。我就来。”加布里埃尔在暗处大声说。

三位女士嬉笑着，上楼去女更衣室了，他继续使劲蹭着脚。一层雪穗像披肩一样覆在他外套的肩上，套鞋外缘也有一层雪，像鞋头一样；外套的扣子被雪冻住，自衣襟解开时就发出咯吱声，与此同时边缝褶皱处也透进一股室外那种清冷的怡人气息。

“又下雪了吗，康罗伊先生？”莉莉问道。

她领他走进配餐间，帮他脱掉外套。听到她用那三个音节称他的姓，加布里埃尔就瞥了她一眼，向她微微一笑。这姑娘还在长个子，身材苗条，面容白皙，发色如干草。配餐间的煤气灯令她看上去更加苍白。她很小的时候加布里埃尔就认识她，那时她常常坐在下面的台阶上，哄着破旧的布娃娃。

“是啊，莉莉，”他回答道，“我想我们这儿会下一夜的雪呢。”

他抬头看看配餐间的天花板，楼上的踏步和搓步令天花板震动不已，他侧耳听了一会儿钢琴的乐声，然后又瞥了一眼那姑娘，她正在架子那边仔细地叠着他的外套。

“告诉我，莉莉，”他语调和蔼地说，“你还在上学吗？”

“喔，不上了，先生，”她回答，“我今年就上完学了。”

“哦，那么，”加布里埃尔笑呵呵地说，“看来，在某一个晴朗的日子里，我们就要去参加你和你的小伙儿的婚礼了吧，啊？”

姑娘回头瞅了他一眼，怨愤地说：

“时下的男人们全是说得好听，就只想占人家的便宜。”

加布里埃尔脸红了，仿佛感觉到自己说错了话，他不去看她，只是踢掉套鞋，拿无指手套起劲地擦着自己的漆皮皮鞋。

他是个健硕的年轻人，个子高高的。两颊的红晕甚至向上蔓延到了额头，又散漫成几小块淡淡的红斑；刮得光滑的脸上，不停闪动的是擦得干干净净的镜片和亮亮的镜框金边，眼镜遮护住了他那双敏感的、总是转动着的眼睛。黑发又粗又密，留着中分发式，耳后梳出长长的弧线，帽子压过的痕迹处，微微有些卷曲。

他把鞋擦得锃亮，就站起身来，朝下扯扯背心，好把他那鼓鼓的身子裹得更紧贴。然后他迅速从口袋里拿出一枚硬币。

“噢，莉莉，”他说着把硬币塞进她手里，“现在是圣诞佳节，对吧？就是一点儿……这是点儿小……”

他快步朝门口走去。

“哎哟不成，先生！”姑娘边叫边从后面追着他，“真的，先生，我不会要的。”

“过圣诞嘛！过圣诞嘛！”加布里埃尔说着，几乎是一溜小跑地登上楼梯，又朝她息事宁人地摇摇手。

那姑娘见他已然上了楼梯，就在他身后大声说：

“那么好吧，谢谢您，先生。”

他在客厅门外等了一会儿，好让那一曲华尔兹跳完，他倾听着裙边扫在门上的声音，还有拖动脚步的声音。那姑娘突如其来的怨愤反驳仍然叫他有点心烦意乱。他一时顿觉阴暗郁闷，就整理袖口和领结，想借此驱散这阴郁气。他从背心的口袋里拿出一张小纸片，瞄了一眼为演讲准备的一些题头句。要不要引用罗伯特·布朗宁的诗句，他还没有拿定主意，他担心听众听了可能会摸不着头脑。[1] 从莎士比亚或《歌谣集》[2] 中引几行他们想得起来的诗句，或许更好。男士们在不文雅地跺鞋跟儿，鞋底擦在地上，这些声音提醒他，他们的文化素养跟他并不在同一层次。他引用他们听不懂的诗句，只会叫人家笑话自己。他们会认为他是在显摆自己受过高深教育。他在他们那里说不通，就像他在配餐间那姑娘那儿说不通一样。他选错了调子。他从头到尾满篇全错，完全说不通。

---

[1] 罗伯特·布朗宁（1812—1889）在当时被认为是风格前卫而又晦涩难懂的英国诗人。

[2] 指叶芝的《爱尔兰歌谣集》。

就在那时，他的姨妈们和他的妻子从女更衣室里走了出来。他的姨妈们是两个衣着平平的小老太太。朱莉娅姨妈的个子要高出约一英寸。她的头发在耳尖上低低地拢着，已经灰白；而她那张皮肤松皱的大脸庞也是灰灰的，颜色甚至更阴暗。她体格很健壮，站得也挺拔，可是她的眼神迟钝，嘴唇微张，那样子仿佛她是个不知自己身在何方，也不知要往何处去的女人。凯特姨妈的活力要多些。她的脸色比姐姐要健康一些，脸上全是褶皱，像个干缩了的苹果，她的头发也一样梳成老式的辫子，却还没有失掉那种熟栗子的颜色。

她们都很痛快地亲吻了加布里埃尔。他是她们最喜爱的一个外甥，是她们故去的姐姐埃伦的儿子，埃伦当年嫁的是港务局的 T. J. 康罗伊。

“加布里埃尔，格雷塔跟我说，你们今晚不坐出租马车回芒克斯顿了。”凯特姨妈说。

“是啊，”加布里埃尔说着转脸看着妻子，“去年我们那样子已经够受的了，对吧？你难道忘了吗，凯特姨妈，格雷塔走那一趟，就染了多么严重的风寒？马车的窗户一路上都在哗啦啦地响，过了梅里安，东风就一个劲儿地吹进来。真够呛啊。格雷塔染的那场风寒可太吓人了。”

凯特姨妈很严肃地皱着眉头，每听到一个词都点点头。

“就是，加布里埃尔，就是，”她说，“小心不为过。”

“可是格雷塔呢，”加布里埃尔说，“只要人家允许，她就会步行踏雪往家走。”

康罗伊太太大笑起来。

“别理他，凯特姨妈，”她说，“他真讨厌呢，他叫汤姆晚上戴墨镜，还逼着他练哑铃，他还强迫伊娃吃玉米粥。可怜的孩子！她看见玉米粥就烦啊……噢，可您绝对猜不出，他今晚非叫我穿什么！”

她发出一串珠玉般的笑声，朝丈夫瞥了一眼，他的目光中又是爱慕又是幸福，始终在她的衣服、面庞和美发之间徜徉。两位姨妈开心地大笑起来，因为她们总爱拿加布里埃尔爱操心这事儿来打趣。

“长筒橡皮套鞋！”康罗伊太太说，“是最新的花样。只要脚下有点湿，我就得套上我的套鞋。甚至今儿晚上他都非得要我穿上，不过我是不肯的。他下回就要给我买潜水衣啦。”

加布里埃尔不自然地干笑着，为求放心就又抚弄了一下领结，凯特姨妈几乎笑弯了腰，她实在由衷地喜欢这样拿他打趣。微笑很快就从朱莉娅姨妈的脸上消失了，她那一双毫无笑意的眼睛直直地看着外甥的脸。停顿了一会儿，她问：

“长筒橡皮套鞋又是什么玩意，加布里埃尔？”

“长筒橡皮套鞋，朱莉娅！”她的妹妹叫道，“我的天啊，难道你不知道长筒橡皮套鞋是什么玩意？它们是穿在……穿在靴子外面的，格雷塔，对不对？”

“对，”康罗伊太太说，“就是胶皮鞋之类的东西。我们俩现在各有一双。加布里埃尔说，欧洲大陆上人人都穿这东西。”

“哦，大陆上。”朱莉娅姨妈嘟哝着，慢慢地点着头。

加布里埃尔拧起眉头，好像有点恼了似的说：

“根本没有什么可惊奇的，可格雷塔觉得很好笑，她说这个词儿让她想起了克瑞斯蒂的白人扮黑人滑稽说唱演出团。”

“可是告诉我，加布里埃尔，”凯特姨妈机敏灵活地说，“你们自然是找过住处了吧。格雷塔刚才说……”

“哦，房间挺好的，”加布里埃尔回答，“我已经在格雷沙姆旅店要了一个房间。”

“当然啦，”凯特姨妈说，“那可再好不过了。还有孩子们呢，格雷塔，你不会放心不下吧？”

“哦，就一晚上，”康罗伊太太说，“再说，还有贝西在照看他们呢。”

“当然啦，”凯特姨妈又说，“能有那么个靠得住的女仆，可是件安慰人心的事！那个莉莉呀，我就是不知道她最近是中了什么邪。她完全不是从前那个好姑娘了。”

加布里埃尔正要跟姨妈打听这件事，她却突然打住，转头凝眸间却见姐姐荡荡悠悠地下了楼梯，走到扶手前，伸着脖子张望。

“听着，我问你，”她几乎像在试探地说，“朱莉娅去哪里啦？朱莉娅！朱莉娅！你要去哪里呀？”

朱莉娅已经在一层楼梯上往下走了一半，这时又折回来，不动声色地宣布：

“弗雷迪到了。”

与此同时，传来一阵掌声，弹钢琴的人弹出了最后一个滑音，宣告华尔兹舞已经结束。客厅门从里面打开，出来了几对舞伴。凯特姨妈急忙把加布里埃尔拽到一边，低声耳语：

“加布里埃尔，好孩子，溜下去瞧瞧，看他有没有事，要是他喝醉了，就别叫他上来。我敢说他喝醉了。我敢说他就是那样。”

加布里埃尔走到楼梯口，靠在扶手上听了一会儿。他听得出配餐间里有两个人在说话。后来他听出里面有弗雷迪·马林斯的笑声。他咚咚地下了楼。

“加布里埃尔在这儿，”凯特姨妈对康罗伊太太说，“真叫人大松一口气。他在的时候，我心里总是轻松些……朱莉娅，戴利小姐和鲍尔小姐要吃点儿点心才好。戴利小姐，谢谢你，华尔兹弹得真美妙，弹得时光都可爱了。”

一个干瘪脸的男人，长着硬硬的花白胡须，肤色黝黑，正陪着舞伴往外走，他问：

“我们也可以吃点儿点心吗，莫肯小姐？”

“朱莉娅，”凯特赶紧说，“这位是布朗先生，还有弗朗小姐。也带他们进去吧，朱莉娅，跟戴利小姐和鲍尔小姐一块儿。”

“我可是叫女士们称心的男人呢。”布朗先生说着撅起嘴巴，胡子都挺直了，笑得满脸都是皱纹，“知道吧，莫肯小姐，她们之所以那么喜欢我——”

他话没说完，就发觉凯特姨妈已经听不到他说话了，便马上带着三位年轻女士进了后屋。屋子中间并排对放着两张方桌，朱莉娅姨妈和看门人正在上面扯开铺平一块大桌布。餐具柜里摆着一排排碟子和盘子，还有酒杯和一把把刀叉汤匙。长方形钢琴的盖合上了，顶部也被用作了餐具柜，用来摆放各种精美食品和甜点。角落里有一个较小的餐具柜，旁边站着两个年轻人，正在喝苦啤酒。

布朗先生领着交给他照看的女士们朝那厢走去，开玩笑地邀请大家全来点儿女士专用潘趣酒，热辣辣，劲道足，甜丝丝。女士们说自己从不喝烈酒，于是他就替她们开了三瓶柠檬汁。然后他请一个年轻人让开点，抓起细瓶颈的酒瓶，给自己满满地斟了一份威士忌。他尝了一口酒，年轻人都满怀敬意地注视着他。

“老天帮忙，”他笑着说，“这可是医生嘱咐我喝的。”

他堆满皱纹的脸上绽放出更加灿烂的笑容，三位女士听了他这客套话，也回报以悦耳的笑声，她们前后摇晃着身子，肩头神经质地耸动着。最放肆的一位女士说：

“哦，行了，布朗先生，我敢说医生才不会嘱咐你喝那东西呢。”

布朗先生又尝了一小口威士忌，侧头扮个鬼脸说：

“哎呀，你瞧，我就像大名鼎鼎的卡西迪夫人，据称她曾如是说：‘好啦，玛丽·格兰姆斯，要是我不吃，就想办法叫我吃，因为我觉得我想要吃。’”

他脸上热烘烘的，带着亲密私语的神情靠得太近，又用了很低俗的都柏林口音，于是年轻女士们凭着一股直觉，听了他这话都默不作声。弗朗小姐是玛丽·简的学生，她问戴利小姐方才弹的那首动听的华尔兹曲名叫什么；布朗先生见自己受了冷落，就马上转向了那两位更能欣赏他的年轻男子。

一个脸色红润、穿着蓝紫色盛装的女人走进房间，兴奋地拍着手掌大声说：

“跳方阵舞啦！跳方阵舞啦！”

前脚跟后脚随她走进来的是凯特姨妈，她大声说：

“有两位先生和三位女士呢，玛丽·简！”

“喔，这是伯金先生和克里根先生呀，”玛丽·简说，“克里根先生，你愿意带鲍尔小姐跳吗？弗朗小姐，我可否把伯金先生给你做舞伴？哦，这不就正好了嘛。”

“玛丽·简，有三位女士呢。”凯特姨妈说。

两位年轻先生问女士们他们能否有此福气，而玛丽·简就转向了戴利小姐。

“哦，戴利小姐，刚才您弹了两首舞曲，真是好得没法说了，可我们今晚真是缺女舞伴啊。”

“我无所谓的，莫肯小姐。”

“不过我倒是要给你安排个好舞伴，就是男高音巴特尔·达西先生。我晚些时候会请他唱一曲。都柏林全城都为他倾倒了。”

“动人的嗓音！动人的嗓音啊！”凯特姨妈说。

钢琴已经两次奏响了第一个舞阵的序曲，于是玛丽·简领着自己招募来的人赶紧离开了房间。他们刚离开，朱莉娅姨妈就慢慢地逛进来，边走边向后张望着。

“朱莉娅，怎么啦？”凯特姨妈着急地问，“是谁啊？”

朱莉娅进来时正拿着一摞餐巾纸，闻声转头去看姐姐，像是被这问题吓了一跳似的，短促地回答：

“不过是弗雷迪罢了，凯特，加布里埃尔陪着他呢。”

实际上在她身后就能看见加布里埃尔正引着弗雷迪·马林斯从楼梯过道穿行而过。后者年纪还轻，大约四十岁，跟加布里埃尔身材、个头都相仿，肩膀浑圆。他的脸胖乎乎的，很苍白，只是在厚厚的耳垂和宽大的鼻翼旁才有点颜色。他的五官长得粗笨，鼻子直直的，额头鼓鼓的，向后倾斜着，双唇厚重而突出。他双眼眼皮发沉，头发凌乱而稀疏，看起来一副没睡醒的模样。他在楼梯上一路给加布里埃尔讲着故事，一边讲一边高声开怀大笑，同时还拿左拳一个劲地来回搓揉左眼。

“晚上好啊，弗雷迪。”朱莉娅姨妈说。

弗雷迪·马林斯向两位莫肯小姐道了晚上好，样子好像不太恭敬，因为他声音中习惯性地带着一种嘶哑，他见布朗先生正站在餐具柜那里朝他咧嘴笑，便迈着颤颤巍巍的步子穿过房间，压低嗓门又开始讲刚刚跟加布里埃尔讲过的那个故事。

“他还不算太糟糕，是吧？”凯特姨妈对加布里埃尔说。

加布里埃尔眉头聚着阴郁之气，不过他即刻就扬眉回答：

“噢，是啊，几乎看不出来呢。”

“我说，他可真讨厌！”她说，“他可怜的母亲叫他在除夕晚上起过誓的啊。不过，来吧，加布里埃尔，到客厅来吧。”

她朝布朗先生皱起眉头，警告地来回摇着食指给他打信号，之后才跟加布里埃尔离开房间。布朗先生点点头做了回应，她一走，他就对弗雷迪·马林斯说：

“那么，听着，特迪，我要给你一大杯柠檬汁，好叫你打起精神来。”

弗雷迪·马林斯正要讲到那故事的高潮，就很不耐烦地挥手拒绝了这好意，可是布朗先生却先引弗雷迪·马林斯去留心他衣着上的一点凌乱，然后就给他倒出一大杯柠檬汁来。弗雷迪·马林斯的右手忙着机械地整理衣着，左手便机械地接过了玻璃杯。布朗先生又一次展颜笑出一脸皱纹，给自己倒出一杯威士忌，这时快要讲到故事高潮的弗雷迪·马林斯却爆发出一阵呼哧呼哧的尖声大笑，把一口没喝却溢出来了的柠檬汁往桌上一搁，又拿左拳来来回回揉搓起左眼来，同时还挣扎着在笑声中一字一顿地重复故事的最后一句。

玛丽·简正对着寂静无声的客厅弹奏音乐学院里学的曲目，全是急奏和难度很高的段落，可是加布里埃尔却听不下去。他喜欢音乐，但她演奏的这一曲在他听来却没什么优美的旋律，而且他怀疑其他听众也听不出其中有什么优美的旋律，虽说正是他们求她演奏的。从休息室里闻声而来的四个年轻人，在门廊处站了几分钟，之后就两个两个地悄悄溜掉了。唯一好像能跟上那乐曲的，只有玛丽·简本人和站在她旁边翻乐谱的凯特姨妈，玛丽·简的双手在琴键上飞速跑动，逢停顿的地方便从琴键上高举起来，一如女祭司在念重要的咒语。

加布里埃尔的双眼看烦了在庞大枝形吊灯下闪闪发光的打蜡地板，目光游移到了钢琴正对着的那堵墙上。那儿挂着一幅画，正是《罗密欧与朱丽叶》中的阳台一场，旁边是一幅在伦敦塔内被谋害的两位王子的组像，是少女时代的朱莉娅姨妈用红蓝棕三色羊毛线做成的。可能她们上的那所学校教姑娘们学这手艺，因为有一年他母亲给他做了一份生日礼物，就是一件紫色府纺的背心，上面绣着些小狐狸头，拿棕色缎子勾勒出边框，还配着深紫色的扣子。奇怪的是，他母亲丝毫没有音乐天赋，不过凯特姨妈总说莫肯家族的智慧头脑是被他母亲传承了。

对那位严肃而很有长者风度的大姐，凯特和朱莉娅两人好像总是有点儿自豪。穿衣镜前面就摆着她的照片。照片里一本书摊开在她膝上，她正在朝康斯坦丁指点着什么，康斯坦丁穿着一件水手装趴在她脚边。儿子们的名字都是她选定的，因为她很在意家族生活的尊严体面。多亏了她，康斯坦丁现今已经是巴尔布里根镇上的高级副牧师；多亏了她，加布里埃尔本人也已经拿到了皇家大学的学位。他想起她曾经闷闷不乐地反对过他的婚姻，脸上就掠过了一丝阴影。他记忆中仍然回响着她说过的一些蔑视的话语；她有一回说格雷塔是个拿腔拿调的村妞，可格雷塔根本就不是那样的人。她长期病卧在芒克斯顿，最后的时光里一直看顾她的恰恰就是格雷塔。

他知道，玛丽·简一定是弹到曲子结尾了，因为她正在重弹开头那个曲调，每小节都用快奏手法配上一段，他等着曲子结束的时节，心里的怨愤之情渐渐平息了下去。乐曲结束在一个高音部八度颤音和一个最后的低音部八度颤音中。大家对玛丽·简报以热烈的掌声，她羞红了脸，紧张地卷起乐谱，逃也似的出了房间。巴掌拍得最起劲的是门廊处的那四个年轻人，他们在曲子刚开始的时候去了休息室，在钢琴声停下来的时候又回来了。

开始安排四方舞了。加布里埃尔发觉自己的舞伴是艾弗斯小姐。她是位举止直率、唠唠叨叨的年轻小姐，脸上有雀斑，棕色的眼睛朝前突出。她并没有穿低领口的紧身胸衣，却在前领上别了一根大大的别针，上面有爱尔兰的徽纹。

他们站定位置之后，她突然开口说：

“我有事要跟你理论呢。”

“跟我？”加布里埃尔说。

她严肃地点点头。

“会是什么事啊？”加布里埃尔问道，见她一板一眼的，不禁微笑起来。

“加·康是何方神圣啊？”艾弗斯小姐回应道，抬眼看着他。

加布里埃尔脸红了，正要装作不明白的样子拧起双眉，她却突兀地说：

“哦，假装正经！我发现你给《每日快讯》[1]写文章！好啊，你难道不为自己感到羞耻吗？”

“我为什么要为自己感到羞耻？”加布里埃尔问道，眨着眼睛想要挤出一个微笑。

“反正，我为你感到羞耻，”艾弗斯小姐直率地说，“说起来你竟为那种破烂小报写文章。我从前倒不知道你是个西部英国佬[2]呢。”

加布里埃尔脸上出现了烦恼的表情。每星期三在《每日快讯》上，他都会写一篇文学专栏，为此可以得到十五先令的稿酬，这是真的。可肯定不能就这样把他划归成西部英国佬啊。比起微薄的稿酬支票，他更欢喜收到那些要他评论的书籍。他喜爱抚摩封皮，喜爱一页页掀动新近印刷出版的书。他在学院

---

[1]《每日快讯》是1851年至1921年间在都柏林发行的一份观点保守的报纸，不赞同爱尔兰民族独立。

[2]“西部英国佬”指认为自己是英国臣民的爱尔兰人，他们认为自己是住在英国西部的英国人，故有此名。

讲完课，就常常沿着码头逛一逛二手书摊，学士道上的希基书店，阿斯顿码头的韦布书店或马西书店，不然就是去便道上的奥克劳西塞书店，几乎天天如此。他不知道该如何迎击她的指责。他本想说文学超越政治之上。可他们有多年的交情，而且两人在事业上旗鼓相当，都读过大学，后来又都做过教员：他可不能冒险拿大道理去跟她理论。他继续眨着眼睛，想挤出一个笑容，一边笨嘴拙舌地嘟哝说，他看不出写写书评能有什么政治含义。

该轮到他们跳交叉舞步了，他还是很烦恼，就没留心。艾弗斯小姐赶紧抓过他的手热情地握住，然后用轻柔友好的语调说：

“当然啦，我只是在开玩笑呢，我们现在跳交叉舞步吧。”

他们又跳到一起的时候，她谈起了大学问题，加布里埃尔略感放松。她有个朋友给她看了他关于布朗宁诗歌的评论。她就是这样发现了他的秘密：不过她倒非常喜欢那篇评论。然后她又突然说：

“哦，康罗伊先生，今年夏天你会来参加到阿伦岛上的远足吗？我们打算在那儿住满一个月。远远地到大西洋中去，会很棒的。你应该来。克兰西先生要来，还有基尔凯利先生和凯瑟琳·卡尼。要是格雷塔也愿意来就太棒了。她就是康诺特省的人，对吧？”

“她家里人是那地方的。”加布里埃尔简短地回答。

“但你会来的，对吧？”艾弗斯小姐说着急切地把她那暖暖的手搁到了他的胳膊上。

“事实上，”加布里埃尔说，“我已经安排好要去……”

“去哪里？”艾弗斯小姐问。

“哎呀，你知道，我每年都要和一些伙伴一起骑自行车去旅行，因此——”

“可是去哪里呢？”艾弗斯小姐问。

“哎呀，我们通常去法国或比利时，或者可能会去德国。”加布里埃尔尴尬地说。

“为什么你要去法国或比利时，而不是在自己的祖国游历呢？”

“这个，”加布里埃尔说，“部分呢是因为要保持跟那几种语言的接触，部分呢是想换换口味。”

“那你就不要跟自己的母语，爱尔兰语，保持接触了吗？”艾弗斯小姐质问。

“这个，”加布里埃尔说，“要是讲到那一点，你要知道，我的母语可并不是爱尔兰语。”

离他们很近的一些人都转过头来听这段对答。加布里埃尔紧张地左右四顾，想要在这种考验的折磨下竭力保持好情绪，他的额头已经染上了一抹红晕。

“那么难道你就没有故土要游历吗？”艾弗斯小姐继续追问，“你对故土一无所知，对你自己的同胞也一无所知啊？”

“哦，跟你实说了吧，”加布里埃尔突然还嘴说，“我受够了自己的祖国，受够了！”

“为什么？”艾弗斯小姐问。

加布里埃尔没有回答，因为刚才那一番还嘴已经让他沸腾了。

“为什么？”艾弗斯小姐又问。

他们得跳巡舞动作了，可是他却没有给她任何回答，于是她气咻咻地说：

“当然啦，你是答不上来的。”

加布里埃尔想要遮掩自己的冲动，就格外带劲地跳起舞来。他避开她的目光，因为他已经看出她脸上有不快的表情。可是当他们在长长的舞队里又聚到一起时，他却发觉她很坚决地按住了他的手。她从眉毛下揶揄地仰视他，他只好微笑起来。舞队就要开动时，她却踮起脚尖凑到他耳边说：

“西部英国佬！”

四方舞跳完了，加布里埃尔走到远远的角落里，弗雷迪·马林斯的母亲坐在那里。她是位身体虚弱的胖老太太，白发苍苍。她跟儿子一样，嗓音有点嘶哑，而且还微微有点结巴。人家已经告诉她弗雷迪来了，而且基本还算正常。加布里埃尔问她轮渡坐得可还舒服。她随已经出嫁了的女儿在格拉斯哥居住，每年到都柏林来走访一次。她平和地回答说，她这次渡船坐得很是惬意，船长对她格外照顾。她还说到女儿在格拉斯哥有一所漂亮的房子，而那里的朋友又都是多么和蔼。她扯东扯西，加布里埃尔则竭力想要从心里彻底忘却刚才跟艾弗斯小姐之间发生的那件不愉快的事。当然啦，那姑娘，或者那女人，或者管她是个什么东西呢，她热心于民族独立，可是凡事都要讲究个时机吧。也许他不该那样还她的嘴。可是她也没权利当众叫他是西部英国佬，就是开玩笑也不行。她是想要他当众出丑，她朝他大喊大叫，还用她那双兔子眼睛瞪他。

他看见妻子穿过正在跳华尔兹的人群朝他走来。她走到他跟前，凑到他耳边说：

“加布里埃尔，凯特姨妈想知道你是否愿意跟往常一样切鹅肉。戴利小姐会去切火腿，我要去做布丁。”

“可以。”加布里埃尔说。

“这首华尔兹一跳完她就要打发年轻人们进去了，这样桌子就全归我们用了。”

“你跳舞了吗？”加布里埃尔问。

“我当然跳了。你难道没看见我吗？你跟莫莉·艾弗斯讲什么理啦？”

“没讲什么理。怎么，她是那么说的吗？”

“差不多吧。我要去劝达西先生唱一曲了。我觉得他可是自以为很了不起呢。”

“根本没讲什么理，”加布里埃尔不高兴地说，“只不过她想让我去爱尔兰西部旅行一趟，我却说我不肯罢了。”

他的妻子兴奋地两手一握，然后轻轻一跳。

“哦，去吧，加布里埃尔。”她轻叫着，“我多想再看看戈尔韦湾啊。”

“要是想去，你尽可以去。”加布里埃尔冷冷地说。

她看了他一会儿，然后转头对马林斯太太说：

“马林斯太太，您瞧瞧这位好丈夫。”

她沿原路穿过房间走回去，马林斯太太没有留意这番插话，继续跟加布里埃尔讲述着苏格兰地方多么美丽，还有风景多么美丽。她女婿年年都带他们去湖区，他们常常去钓鱼。她女婿钓鱼钓得好极了。有一天他钓回一条鱼，一条很大很大很漂亮的鱼，旅馆里的伙计就给他们煮了当晚餐。

加布里埃尔几乎听不进去她在讲些什么。晚宴快开始了，于是他又开始考虑自己的演讲和引文。他见弗雷迪·马林斯穿过房间来看望母亲，就起身把座位留给弗雷迪，自己后退到斜面窗洞处。房间已经清空出来，后屋那边传来盘叉的叮当声。仍留在客厅的那些人好像跳舞跳累了，正各自聚成小群，悄悄地说着话。加布里埃尔温热而颤抖的手指敲击着冰冷的窗玻璃。外面该多么凉爽啊！要是能独自到外面走走，先沿着河边走，然后再穿过公园，该是多么心旷神怡啊！树枝上会覆满积雪，威灵顿纪念柱上的积雪也会堆成一个白乎乎的雪帽子。在那儿不知道要比在晚餐桌旁心旷神怡多少倍！

他快速浏览了一遍演讲的主题：爱尔兰人的热情好客，悲伤的回忆，美惠三女神，帕里斯，布朗宁诗篇的引文。他默诵了他在书评中写过的一句话："人们感觉到是在倾听一曲冥思苦索的音乐。"艾弗斯小姐称赞了那篇书评。她是否由衷称赞呢？在她所有的宣传鼓动背后，她当真有自己的生活吗？那一晚之前，他们之间没有任何抵触情绪。她会出现在晚餐桌旁，在他讲话的时候抬头用吹毛求疵追根究底的眼光看着他，一想到此，他就觉得忐忑不安。看见他不能成功地演讲，她可能也不会感到难过吧。他心里有了个想法，这给了他勇气。他会在谈及凯特姨妈和朱莉娅姨妈的时候这么说：女士们，先生们，我们那渐渐衰老的一代人，或许有他们的不足之处，但是就我而言，我认为他们确实有热情好客、幽默风趣和人道主义的品质，而我们周围成长起来的新一代人，受了太高的教育，严肃有余，在我看来却好像缺少了这些品质。很好，这正适合艾弗斯小姐。他的姨妈们不过是两个目不识丁的老太太，他又在乎什么呢？

房间里一阵低语声引起了他的注意。布朗先生正从门口走进来，殷勤地护卫着朱莉娅姨妈，而朱莉娅姨妈靠在他的胳膊上，垂头微笑着。一阵凌乱的掌声爆发出来，伴随着她走到钢琴边，然后玛丽·简自己在琴凳上坐好，朱莉娅姨妈也收敛了笑容，半转身子，好叫嗓音能够完美地传遍房间，掌声逐渐停了下来。加布里埃尔听出了前奏曲。是朱莉娅姨妈的一首老歌——《穿好嫁衣》。她唱得字正腔圆，铿锵有力，气势很足，不断向点缀着这首小曲的那些快奏部分冲击，她虽然唱得很快，可是却连最细小的装饰音都不曾漏掉。不去看那歌唱者的面容，只听这歌喉，仿佛就能感受并分享那种又迅疾又安逸的飞扬之情。一曲终了，加布里埃尔和其他人一起大声鼓掌，看不见的餐桌旁也传来了响亮的掌声。掌声听上去非常真诚，朱莉娅姨妈的脸忍不住微微有些涨红，她低头去把乐谱架上带皮质封面的歌本换掉，歌本封面上有她名字的首字母缩写。弗雷迪·马林斯听歌的时候侧伸着头，以便听得更清楚些，大家的掌声都停下来了，他还在鼓掌，并热烈地跟母亲说着什么，他的母亲则郑重而缓慢地点头表示赞同。最后，他实在不能再拍巴掌了，就突然站起来，匆匆穿过房间走向朱莉娅姨妈，一把抓住朱莉娅姨妈的手，双手紧紧地握着它、摇着它，却说不出话来，抑或是他嗓音中的嘶声已经太过强烈。

“我刚才在跟我母亲说，”他说，“我从没听您唱得如此精彩，从没有。是的，我从没听过您的嗓音像今晚这么优美。听着！您会相信吗？可确实是这样的。我发誓，凭着我的荣誉，确实是这样。我从没有听过您的嗓音这样清新，这样……这样清楚和清新，从没有。”

朱莉娅姨妈抽出被他紧握着的手，开心地笑着，低声说着过奖了之类的话。布朗先生朝她伸过去张开的手，然后以演出经理人向观众介绍天才的样子对他身边的人说：

“朱莉娅·莫肯小姐，我的最新发现！”

他正打心眼里对自己这番表演开怀大笑的时候，弗雷迪·马林斯却转过来对他说：

“好啦，布朗，要是你当真的话，你可能发现得不那么美妙呢。我能说的只是，我来这里这么久，可从没听过她唱得有这一半好。这可是大实话。”

“我也没听过，”布朗先生说，“我认为她的嗓音大大进步了。”

朱莉娅姨妈耸耸肩，带着一种好脾气的骄傲说：

“三十年前，就嗓音而言，我的嗓音也并不糟糕啊。”

“我过去常跟朱莉娅说，”凯特姨妈强调说，“她在那个唱诗班里干真是糟蹋了，可她就是不听我的话。”

她转过身来，仿佛是恳求其他人用用理性，帮她来对付一个叛逆的孩子似的，而朱莉娅姨妈则凝视着前方，脸上跳跃着一抹若有若无的回忆的微笑。

“可不成，”凯特姨妈接着说，“她就是不听我的话，也不肯由人管教，就在那个唱诗班里没日没夜地当奴隶，真是没日没夜啊。圣诞节的早晨都要六点就开始！可到头来为的啥？”

“哎呀，难道不是为了上帝的荣耀吗，凯特姨妈？”玛丽·简一边问，一边在钢琴凳上笑着扭转身子。

凯特姨妈凶巴巴地转头冲侄女说：

“我知道上帝的荣耀是怎么一回事，玛丽·简，可是我认为教皇一点都不荣耀，他把在唱诗班里被奴役了一辈子的女人们赶出来，却把那些傲慢的年轻小毛头摆到她们的头上去了。我想教皇这么做可能正是为了教会好。可是这不仗义，玛丽·简，这也不正确啊。”

她说得兴起，本要接着为自己的妹妹做一番辩护，因为这话题叫她心里很不痛快，可是玛丽·简看见跳舞的人都回来了，就息事宁人地插话说：

“行啦，凯特姨妈，你这是要叫布朗先生笑话了，他可是属于别的教派啊。”

凯特姨妈转脸去看布朗先生，后者听到自己的宗教信仰如此被提及，就咧嘴一笑，凯特姨妈急忙说：

“噢，我可不是质疑教皇做事正确与否。我只是个愚蠢的老太太，也不会自不量力去做那样的事。可到底是要有寻常普遍的礼貌体面和感激之心吧。我要是处在朱莉娅的位置上，我就会直接当着希利神父的面说去……”

“再者说，凯特姨妈，”玛丽·简说，“我们真的都很饿了，我们一饿，全都会着急上火。”

“我们一渴，也会着急上火。”布朗先生添了一句。

“所以我们最好还是先吃晚餐，”玛丽·简说，“饭后再把话说透。”

在客厅外的楼梯平台上，加布里埃尔发现妻子和玛丽·简正在竭力劝说艾弗斯小姐留下来吃晚餐。可是艾弗斯小姐已经戴上帽子，正在系披风的扣子，她就是不肯留下来。她一点都不觉得饿，而且她已经待了太长时间了。

“就再待十分钟吧，”康罗伊太太说，“不会耽搁你的。”

“就只尝一点点嘛，”玛丽·简说，“都跳了那么多舞了。”

“我真是不能留了。”艾弗斯小姐说。

“恐怕你根本就不喜欢在这里玩吧。”玛丽·简绝望地说。

“我再喜欢不过了，我向你保证，”艾弗斯小姐说，“可你现在真得放我走了。”

“但你怎么回家呢？”康罗伊太太说。

“哦，离码头区就两步路嘛。”

加布里埃尔迟疑了一会，说：

“艾弗斯小姐，如果你非走不可，要是你允许，我可以送你回家。”

可是艾弗斯小姐却挣脱了他们。

“我听都不要听，”她喊道，“看在老天的面子上，都进去吃晚饭吧，别管我了。我完全有能力照顾好自己。”

“你是个怪丫头，莫莉。”康罗伊太太直率地说。

“Beannacht libh[1]。”艾弗斯小姐笑呵呵地说，一路朝楼梯下跑去。玛丽·简凝视着她的背影，脸上的神情抑郁而迷惑，康罗伊太太则趴在扶手上，探身去听厅门开关的声音。加布里埃尔自问，她突然离开是不是因为他呢。不过她似乎心情并不差：她走的时候还笑呢。他茫然地盯着楼下。

---

[1] 爱尔兰语，意为“再见”。

就在那时，凯特姨妈小跑着从用晚餐的房间出来了，她绝望得几乎要绞动双手了。

“加布里埃尔在哪儿？”她叫道，“加布里埃尔到底在哪儿？大家都在里面等着呢，观众入了席，场子却空着，没人切鹅肉啊！”

“我在这里呢，凯特姨妈！”加布里埃尔突然来了精神，大声应道，“如果您需要，我都能把一群鹅全切了。”

餐桌一头摆着一只焦黄的肥鹅，餐桌另一头，一张作衬纸的皱纸上撒着欧芹嫩叶，上面摆着一根已经剥去外皮的大火腿，上上下下都涂上了干面包粉，在胫骨处还套着一个精致的纸圈，旁边是一大块五香牛腿肉。桌子中间配菜排成两列：两小碟堆得冒尖的果冻，一红一黄；浅盘里摆满了牛奶冻块和红果酱，一个叶子形状的绿色大碟子配着一个茎状的把手，上面摆着几串紫葡萄和剥了皮的杏仁，一个盘子搭配着搁在一边，上面是摆成长方形的士麦那无花果，一碟蛋奶糕，顶上点缀着磨碎了的肉豆蔻，满满一小碗包着金银纸的巧克力和糖果，还有个大玻璃花瓶，里面插着些香芹杆。桌子中央有个果盘，橘子和美国苹果在上面堆成了金字塔状，两个老式的大肚子雕花玻璃酒瓶卫兵一样地矗立在两旁，一瓶里面装着波尔图葡萄酒，另一瓶则是红色雪利酒。合着盖的钢琴上，布丁正在黄色的大盘子里严阵以待，后面则是队形整齐的瓶装黑啤酒、麦芽酒和矿泉水，各自按照不同的颜色排列起来，头两排是黑瓶，带着棕色和红色的标签，第三排和最小的一排是白色的，瓶颈上系着绿丝带。

加布里埃尔大大咧咧地在桌子首位上一坐，他瞄瞄切刀的刃，一下子就把叉子捅进了鹅肉里。他现在感觉很轻松，因为他切肉很在行，而且他最喜欢的，莫过于置身于摆放停当的餐桌旁。

“弗朗小姐，我该给你一块什么肉呢？”他问道，“翅膀呢，还是胸脯肉？”

“就来一小片胸脯肉吧。”

“希金斯小姐，你来点什么呢？”

“哦，随便什么都行，康罗伊先生。”

加布里埃尔和戴利小姐交换着盛鹅肉的盘子和盛火腿肉和五香牛肉的盘子，莉莉则端着一盆包裹着白色餐巾的糖粉热土豆，给客人们一个一个地送过来。这是玛丽·简的主意，她还建议给鹅肉加点苹果泥，可凯特姨妈说家常烤鹅不加苹果泥吃起来才好，她希望吃得不能比那差。玛丽·简照应着自己的学生们，确保她们能得到最好的肉片，凯特姨妈和朱莉娅姨妈打开钢琴上的酒瓶子，替先生们拿来黑啤酒和麦芽酒，再替女士们拿来矿泉水。到处喧喧嚷嚷，笑声、闹声响成一片，下命令的，反对命令的，刀叉碰撞，软木塞、玻璃塞打开又盖上。加布里埃尔切完了第一轮，却没有给自己留一份，接着又切第二轮。大家全都大声抗议起来，于是他做了让步，喝下一大口黑啤酒，因为他觉得切鹅肉这差事干起来叫他浑身都发热。玛丽·简静静地坐下来开始吃晚餐，可是凯特姨妈和朱莉娅姨妈却还在小跑着绕着餐桌转，前脚跟着后脚，时时挡着对方的道，互相下命令，却又得不到对方的注意。布朗先生恳求她们坐下来吃晚餐，加布里埃尔也是这样恳求她们，可是她们却说时间还来得及。最后，在众人的笑声中，弗雷迪·马林斯站起来，逮住凯特姨妈，把她按在座位上。

大家都得到周到的招待之后，加布里埃尔微笑着说：

“好啦，要是有人还想再来点粗人们所说的这种填料货，就吱一声。”

大家异口同声地请他开吃他那份晚饭，莉莉走上前来，拿过来她特意为他留下的三个土豆。

“那么很好，”加布里埃尔和顺地说着，又饮下一口开场酒，“女士们，先生们，好心好意忘记我的存在吧，就几分钟。”

他低头吃起晚饭来，餐桌上谈话一直在进行，连莉莉撤盘子的声音都遮掩过去了，他却没有参与进去。他们的话题是当时正在皇家歌剧院演出的歌剧团。男高音巴特尔·达西先生是个黑黝黝的年轻人，留着很帅气的小胡子，他极力称赞剧团的女低音，可是弗朗小姐却认为她的表演风格非常粗俗。弗雷迪·马林斯说，欢乐剧院的圣诞节杂耍剧中，下半场有一个黑人酋长的演唱很精彩，那嗓音是他听过的最好的男高音之一。

“你听过吧？”他问桌子对面的巴特尔·达西先生。

“没有。”巴特尔·达西先生不经意地说。

“因为，”弗雷迪·马林斯解释说，“我倒很想听听你对他的看法。我认为他有副好嗓子。”

“要找好货色，还得看特迪啊。”布朗先生亲热地朝餐桌这边说。

“凭什么他就不能有副好嗓子？”弗雷迪·马林斯不饶人地说，“难道就只因为他是个黑人？”

没有人回答他这个问题，玛丽·简把餐桌上的谈话引回到舞台剧上。她的一个学生给了她一张《梅娘》[1]的入场券。自然那是一部很不错的歌剧，可是却叫她想起了可怜的乔治安娜·伯恩斯。布朗先生还能谈更早时候的事情呢，他一直在谈那些过去常来都柏林演出的意大利老剧团里的人——蒂金斯，伊尔毛·德·穆尔扎卡，坎帕尼尼，伟大的特雷贝利，朱利尼，拉韦利，阿兰布罗[2]。那才是好日子呢，他说，那时候在都柏林还能听到像样的演唱。他还说，从前皇家剧院那些最热诚的观众往往一夜又一夜坐满了场，有一晚一个意大利男高音唱《让我像一个战士那样倒下》，应观众要求返场五次，每次都唱出一个高音C，还有那些观众小伙子有时热情澎湃，会卸掉某位了不起的首席女歌手拉马车的马，然后他们亲自去拽她的马车，穿过条条街道，一直送她回到旅馆。他问，现在为什么就是不再上演过去那些大手笔的歌剧了呢，比如《迪诺拉》和《卢克雷齐娅·博尔贾》？那是因为他们找不到能够演唱这些歌剧的歌喉了：就是这原因。

“哦，可是，”巴特尔·达西先生说，“我却认为当今的歌手并不比那时候的歌手逊色。”

“他们在哪里呢？”布朗先生挑衅地问。

“在伦敦，在巴黎，在米兰。”巴特尔·达西先生热情洋溢地说，“比如，卡鲁索，我觉得，就算他不比你说的那几位强，

---

[1]《梅娘》是当时最流行的一部法国歌剧，故事情节取自歌德著作，讲述贵族出身的女孩梅娘发疯、清醒，以及找寻身世的坎坷经历。

[2] 这都是当时著名的歌剧演员，都到爱尔兰做过巡回演出，并很受欢迎。

也完全可以跟他们平起平坐了。”

“或许如此吧，”布朗先生说，“不过我可以告诉你，我很怀疑呢。”

“哦，为了听卡鲁索演唱，我愿意付出一切代价。”玛丽·简说。

“对我来说，”一直在剔骨头的凯特姨妈说，“只有一位男高音。我是说，能叫我称心的男高音。可我猜想你们都不曾听过他演唱呢。”

“他是谁呀，莫肯小姐？”巴特尔·达西先生彬彬有礼地问。

“他的名字啊，”凯特姨妈说，“叫帕金森。我在他鼎盛时期听过他的演唱，我觉得他那时的嗓音是一个男人的喉咙中能发出的最纯净的男高音。”

“奇怪，”巴特尔·达西先生说，“我怎么从没有听说过他。”

“是啊，是啊，莫肯小姐说得对，”布朗先生说，“我还记得听他演唱呢，不过对我来说那也是太久远的过去了。”

“漂亮、纯净、甜美又饱满的英国男高音啊。”凯特姨妈满怀热情地说。

加布里埃尔吃完了，那一大块布丁移上了餐桌。叉匙的叮当声又响起来了。加布里埃尔的妻子把布丁一勺勺分到盘中，再把盘子沿桌传递下去。传到桌子中间，玛丽·简接过去，满满地添上紫莓汁或橘子汁，或者加上牛奶冻和果酱。布丁是朱莉娅姨妈做的，受到四面八方的赞扬。她自己却说烤得不够焦黄。

“可是，我希望，莫肯小姐，”布朗先生说，“我对您来说够焦黄了，因为，要知道，我可是地地道道地焦黄啦。”[1]

除了加布里埃尔，所有的男士们为了表示对朱莉娅姨妈的赞扬，都吃了些布丁。加布里埃尔从来不吃甜食，所以香芹杆就归了他。弗雷迪·马林斯也拿了一根香芹杆，就着布丁吃了。有人告诉他，香芹对血液特有好处，而他正在接受医生的治疗。马林斯太太晚饭时一直默默无语，这时才开口说，大约再过一个星期，儿子就要动身去梅勒雷山了。于是人们围桌谈论起梅勒雷山来，说那里的修士们如何如何热情好客，又说他们如何如何不肯向客人们索要一文钱。

“你的意思是说，”布朗先生难以相信地问，“一个人可以分文不付，却能去到那边住下，就好像那里有旅馆一样，还能大吃当地的美食？”

“哦，大部分人临走会给修道院捐点钱的。”玛丽·简说。

“真想我们教派也有一处那样的地方啊。”布朗先生不加掩饰地说。

听说那些修士从不讲话，每天凌晨两点就起床，还在棺材里睡觉，他不禁大吃一惊。他问，他们为什么要这么做。

“那是他们那个教阶的规矩。”凯特姨妈肯定地说。

“是规矩，可是为什么呢？”布朗先生追问。

凯特姨妈重复说，那是规矩，就这么回事。布朗先生好像还是不明白。弗雷迪·马林斯就想尽办法给他解释，说那些修士这样做是试图补偿罪过，补偿外面尘世里所有罪人犯下的罪

---

[1] 布朗的英文词义就是焦黄。

过。这解释并不算清楚，因为布朗先生咧嘴一笑，依旧在问：

“我很喜欢这个想法，可是舒适的弹簧床跟棺材，对他们来说不是一回事儿吗？”

“棺材嘛，”玛丽·简说，“是要提醒他们勿忘最后终结。”

这个话题变得有些丧气了，因此餐桌上一片沉默，将其渐渐掩埋，静默中人们听得见马林斯太太压低嗓音，含混不清地对邻座上的人说：

“他们都是好人呢，那些修士，很虔诚的人啊。”

现在满桌传递的是葡萄干、杏仁、无花果、苹果、橘子、巧克力和糖果，朱莉娅姨妈盛情邀请所有的客人都来点儿波尔多葡萄酒或雪利酒。开头巴特尔·达西先生还不肯喝，后来坐在他旁边的一个人捅捅他，在他耳边嘀咕了些什么，于是他便让人家把酒杯斟满了。最后几杯倒满的时候，谈话渐渐停了下来。打破停顿的只有倒酒的声音和拉动椅子的声音。三位莫肯小姐全都低头去看餐桌布。有人咳了一两声，然后有几位先生轻轻拍打桌子，示意大家安静。静下来之后，加布里埃尔往后一推椅子，站起身来。

拍桌子的声音立刻响得更加厉害以示鼓劲儿，随后就完全停了下来。加布里埃尔把十根颤抖的手指撑在桌布上，紧张地朝大家微笑着。迎面看到朝他仰起的一张张脸，他便抬头去看那枝形吊灯。钢琴在弹奏一首华尔兹舞曲，他能听见裙边扫过客厅门的声音。或许，外面有人正站在码头的雪地里，抬眼凝视亮灯的窗户，聆听华尔兹乐曲。那里的空气是纯净的。在远处的公园里，树上已经堆着厚重的雪。威灵顿纪念柱戴了一顶闪亮亮的雪帽，朝西映照着十五英亩的白色田野。

他开始了：

“女士们，先生们。

“今晚，像过去那些夜晚一样，这令人非常愉快的重任又落到了我的肩上，而我担心，自己作为演讲者力量微薄，不足以承担。”

“哪里，哪里！”布朗先生说。

“不过，无论结果会怎样，我只能请大家笑纳我这份心意，听我讲上几分钟，让我努力用语言向你们表达一下，此情此景下我的感受。

“女士们，先生们。我们聚集一处，来到这充满热情的屋檐下，围绕在这好客的餐桌前，已不是第一次了。我们领受——或者我还不如说，承受——某些贤淑女士的热情招待，也已不是第一次了。”

他的胳膊在空中挥了一圈，停顿了一下。大家或大笑，或微笑，都看向凯特姨妈、朱莉娅姨妈和玛丽·简，她们的脸全都因为喜悦而涨得通红。加布里埃尔更加大胆地说下去：

“一年又一年，我越来越强烈地觉得，我国的传统美德中，最令人称誉、也最应该小心维护的，莫过于热情好客。与现代各国传统相比较而言，我国这个传统格外独特，至少从我个人的经历来看是这样——我曾游历国外，去过不少地方。有人或许会讲，与其说这是我们可以拿来夸耀的东西，不如说它是阻碍我们强盛的不足之处。可即便承认这一点，在我心里，它也是高贵的不足之处，而且我相信，我们会继续在我们中间长久培育这高贵的不足之处。至少，有一点，我确信不疑。只要我前面所说的这三位贤淑女士还在这屋檐下栖身——我从心底深处希望，未来年年岁岁有如今日——那么这种爱尔兰式真正热情有礼的好客之道，这种先辈留传给我们的好客之道，这种我们时机一到也必须传给后人的好客之道，就会活生生地存在于我们中间。”

餐桌周围发出一阵由衷赞同的低语。加布里埃尔心里豁然开朗，艾弗斯小姐不在这里，而且她走得很没礼貌，于是他很自信地说：

“女士们，先生们。

“我们的新一代，受到新思想和新原则激励的一代成长起来了。他们严肃热情地追求那些新思想，而他们的热情，纵然是用错了方向，我相信，大部分也是真诚的。但我们确实生活在怀疑主义的时代，如果我可以用一个词形容的话，这个时代可谓备受思想折磨；有时候我不禁担心，这新一代，受了教育，事实上受了太多的教育，却缺了那些品质，就是：人道主义，热情好客，还有善意的幽默，这些属于往昔的品质。今晚，听到从前那些伟大的歌唱家的名字，我必须坦然承认，在我看来，我们如今生活的时代好像不那么开明。而那些旧时光却可以毫不夸张地被称作开明时光：如果那一切都已经远逝，再也唤不回来，那么就让我们抱着这样的希望吧。至少，在这样的聚会中，我们还可以满怀自豪和深情谈论他们，还可以在我们的心中珍藏有关那些伟人的记忆。他们已是逝者，离此世远去，但他们的赫赫盛名，此世并不情愿任其湮灭。”

“听听，听听吧！”布朗先生大声说。

“然而，”加布里埃尔接着说，他的声音低沉下去，有了一丝温柔的变化，“在这样的聚会中，总会有叫人悲伤的思绪涌上心头：关于过去，关于青春，关于世事变迁，关于今晚没有在这里出现却叫我们思念的那些面容。我们走过的生活道路上，洒满这样的悲伤回忆：倘若我们总是沉溺其中，我们将找不到豪情在生者当中继续勇敢地劳作。我们全都有生者的责任，生者的眷恋，这些责任和眷恋要求我们，合情合理地要求我们付出艰苦的努力。

“因此，我不会纠结于过去。今夜我不会让任何阴郁的说教到这里来侵染我们。我们每日忙忙碌碌，今日才得这片刻欢聚。我们相会于此，彼此都是怀着互助友好精神的朋友，也是在某种程度上真正具有志同道合精神的同道，我们个个都是她们的客人——我该怎样称呼她们呢？——她们就是都柏林音乐世界的美惠三女神。”

餐桌上的人们对这番激情澎湃的演讲报以掌声和笑声。朱莉娅姨妈徒然地恳请左右邻座，想让他们给她讲讲加布里埃尔说了些什么。

“他说我们是美惠三女神，朱莉娅姨妈。”玛丽·简说。

朱莉娅姨妈没有听懂，不过她却抬头微笑着朝加布里埃尔看去，他正用同样的语气继续讲道：

“女士们，先生们。

“从前帕里斯[1]在另一个场合下所扮演的角色，我今晚不会

[1] 帕里斯是希腊传说中的特洛伊王子，牧羊时遇见天后赫拉、爱神阿芙洛狄忒和智慧女神雅典娜在比试美丽，他把象征胜利的金苹果赠予了阿芙洛狄忒，因而后来赢得了海伦的爱情，却为特洛伊城招来了灭顶之灾。

尝试扮演。我不会试图在她们中间做什么优劣的选择。那差事厚此薄彼，会招来怨恨，以我微薄之力，断难承担。我一个个朝她们看去，我们那位年长的女主人，她心善，她心太善，认识她的人有口皆碑；她的妹妹好像青春永驻，今晚她一展歌喉，叫我们大吃一惊，开了眼界；那最后一位也丝毫不逊色，我们这位最年轻的女主人，我看她才华横溢、天性快乐、兢兢业业，还是世上最好的侄女，我得承认，女士们先生们，这时候我实在不知该把锦标发给谁。”

加布里埃尔低头看了一眼姨妈们，只见朱莉娅姨妈的脸上笑容灿烂，而凯特姨妈的双眼已经涌上泪水，于是他赶紧收尾。他殷勤地举起那杯波尔多葡萄酒，全体客人也都有所期待地伸手去碰酒杯，他大声说：

“让我们为她们三位一起干杯。让我们干杯，祝她们健康、富有、长寿、幸福如意，祝愿她们在职业岗位中长久保持各自的位置，那位置她们全凭自己挣来，当之无愧；也祝愿她们长久保持在我们心中的位置，那是备受爱戴和尊敬的位置。”

所有的客人都起立，手端酒杯，面向三位坐着的女士，在布朗先生的带领下，他们齐声高唱：

因为他们是快活好汉，
因为他们是快活好汉，
因为他们是快活好汉，
没人能否认。

凯特姨妈不加掩饰地用上了手帕，连朱莉娅姨妈好像都有些感动了。弗雷迪·马林斯拿布丁叉子敲着节拍，唱歌的人们转而彼此相对，仿佛是在开音乐会议一般，强调唱出：

除非他说瞎话。
除非他说瞎话。

然后他们又面向女主人们，唱道：

因为他们是快活好汉，
因为他们是快活好汉，
因为他们是快活好汉，
没人能否认。

随后欢呼声感染了餐厅门那边的许多客人，一次又一次地重复着，而弗雷迪·马林斯就热心地拿着叉子当指挥棒。

大家都站在大厅里，凌晨刺骨的寒气进来了，于是凯特姨妈说：

“谁把门关上吧。马林斯太太得了风寒可会要命的。”

“布朗还在外面呢，凯特姨妈。”玛丽·简说。

“布朗无处不在。”凯特姨妈压低嗓音说。

玛丽·简嘲笑着她的语调。

“真的，”她调皮地说，“他随叫随到呀。”

“他像煤气灯一样，就安置在这里了，”凯特姨妈用同样的调皮口气说，“整个圣诞节期间天天如此啊。”

她自己这回也喜滋滋地笑起来，又赶紧说：

“不过还是叫他进来吧，玛丽·简，再关上门。我求老天保佑他没听到我说的话。”

就在那时，大厅的门开了，布朗先生一边从门阶上走进来，一边哈哈大笑，仿佛心都要笑爆了。他穿着一件绿色长大衣，领口袖口上有仿羊皮翻毛边，头上还戴了一顶椭圆形的皮帽。他往下指着白雪皑皑的码头，那边传来了尖利而悠长的口哨声。

“都柏林所有的出租马车都要被特迪叫来了。”他说。

加布里埃尔从杂物间后的小配餐室里走上前来，一边费劲地穿着大衣，一边四处打量着前厅，说：

“格雷塔还没下楼来吗？”

“她正在收拾自己的东西呢，加布里埃尔。”凯特姨妈说。

“谁在楼上弹琴呢？”加布里埃尔问。

“没人啊。他们都走了。”

“哦，不对，凯特姨妈，”玛丽·简说，“巴特尔·达西和奥卡拉汉小姐还没走呢。”

“反正啊，有人弹琴正弹得很起劲儿呢。”加布里埃尔说。

玛丽·简瞅瞅加布里埃尔和布朗先生，哆嗦了一下说：

“瞧你们二位先生包裹得那么严实，我就觉着冷。我可真不想面对你们这会儿回家要走的那段路啊。”

“趁这时节到乡间轻松地散散步，”布朗先生豪迈地说，“或者轻车快马飞驶上一阵子，再没有比这更叫我喜欢的了。”

“我们家从前有过一匹非常棒的骏马和一辆双轮轻便马车。”朱莉娅姨妈伤感地说。

“叫人永远难忘的约翰尼啊。”玛丽·简大笑着说。

凯特姨妈和加布里埃尔也大笑起来。

“怎么，约翰尼有什么奇妙事儿吗？”布朗先生问道。

“我们令人怀念的祖父，已故的帕特里克·莫肯，”加布里埃尔解释道，“就是那位晚年人称老头子的，他是个熬胶的。”

“哦，行了，加布里埃尔，”凯特姨妈笑着说，“他可有一家淀粉磨房呢。”

“唉，胶也罢，淀粉也罢，”加布里埃尔说，“这老头子有一匹名叫约翰尼的马。约翰尼常在老头子的磨房里干活，一圈一圈地走啊走啊，就为推磨。一切都好好的，可约翰尼的惨事儿就来了。有一个艳阳天，老头子想要跟达官贵人们一道，去公园瞧人家阅兵。”

“上帝啊，怜悯他的灵魂吧。”凯特姨妈满怀同情地说。

“阿门，”加布里埃尔说，“于是这老头子，就像我说的那样，赶上约翰尼，戴上最帅的高顶礼帽，配上最俏的硬领结，大摇大摆出了祖屋，我想那祖屋是在后街某个地方吧。”

见加布里埃尔那样子，大家全笑起来，连马林斯太太都笑起来，凯特姨妈说：

“哦，行了，加布里埃尔，他可不住后街。不过磨房在那儿罢了。”

“出了祖屋，”加布里埃尔接着说，“他赶着约翰尼往前走。

一切都做得很漂亮，直到约翰尼瞧见了比利国王[1]的塑像：不知是爱上了比利国王座下那匹马，还是以为自己又回到了磨房，反正约翰尼围着塑像转起圈来，一趟又一趟。”

加布里埃尔穿着高筒雨靴，在大家的笑声中，绕大厅走了一圈。

“他转呀转呀，”加布里埃尔说，“老头子呢，可是个很自以为是的老头子，他气得怒火中烧。‘往前走啊，先生！你这是什么意思啊，先生？约翰尼！约翰尼！这样做也太出格啦！搞不懂你这匹马！’”

加布里埃尔连说带比画地讲完这一段，大家立刻发出一阵笑声，但厅门上传来的一阵震耳的敲门声，打断了大家的笑声。玛丽·简跑去打开门，把弗雷迪·马林斯放了进来。弗雷迪·马林斯帽子朝脑后推着，冻得缩着两肩，费了这一阵子力气后，正呼哧喘着白气。

“我只弄到一辆出租。”他说。

“哦，到了码头上，我们会再叫一辆。”加布里埃尔说。

“是啊，”凯特姨妈说，“最好别叫马林斯太太站在风口上等。”

马林斯太太被儿子和布朗先生扶着走下门前台阶，又费了很多周折才被拽进了出租马车。弗雷迪·马林斯随后努劲儿爬上马车，花了很长时间才把她安顿在座位上，布朗先生则一直

[1] 奥兰治的威廉，英格兰的威廉三世（出生于1650年，1689年至1702年间执政）。

给他提着建议。她总算舒舒服服地坐定了，弗雷迪·马林斯便请布朗先生也进马车来。大家七嘴八舌说了好多话，然后布朗先生进了马车。车夫把小毯子在膝盖上整好，俯身问地址。这样一来就更加混乱了，弗雷迪·马林斯和布朗先生各自从马车窗口探出头去，告诉车夫不同的方向。为难的是要弄清楚沿途该在什么地方把布朗先生搁下，于是凯特姨妈、朱莉娅姨妈，还有玛丽·简，全都站在门阶上帮着讨论，发出各自矛盾的指示，一时笑声不绝。弗雷迪·马林斯已经笑得说不出话来。他时不时地从窗口冒出头来，弄得帽子险象环生，然后又缩回头，告诉母亲讨论进行到什么地步了。最后，布朗先生压过吵吵嚷嚷的声音，朝着已经无所适从的车夫大喊：

“你知道三一学院怎么走吧？”

“知道，先生。”车夫说。

“那好，一路直驶到三一学院大门口，”布朗先生说，“到了那儿我们再告诉你接下去怎么走。你现在明白了吗？”

“明白了，先生。”车夫说。

“那就像小鸟一样朝三一学院飞去吧。”

“好啊，先生。”车夫叫道。

在一片笑声和道别声中，马鞭一抽，马车轻快地沿着码头朝前驶了出去。

加布里埃尔并没有和其他人一道去门口。他站在前厅的阴影里，向上凝视着楼梯。一层楼梯接近顶部的地方，有个妇人也正站在阴影里。他看不到她的面容，却可以看见她那赤褐与浅红相间的裙边，在阴影中变成黑白两色。这是他的妻子。她正倚在楼梯扶手上，侧耳倾听。看到她这般静静的样子，加布里埃尔有点惊讶，便也侧耳去听。可他只听到前门台阶上说笑争论的闹声，钢琴上奏出的几个音符，还有一个男人吟唱的几段乐句，除此之外，几乎再也听不到什么了。

他静静伫立在昏暗的大厅中，竭力想听出唱的是什么曲调，他仰头凝神看着妻子。她的姿态优雅而神秘，仿佛有所象征。他自忖，一个女人站在阴影中的阶梯上，聆听着远处传来的乐声，这象征的会是什么呢？他若是个画家，就会画下她那时的姿态。昏暗的背景里，她的蓝色毡帽会衬托出古铜色头发，而她裙边中的深浅两部分也能相互映衬。他若是个画家，就会给这幅画面取名为“遥远的乐声”。

厅门关上了；凯特姨妈、朱莉娅姨妈和玛丽·简朝厅里走来，她们仍然在大笑。

“哎呀，弗雷迪难道不是很要命吗？”玛丽·简说，“他真是太要命了。”

加布里埃尔什么也没说，只朝妻子站着的楼梯上指了指。大厅的门一关，歌声和琴声就听得清楚些了。加布里埃尔朝她们举起手，示意她们安静。那首歌好像是古爱尔兰歌谣的调子，演唱的人似乎也拿不准那歌词，掌握不好歌喉。因为距离，因为歌者的嘶哑，那嗓音听上去很是哀怨，略微地也展示出那小调的节奏，唱出凄切的歌词：

哦，雨水滴落在我浓密的发卷上，
露水打湿了我的皮肤，

我的娇儿冰冷地躺在……[1]

“噢,”玛丽·简叫道,“是巴特尔·达西在唱啊,一晚上他都不肯唱呢。哦,他走之前,我要去叫他再唱一曲。”

“哦,一定要啊,玛丽·简。”凯特姨妈说。

玛丽·简从其他人身边擦过,朝楼梯跑去,可她还没跑到楼梯那边,歌声就停了下来,钢琴也突然合上了。

“哦,多遗憾啊!”她大声说,“他是要下来吗,格雷塔?”

加布里埃尔听见妻子应了一声“是”,又看见她朝他们走下来。在她身后几级楼梯处就是巴特尔·达西先生和奥卡拉汉小姐。

“噢,达西先生,”玛丽·简大声说,“我们全都欣喜若狂地聆听你唱歌,你却那样戛然而止,太不厚道啦。”

“我一晚上都在鼓动他,”奥卡拉汉小姐说,“康罗伊太太也是,可是他却跟我们说他着了凉,病得厉害,唱不了。”

“哦,达西先生,”凯特姨妈说,“这可真是个弥天大谎。”

“我嗓子哑得像乌鸦叫,你难道看不到吗?”达西先生粗鲁地说。

他匆匆走进配餐室穿上外衣。大家都被他这番粗鲁的话弄

[1] 选自爱尔兰西部歌谣《奥赫里姆的姑娘》,叙述奥赫里姆地方的一位农家女被一个地主老爷始乱终弃,于是抱着孩子冒雨来到情人的城堡,却被情人的母亲骗开,走投无路,跳海自尽。其情人得知真相后,急忙赶往海边,却只见到姑娘和孩子淹死的惨状。歌谣以男主人公对姑娘的哀悼以及对自己母亲的诅咒结尾。

得错愕不已，一时竟找不到话说。凯特姨妈前额堆起了皱纹，示意别人都不要再说这个话题了。达西先生站在那里，细致地裹好自己的脖子，皱着眉头。

“都怪这天气不好。”朱莉娅姨妈停了一会儿说。

“是啊，大家都着凉了，”凯特姨妈赶紧说，“都着凉了。”

“据说，”玛丽·简说，“我们有三十年没下过这么大的雪了；而且我今天早晨看到报纸上说，全爱尔兰都普降大雪了呢。”

“我喜欢雪的样子。”朱莉娅姨妈忧伤地说。

“我也喜欢，”奥卡拉汉小姐说，“我觉得，圣诞节地面上要盖着雪才好，不然就不算真正的圣诞节。”

“但可怜的达西先生却不喜欢雪。”凯特姨妈微笑着说。

达西先生从配餐室里走了出来，包裹得严严实实，扣子也全都系得紧紧的，然后用一股将功补过的腔调向他们讲述了自己着凉的过程。大家全都给他出了主意，说这太可惜了，又都强烈要求他在夜晚的空气中格外留心自己的喉咙。加布里埃尔看着妻子，她并没有加入谈话。她就站在布满灰尘的气窗下，煤气灯的火焰照耀着她那古铜色的浓发，就在几天前，他见她在炉边晾干这浓发。她保持同样的姿态，好像没有留心周围的人在谈些什么。她终于朝他们转过身时，加布里埃尔看到，她的双颊泛红，眼睛亮闪闪的。一股快乐的潮水突然从他心底涌出来。

“达西先生，”她说，“您刚才唱的这首歌歌名叫什么？”

“叫《奥赫里姆的姑娘》，”达西先生说，“不过我已经记不准了。怎么？您知道这首歌？”

“《奥赫里姆的姑娘》，”她重复道，“我想不起这名字了。”

“这是首很动听的小调。”玛丽·简说，“今晚你的嗓子不适，我很遗憾。”

“行了，玛丽·简，”凯特姨妈说，“别去烦扰达西先生。我可不许他受烦扰。”

她见大家都准备好了，就护送他们走到门口，道了晚安：

“好啊，晚安，凯特姨妈，这一晚过得很愉快，谢谢您。”

“晚安，加布里埃尔。晚安，格雷塔！”

“晚安，凯特姨妈，非常感谢。晚安，朱莉娅姨妈。”

“哦，晚安，格雷塔，我刚才没看到你。”

“晚安，达西先生。晚安，奥卡拉汉小姐。”

“晚安，莫肯小姐。”

“再一次祝您晚安。”

“大家晚安。平平安安到家啊。”

“晚安。晚安。”

凌晨仍然很黑暗。暗淡的黄色光线笼罩着房屋和河流；天空仿佛要压下来。脚下又是雪又是泥；屋顶上，码头的挡墙上，还有地块的围栏上，只有一条条一块块的积雪。雾蒙蒙的空气中，泛红的路灯仍然亮着，河对面，四院大厦顶着阴云密布的天空，巍然耸立。

她就在他前面跟巴特尔·达西先生一道走着，她的鞋子包在褐色的小包里，夹在胳膊底下，双手提着裙子，免得沾上泥泞。她的姿态不再优雅，可是加布里埃尔的双眼仍然闪动着幸福。他的血管中热血涌动；各种思绪在他的头脑中激荡，骄傲，快乐，柔情，英勇。

她走在他前面，步态轻盈，身材挺直，叫他忍不住想要无声无息追上去，抱住她的双肩，在她耳边说些深情的傻话。在他看来她是那么柔弱，他真想护她周全，然后与她孤身独处。他们私密生活的点点滴滴，像星星一样灿烂地绽放在他记忆之中。一个浅紫红色的信封搁在早餐杯子的旁边，他用手摩挲着它。小鸟在常春藤中叽叽喳喳，阳光透过窗帘的网眼落下来，在地板上摇曳闪动；他幸福得吃不进食物。他们站在拥挤的月台上，他把一张票放进她那戴着手套的温暖的手掌中。他和她一起站在冰冷的室外，透过一扇装了花栅的窗户看一个男人就着熊熊的炉火中吹制瓶子。非常寒冷。她的脸在冷冷的空气中散发着芬芳，紧紧贴近他的脸；突然，她朝炉前的男人喊：

“火很热吧，先生？”

可是火声哔剥，那人听不见她的话。或许这样更好。他可能会拿粗话来回答她呢。

一阵更加温柔的快乐从他心底溜出，随着热血流遍了他全身的血管。就像星星那柔和的亮光，他们共同生活的点点滴滴，那些无人知道，也无人会知道的点点滴滴，就那么喷薄而出，照亮了他的记忆。他渴望向她回顾那些点点滴滴，渴望让她忘记他们在一起那些平淡的岁月，只记取那些心醉神迷的瞬间。因为，他觉得，岁月并没有扑灭他心中的灵性，也没有扑灭她的灵性。他们养儿育女，他埋头写作，她操持家务，这些都没有扑灭他们心中灵性，没有扑灭所有的柔情火焰。那时他曾在写给她的一封信中说：为什么这样的词句在我看来是如此平淡如此冷漠？是不是因为没有字眼能够像你的名字那么温柔？

像遥远的乐声一样，他多年前写下的这些话又从过去传回到他这里。他真想跟她孤身独处。等别人都走掉了，等他和她回到旅馆的房间，他们就可以单独在一起了。他会轻柔地呼唤她：

“格雷塔！”

或许她不会马上就听得进去，她会先脱掉外衣。然后他声音中的某种意蕴就会打动她。她会转过身来看着他……

在酒馆街的拐角处他们遇到一辆出租马车。听到轰隆隆的车声，他觉得很高兴，因为不必说话了。她看着窗外，样子很疲惫。别人也只是指点着外面的建筑或街道，说上三言两语。清晨雾蒙蒙的天空下，拉车的马跑得无精打采，马蹄后拖拽着叮当作响的旧车厢，加布里埃尔仿佛又身处另一辆马车中，和她在一起，飞驰着去赶渡船，飞驰着去度蜜月。

马车驶过奥康奈尔桥的时候，奥卡拉汉小姐说：

“人家说，看不到白马，就过不了奥康奈尔桥。”

“我这回看到的是个白人儿。”加布里埃尔说。

“在哪儿啊？”巴特尔·达西先生问道。

加布里埃尔指了指矗立在一旁的那座雕像[1]，上面有斑驳的积雪。然后他亲热地朝雕像点点头，挥挥手。

[1] 奥康奈尔桥头的雕像是爱尔兰政治领袖丹尼尔·奥康奈尔（1775—1847）的胸像。

“晚安，丹。”他快活地说。

马车在旅馆门口停下，加布里埃尔跳下马车，不顾巴特尔·达西先生的反对，付清了车费。他还额外给了那车夫一个先令。车夫行了个礼说：

“祝您新年发大财，先生。”

“你也发财。”加布里埃尔热诚地说。

她下车时在他胳膊上靠了一会儿，然后站在马路牙子上，向其他人道晚安。她轻盈地靠在他的胳膊上，轻盈得就好像是几小时前她跟他共舞时一样。他那时觉得又自豪又幸福，因为她属于他而幸福，因为她举止典雅贤淑而自豪。可是现在，重新点亮了这么多回忆之后，乍一触碰到她的身体，那富有韵律的、陌生的、芬芳的身体，他不禁起了一股贯穿全身的痛切欲望。在她沉默的掩饰下，他把她的胳膊往自己肋下夹得更紧；他们站在旅馆门口，他只觉得他们已经逃离了生活和责任，逃离了家庭和朋友，一起怀着奔放而灿烂的心跑开了，开始了新的冒险。

大堂里，一个老人正在带遮檐的大椅子上打盹。他到办公室点上蜡烛，引他们朝楼梯走去。他们默默地跟着他，脚步轻轻地落在铺着厚厚地毯的楼梯上。她紧随着那看门人，微微低着头向上攀登，柔弱的双肩仿佛因不堪重负而耷拉下来，她把裙子紧紧地裹在身上。他满可以猛地伸出双臂抱住她的臀部，抱住她不动，他的双臂颤抖着，渴望能够抓住她，他用指甲使劲掐着掌心，这才遏制住自己体内那野性的冲动。看门人在楼梯上停下来，好让摇曳不定的烛光稍稍安稳。他们也在下面的阶梯上停下脚步。静默中，加布里埃尔听得到蜡烛融化滴落在托盘上的声音，听得到自己的心脏撞击肋骨的声音。

看门人领着他们穿过走廊，打开一扇门。他把忽明忽暗的蜡烛搁到梳妆台上，又问上午几点要来叫他们。

“八点。”加布里埃尔说。

看门人朝电灯的开关指了指，咕哝着抱歉的话，加布里埃尔打断了他。

“我们不缺光。街上的灯光就够我们使的了。我说还有啊，”他指着蜡烛又说，“您不妨拿走这漂亮玩意儿，就算做好事了。”

看门人很惊诧于这新颖的想法，就又动作缓慢地端起了蜡烛。然后他小声道了晚安，出去了。加布里埃尔锁上房门。

街灯照进一道昏昏冥冥的光线，长长的，从窗口一直斜贯到门口。加布里埃尔把大衣和帽子甩到沙发上，穿过房间朝窗口走去。他俯视着街道，好让情绪稍稍平定下来。然后他转过身，背光倚在抽屉橱上。她已经脱掉了帽子和披风，正站在活动穿衣镜前，解着腰部的扣子。加布里埃尔停在那里，看着她的一举一动，然后他说：

“格雷塔！”

她缓缓转身离开镜子，循着光线向他走来。她的面容看上去很严肃，很疲倦，叫加布里埃尔的话一时说不出口来。不，时机未到。

“你看上去很累啊。”他说。

“我的确有点儿累。”她回答。

“你是不是病了，或者觉得虚弱？”

“不是，累了，就是累了。”

她朝前走到窗口，站在那儿向外看去。加布里埃尔又等了一会，他担心羞怯马上就要征服自己了，就突兀地说：

“顺便说说啊，格雷塔！”

“什么事？”

“你了解马林斯那可怜的家伙吧？”他赶紧说。

“了解。他怎么啦？”

“哎呀，可怜的家伙，他到底还是个体面人啊，”加布里埃尔用虚假的嗓音接着说，“他把我借给他的一个金币还给了我，而我根本都不指望他能还我了。他就不能离那个布朗远一点儿，真叫人遗憾，实际上他心不坏。”

他心烦意乱得都要发抖了。为什么她看上去这样心不在焉呢？他不知道该从何说起了。她是不是也在为什么事情烦恼呢？要是她能自愿朝他转过身走上前来就好啦！她现在这样子，他如果去要她，就是畜生行为。不行，他必须先看到她眼里生出热情来。他渴望成为她那陌生情绪的主人。

“你什么时候借给了他一英镑？”她顿了一下问。

加布里埃尔强忍着，才没有拿难听的话去骂醉醺醺的马林斯和那一英镑。他渴望从灵魂深处向她呼喊，渴望用她的肉体来摩擦自己的肉体，渴望驯服她。可是他却说：

“哦，圣诞节的时候，那时候他要在亨利街上开间小小的圣诞卡店。”

他只觉得激情和欲望叫他浑身发热，竟没有听到她从窗边走过来了。她在他面前站了一会儿，怪怪地看着他。然后，她突然踮起脚，翘起身子，两手轻轻地搭在他的肩上，吻了他。

“你很大方，加布里埃尔。”她说。

加布里埃尔觉得这话说得雅致，再加上她那突然的一吻，不禁快乐得浑身发抖，他就把手放到她头发上，朝后梳拢，但他的手指几乎没有碰到她的秀发。头发洗过后变得腻滑而光亮。幸福充溢在他心头。如他所愿，她自觉自愿地来到他的面前。或许她的思绪一直在和他比翼齐飞呢。或许她已经感觉到了他心中冲动的欲望，然后顺从的心境降临到她身上。她如今这样轻易地屈服于他，他不禁觉得奇怪自己先前怎么会那样羞怯。

他站在那里，双手捧住她的头。然后，他的一只手迅速滑落下去搂住她的身体，把她往自己怀里一拉，轻柔地说：

“格雷塔，亲爱的，你在想什么呢？”

她没有回答，也没有投身到他的怀中。他又轻柔地问了一句：

“告诉我是什么事吧，格雷塔。我觉得我知道是怎么回事。我是不是知道？”

她没有马上回答。然后她的泪水喷涌而出，她说：

“哦，我正在想那首歌，《奥赫里姆的姑娘》。”

她从他怀里挣脱出来，跑到床边，双臂抱住床栏杆，掩住了自己的脸。加布里埃尔吃惊地呆立在原地，过了一会儿，他跟着走过去。走过转动穿衣镜的时候，他瞥见了自己的全身影像，穿着衬衫的前胸宽阔紧绷，脸上的表情叫他自己也迷惑，他每次在镜中看到自己，总是对自己的表情，还有他那亮闪闪的金边眼镜感到迷惑。在离她几步之遥的地方，他停下了脚步，说：

“那首歌怎么啦？为什么会惹你哭起来？”

她抬起头，像个孩子似的拿手背擦干眼泪。他的声音里有一种和蔼的语调，比他原本打算的要和蔼。

“为什么呢，格雷塔？”他问。

“我想到了一个故人，很久以前也曾唱过这首歌。”

“很久以前的这个故人是谁呀？”加布里埃尔微笑着问。

“从前我在戈尔韦跟奶奶住在一起的时候，认识的一位故人。”她说。

微笑从加布里埃尔的脸上消失了。一股模糊的怒气再次聚集在他的心灵深处，他的血脉中，阴郁的欲望之火愤怒地燃烧起来。

“你从前爱上的某个人吧？”他讥讽地问。

“是我从前认识的一个小伙子，”她说，“名叫米迦勒[1]·富里。他经常唱那首歌，就是《奥赫里姆的姑娘》。他身子很娇弱。”

加布里埃尔默然无语。他可不想让她以为他对这个娇弱的小伙子有什么兴趣。

“他就在我眼前，清清楚楚的，”她过了一会儿又说，“他有那么一双眼睛，又大又黑的眼睛！那眼睛里的神色——那神色！”

“哦，那么，你那时是爱上他喽？”加布里埃尔说。

“我在戈尔韦的时候，”她说，“常常跟他出门散步。”

---

[1] 米迦勒也是基督教中的天使长之一，曾率军与撒旦斗争。他还负责在天上监视记录人们的行为。

加布里埃尔的心头闪过一个念头。

“或许就为了这个，你才想跟艾弗斯那丫头去戈尔韦？”他冷冷地说。

她看着他吃惊地问：

“去干吗呢？”

她的目光叫加布里埃尔觉得尴尬。他耸耸肩说：

“我怎么知道？可能是去见他吧。”

她的目光默默地从他身上移开，循着光线看向窗口。

“他死了，”她终于说，“十七岁就死了。这么年轻就死了，难道不是很可怕吗？”

“他是干什么的？”加布里埃尔仍然很讥讽地问道。

“他在煤气厂干活。”她说。

他的讽刺没有达到效果，而她却从逝者中唤起了这么个人物，这个在煤气厂干活的小伙子，于是加布里埃尔觉得羞辱。他满脑子都在回忆他们共同生活那隐秘的点点滴滴，满怀的柔情、喜悦和欲望，她却一直在心里拿他和另一个做着比较。自惭的感觉袭上了心头。他看清了，自己是一个滑稽可笑的人物，替姨妈们做不值钱的跑腿伙计，紧张兮兮的，好心肠，多愁善感，对着群俗人滔滔不绝，把自己小丑般的欲望理想化。他在镜中瞥了一眼，看见了个可怜的蠢货，那蠢货就是他。他本能地转身，背对更多的光线，免得被她看破前额上燃烧着的羞耻。

他试图继续用冷冷的审问腔调，但当他开口时，嗓音却既谦卑又漠然。

“照我看，你当时爱上这个米迦勒·富里了，格雷塔。”他说。

“我那时跟他很要好。”她说。

她的嗓音闷闷的，很凄凉。加布里埃尔觉得，现在再想引她去做他本来计划要做的事，一定会无功而返，就抚摩着她的一只手，也语带凄凉地说：

“这么年轻，那他怎么就死了呢，格雷塔？肺结核，是吧？”

“我想他是为我而死。”她回答说。

听到这回答，加布里埃尔觉得一种隐约的恐怖攫住了自己，仿佛在他有望获胜的时刻，某个捉摸不定、恩怨分明的东西却挡在他面前，从昏冥世界中聚集力量来与他对抗。但他尽力用理性摆脱掉了它，继续抚摩她的手。他没有再去问，因为他觉得她会主动告诉他。她的手温暖湿润，并没有回应他的抚摩，不过他却还是继续抚摩着，一如那个春天的早上，他抚摩着她的第一封信。

“那是个冬天，”她说，“初冬时节，大约是我要离开奶奶家来这边修道院的那个时候。他那时住在戈尔韦，一直病着，病得人家不让他出门，也已经写了信去叫他在乌特拉德的家人了。人家说，他一天不如一天了，诸如此类的话。我从没搞清楚过。”

她停了一会儿，叹息一声。

“可怜的人，”她说，“他很喜欢我，那么温柔的一个小伙子啊。我们常一块儿出去，就是去散步，明白吗，加布里埃尔，在乡下人们就是这样的。他要不是身体不好，就打算去学唱歌了。他有一副很动听的歌喉，可怜的米迦勒·富里啊。”

“是吗，后来呢？”加布里埃尔问。

“后来时候到了，我要离开戈尔韦动身去修道院了，他就更糟了，人家也不让我见他了，于是我就写了封信，说我要到都柏林去了，夏天就回来，希望到时候他身体能好一点儿。”

她一时不能成声，就停了一小会儿，然后接着说：

“然后，在我动身前的那天晚上，我住在修女岛上的奶奶家，正收拾行李的时候，听到石子扔上来敲打在窗户上。窗上雾气蒙蒙的，我看不见，就那个样子跑下楼，从后门溜到花园里，在花园的尽头就是那可怜的人，他浑身发抖。”

“难道你没有叫他回去吗？”加布里埃尔说。

“我哀求他马上回家去，跟他说在雨中他会送命的。可是他却说他不想活了。他的眼睛我现在也看得见，看得见！墙那头有棵树，他就站在那儿啊。”

“那么他回家了吗？”加布里埃尔问。

“是啊，他回家了。我到修道院只过了一个星期，他就死了，葬在了乌特拉德，他们家是那儿的。哦，我听说他，他死了的那一天啊……”

她说不下去了，抽泣得哽咽不已，然后抑制不住情感，脸朝下扑倒在床上，在被子中饮泣。加布里埃尔一时拿不定主意，又握了一会儿她的手，然后，他觉得羞于去打扰她的悲伤，就由它轻轻滑落下去，自己则悄悄站起身走到窗前。

她已经沉沉睡去。

加布里埃尔用手肘撑着身子，好一阵子，他毫无怨意地凝视着她那纠结的发丝和半张的嘴，倾听着她那深沉的呼吸。那么她生命中有过那种浪漫的爱情：有个男人为她而死。他是她的丈夫，在她的生命中却是个蹩脚的角色，想到这一点也几乎没有让他感到痛苦。他看着她，而她沉睡着，仿佛他和她从来不曾作为夫妻一起生活过。他好奇的目光久久地落在她的面容和头发上：他想象着，她那时该是什么模样，豆蔻年华，美貌初现，他这样想着的时候，灵魂中对她有了一种陌生而友好的怜悯。他甚至都不情愿对自己说她的面容已经不再美丽，可是他却知道，那再也不是米迦勒·富里为之冒死的面容了。

或许她并没有把所有的事情都告诉他。他的目光移到椅子上，那儿有些她扔下的衣服。一根内衣的带子垂落在地板上。一只靴子竖着，上半部分软软地塌落，另一只就躺在一旁。他不禁惊奇于自己一小时前还拥有的狂躁感情。它源自何处呢？源自姨妈家的晚餐，源自他自己那蠢话连篇的演讲，源自葡萄酒和跳舞，源自在前厅道晚安时的嘻嘻哈哈，源自沿着码头踏雪散步的乐趣。可怜的朱莉娅姨妈！不久之后，她，也将和帕特里克·莫肯和他那匹马一样，成为幽冥鬼影。在她演唱《穿好嫁衣》的时候，他捕捉到了她脸上那一瞬间的枯槁表情。或许，不久，他就将坐在同一间客厅里，穿着黑衣，丝帽端放在膝盖上。百叶窗会拉下来，凯特姨妈就坐在他身边，哭泣着，擤着鼻涕，跟他说着朱莉娅是怎么死去的。他搜肠刮肚地去想些能够安慰她的话，却只找到些古板而无用的话。是的，是的，不久就会发生了。

屋子里的空气叫他觉得双肩寒冷。他小心地在被单下伸展开身子，挨着妻子躺了下来。他们一个一个都将变成幽冥鬼影。在激情勃发的光荣中勇敢地动身投入另一个世界中，这要强过凄凉地随着岁月衰老枯萎啊。他想，她就这样躺在他身边，而她情人说不想活了的时候，那双眼睛，就那么一直锁在她心中，锁了那么多年。

加布里埃尔的眼中满是宽容的泪水。他自己从不曾对哪个女人有过这种感情，可是他却知道，这一定就是爱情。眼泪在他眼眶中越积越多，半明半暗中，他想象自己看到了一个年轻男人站在一棵滴雨的树下。附近还有别的形影。他的灵魂接近了众多逝者栖身的居所。他们的存在飘忽不定、忽闪忽现，他感受得到却无法体验清楚。他自身正消融进一个难以捉摸的灰色世界；而这一边，逝者曾经一度生长、居住其中的实实在在的世界，却正在消解，正在消失。

窗玻璃上传来几声轻轻的敲打，他转脸朝窗户看去。又开始下雪了。他困倦地看着雪花，银白而灰暗的雪花，斜斜地落在路灯上。到了他动身西去的时候了。是的，报上说得对：爱尔兰普降大雪。黑暗的中央平原上，雪落到了所有的地方，雪落到了不长树的小山上，雪轻柔地飘落到艾伦沼泽，往西再走远一点，雪轻柔地飘落入香农河奔腾的黑色波涛。雪也落到小山上那孤零零的墓地的每一个角落，米迦勒·富里就葬在那儿。雪厚厚地飘落到那些歪歪扭扭的十字架和墓碑上，飘落到那小小墓门的尖栅栏上，飘落到荒凉的荆棘上。他的灵魂渐渐迷离，他听到，隐隐地，雪从宇宙洪荒中飘落而来；隐隐地，如最后时刻的降临，飘落向所有的生者和逝者。